# 九度目の十八歳を迎えた君と

浅倉秋成



通勤途中の駅で見かけた二和美咲は、あのころの、僕が恋をした十八歳の姿のまま佇んでいた。それはまぼろしでも他人の空似でもなく、僕が高校を卒業したあとも、彼女は当時の姿のままでずっと高校に通い続けているという。周囲の人々は不思議に感じないようだが、僕だけはいつまでたっても違和感がなくならない。なぜ彼女は高校生の十八歳のままの姿なのか。その原因は最初の高校三年生のころにあるはずだと、当時の級友や恩師のもとを訪ね、彼女の身に何が起こっているのか調べ始める。気鋭の作家が描く、心締めつけられる青春と追想のミステリ。

# 九度目の十八歳を迎えた君と

浅 倉 秋 成

創元推理文庫

# THE GIRL WHO WAS EIGHTEEN YEARS OLD NINE TIMES, AND...

by

Akinari Asakura

2019

# 九度目の十八歳を迎えた君と

## プロローグ

似ている、という言葉を使う気になれなかったのは、彼女が本人であるとしか思えなかったからだ。記憶の経年劣化で少しずつ不鮮明になっていた彼女のイメージが、瞬《またた》く間に修正されていくのがわかった。これだ、これが本物じゃないか。俺の目はすっかり向かいのプラットホームに釘付けになった。風に揺れるショートの髪はあの頃と同じく、陽《ひ》のあたり方によって微《かす》かに茶色く輝いている。身長は百六十センチ以上あり、ただ佇《たたず》んでいるだけで何とも言えない華やかさがある。肌は白いが、決して不健康な印象は与えない。くるりとした瞳に美しく通った鼻筋は、やはり見つめているだけで胸が締めつけられた。疑いようがない。彼女は——

二和《ふたわ》美咲《みさき》だ。

しかし確信すると同時に、混乱が加速していった。彼女は間違いなく二和美咲なのだが、同時に間違っても二和美咲であるはずがないのだ。考えれば考えるほどに思考の糸は絡まっていく。俺は左手に持っていたスーツの上着を右手に持ち替え、気持ちを落ち着けるために大きく深呼吸をした。まぼろしと呼ぶには、彼女の姿はあまりに現実的だった。しかし一方で現実と呼ぶにはあまりに論理性を欠いていた。いったい俺は、彼女の姿をどう捉えればいいのだろう。

残暑厳しい朝だった。じっとしているだけで体中から静かに汗が滲《にじ》み出し、強い日差しを嫌えば嫌うほど眉間には深い皺《しわ》が寄る。向かいのプラットホームまでは二本の線路を挟んでおよそ十メートルあったが、見間違いが発生するような距離ではなかった。ラッシュ時の駅はいつもながら人で溢《あふ》れている。それでも俺も彼女も列の先頭に立って電車を待っていたため、二人の間を遮《さえぎ》るものは何もなかった。

二和美咲は高校二年、三年のときのクラスメイトであった。正直なところを白状すれば、高校を卒業してから彼女の姿を見かけた——ようなつもりになった——ことは、一度や二度ではなかった。飲食店で、交差点で、ときにはテレビに映る街頭インタビューの回答者のなかに、俺は彼女に似た人物を見た。その度《たび》、立ちくらみを起こしたように視界が揺れた。まさかと思って目を凝《こ》らし、息を呑む。しかし幸か不幸か、いずれの人物も二和美咲ではなかった。なんだ、別人じゃないか。気づいた途端に騙《だま》されたような気持ちになって落ち込み、一方で救われたような気持ちになって胸を撫で下ろしてもいる。二和美咲にどうかもう一度だけ会ってみたい。いや、二度と会いたくない。相反する二つの気持ちは強風に惑わされる風見鶏のように、くるくると入れ替わった。

そんな二和美咲がいま、向かいのプラットホームに立っている。

今度こそは、いままでのような見間違いではない。彼女は正真正銘、二和美咲だった。ただ少しばかり——いや、かなり、奇妙な佇まいをしているというだけで。

向かいのプラットホームに立つ二和美咲は、ごく簡単に言うと、年を取っていなかった。

俺の知る高校時代——つまり十八歳の時点から、彼女はただのひとつの変化も経ていなかった。それは年齢の割に若々しいだとか、未《いま》だに当時の面影《おもかげ》を多分に残しているなどという次元の話ではない。彼女は文字どおり、そのままだったのだ。時間を切り取られたのか、でなければ真空パックで冷凍保存されていたみたいに。彼女には老いや成長といったものの痕跡が、まったくもって見当たらなかった。

そして彼女は年齢を重ねていないことを証明するように、高校の制服を着ていた。上は夏用の白いブラウス、下は濃紺のスカート、足元には焦げ茶のローファーを履いている。どこにでもあるようなシンプルな制服なのだが、彼女が着ると途端に華美で可憐《かれん》なものに見えるのも、あの頃と変わらなかった。もちろん革製の学生鞄も忘れていない。よくよく考えてみれば、彼女の待っている電車は学校へと向かう鈍行ではないか。彼女はなるほど、ひょっとするとまだ高校に通っているのかもしれない。俺たちが何年も前に卒業したあの高校に、高校三年生のまま、十八歳のままで。

そこまで考えると、喉元あたりからたまらない可笑《おか》しさがこみ上げてきた。あまりにもバカバカしい。俺たちは間もなく三十になろうとしている。しかしそんなバカバカしさとは裏腹に、目の前の現実はあまりに強烈で、明晰《めいせき》だった。事実としてそこにはどう見ても高校生のままの二和美咲が立っているのだ。どれだけ瞬《まばた》きをしてみても、彼女の姿は変わらない。

混乱する俺を助けようとしてくれたのか、鈍行電車が現れ彼女の姿を隠した。俺はそこでようやく、体に必要以上の力が入っていたことに気づく。いつのまにか拳《こぶし》を握りしめていたようだ。爪が微かに手のひらに食い込んでいる。俺は大きく息を吐き出すと、首を素早く左右に振った。いくらもしないうちに鈍行電車が発車すると、二和美咲の姿は消えていた。俺はしばらく向かいのプラットホームを眺めたのち、定刻どおりにやってきた快速電車へと乗り込んだ。

　つり革を掴みながら、頭を整理することに努めた。しかしどのような理屈をこねてみても、先ほどの光景に納得がいくはずなどなかった。彼女は最後まで俺の姿に気づかなかったが、もし仮に目が合ったとしたらどんなリアクションを見せたのだろう。あ、久しぶり、とこちらに手でも振ってきただろうか。俺は自虐的に笑うと、やはりすべてはまぼろしだったのだと断定することにした。未だ網膜には二和美咲の残像がしっかりと焼きついていたし、すべてをなかったことと思い込むには先ほどまでの光景はあまりに鮮明だった。それでも、断定するしかない。それ以外に、自分を納得させる方法がなかった。

　まだ微かに胸が痺《しび》れているようだ。俺は少しばかり身をかがめると、車窓から空を見上げてみた。そこには電車の動きに伴い波打つように流れる電線と、忙《せわ》しなく通り過ぎていく住宅街の上に、世界を包み込む雄大な空がどっしりと広がっていた。見ているこちらが恥ずかしくなってしまうほどに潔《いさぎよ》い快晴だった。俺はそんな空に、自らの高校時代を投影してみる。

　痛々しいばかりに思えた思春期の空回りも、いまとなってはいっそ愛すべきものへと昇華しているのだから不思議だ。もちろん思い出せばぴりりと瘡蓋《かさぶた》に覆われた傷が痛むような記憶も、数えきれないほどにある。いや、厳密に言うとそんな記憶しかないのかもしれない。それでもどうしてだろう。それはそれでいいかと思えるのだから、時間の経過というものは偉大だ。痛みも苦味も温かさも、いまではすべてが貴重な財産だ。

二和美咲——いまでもまだ、君の名前は俺の心を大きく震わせる。

青春という言葉にすべてを託《たく》し、当時のもやもやとした何かをすべて説明できたような気になってしまうのはあまり好きではない。それでもやっぱり俺にとって彼女の存在というものは、結局のところ青春そのものだったのだろう。彼女の頭の天辺《てっぺん》から爪先まで、隅の隅まで目いっぱいに、俺の——いや、きっと俺のだけではない——青春が詰まっていたのだ。

俺は君に恋をし、しかし結局最後は君から逃げ出してしまった。

空には一機のプロペラ機が飛ぶ。そして空を二分するように一本の飛行機雲を引いた。

俺は二和美咲の、最後の言葉を思い出す。


——ねぇ、間瀬《まぜ》。少しだけ時間もらってもいい？——

# 1

「間瀬さんは、どうして印刷会社に入社したんですか？」

右ウインカーを出し、車線変更をする。この国道はいつも比較的混むのだが、今日は気持ちがいいほど快調に走ることができている。俺はハンドルを握り直しながら、質問に対する答えを探した。

さて、どうしていまの会社に入ったのだろう。入社面接のときにはそれなりの理由と展望を語ったはずなのだが、すでに遠い過去の話だ。恥ずかしい話だが、気づいたときには入社していて、こうして得意先に向かって営業車を走らせているというのが正直なところだ。

俺はそれらしい理由を見繕《みつくろ》う。「高校時代、新聞部に入ってたんだ」

「へえ」と助手席の満平《みつひら》は言った。「新聞部ですか」

「それで――」うまく次の言葉が見つけられず、強引に話をまとめてしまう。「とにかく昔から紙とか活字に興味があったんだ」

「で、印刷会社ですか」

「たぶん、そんなところかな」

納得したように満平は頷《うなず》いてくれたので、今度は同じ質問を返してみる。すると満平は新入社員らしく、自らの入社動機を滔々《とうとう》と語ってくれた。

満平の教育担当になってから早二カ月が経過していたが、彼のことは気に入っていた。いつも明確に自分の意見を持ち、それを口にすることを躊躇《ためら》わない。好奇心も旺盛だ。営業所ではそんな彼の態度を少々生意気だとか、あるいは口先だけのお調子者だと評する声もないではなかったが、俺に言わせれば的はずれな人物評だ。粗削《あらけず》りながらも正鵠《せいこく》を射た彼の意見に、はっとさせられることは少なくない。結局のところ彼が所内の高評価を集められない原因は、少しばかり長い髪のせいなのだ。個人的には許容範囲だと思うのだが、所長は満平の姿を見るたびに口をへの字にした。『バリカンを持って来い、バリカンを。俺が全部刈り上げてやる』それとなく満平本人に髪を短くするつもりはないのかと尋ねてみたことがあるのだが、思いのほか彼の髪型への思い入れは強かった。

入社動機について、様々な表現を用いて力説してくれた満平には大変申しわけないと思いつつ要約すると、斜陽産業と言われて久しい印刷業界だが自分はまだまだ成長性を感じる、そしてゆくゆくは自分もそんな業界を背負って立つ人間になりたい、ということだった。大きな展望を語る満平の前では『新聞部に入っていたから印刷会社を選んだ』と説明した自分はあまりにも卑小《ひしょう》で、いっそ滑稽《こっけい》だった。

それにしても、新聞部か。

「何かおかしかったですか？」

「違うんだ。すまない」俺は笑みを浮かべたまま、左手を振った。「満平の話は何もおかしくなかった。ただ自分の口から新聞部なんて言葉が出てきたのが懐かしくて、つい笑っちゃっただけなんだ」

昔から紙と活字に興味があったというのは嘘ではない。それが入社動機のひとつというのも、おそらくは嘘でないはずだ。ただしそういった興味が新聞部での活動によって醸成されたと説明してしまうと、それはどう考えても完璧な嘘になってしまう。あの新聞部のどこを探してみても、紙や活字への興味をかきたてるようなものはなかった。そもそも活動自体がほとんどなかったのだから。

ならどうして新聞部などという言葉が口をついて出てきたのかと言えば、原因はあまりに明白だ。朝のまぼろしのせいだ。二和美咲のまぼろしを見たせいで、頭のなかにあった記憶の栓《せん》がすぽんと抜けてしまったのだろう。昨日までは心の閉架書庫で埃《ほこり》を被《かぶ》っていた高校時代の思い出が、いまではご丁寧にエントランスの最も目立つ位置に飾られている。もともと記憶力は悪い方ではないのだが、高校時代の記憶ともなればその鮮明さは他の時代を圧倒する。二和美咲に始まり、新聞部や国際交流部、それから中願寺《ちゅうがんじ》先輩も懐かしい。イゾウに、カブは言うまでもない。しかし何を差し置いても俺の高校時代は旧校舎にある部室での、孤独で、静かな、空回りに尽きる。あれこそが俺の『高校時代』だったのだ。

約束のあった河本《かわもと》リフォームに着くと、俺はいつものように受付の電話で社長に連絡を入れ応接室へと入った。満平と社長とは初対面だったので手短に紹介をする。社長は満平の名刺を見つめながら楽しげに笑った。

「いいなぁ、新卒の子か。やっぱり大手さんは違うね。うちも新人採《と》りたいけど生憎《あいにく》の不景気でね」

社長が電話で見積りを依頼してきた帳票のサンプル品を受け取る。五枚一組の複写式帳票で、上部が黒のカラーテープで留められていた。決して珍しい形態ではないが複写の減感位置に少少癖があり、製造時には注意が必要そうだ。俺は手早くスケールでサイズを測りながら見積りに必要な情報をひとつひとつ尋ね、メモを取っていく。満平も同じように頷きながらメモを取っていた。いつもながら感心だ。

「見積りはいつ頃できそう?」

「お急ぎでしたら、明日の昼ごろまでにはメールでご送付しますよ」

「毎度のことながら手早いね」社長は満足そうに微笑《ほほえ》むと、分厚い手帳に何かを書き込みすぐにぱたりと閉じる。手帳の端からはいくつもの付箋《ふせん》が飛び出していた。「満平さんは、ご実家にお住まい?」

しばらく聞き役に徹していた満平はメモから顔を上げ、はいと答えた。

「戸建《こだ》て?」

「そうですね」

「ならリフォームしよう」社長は厚ぼったい手のひらをすり合わせる。「ご実家をさ。リフォームリフォーム」

「……私が、ですか?」

「もちろん。入社一年目の給料でご両親にバリアフリーをプレゼントなんて、なかなか素敵な親孝行じゃないの。いやぁ、俺が親御さんだったら泣いちゃうね、たぶん」

「リフォーム」

「間瀬ちゃんは賃貸で一人暮らしだっていうから諦めてるんで、代わりに満平さん頼むよ。不景気な零細企業を助けると思ってひとつさ。それにちょっと考えてみてよ。『親の建てた家を、子が改築する』いやぁ、これはなんというか、ちょっとばかり感慨深い話だと思わない？ 子が親を越えて行く瞬間とでも言うのかね。哲学的ですらある」

「……ん、なるほどですね」

「あんまりいじめないでやってください」俺は助け舟を出すと、そのままなるべく自然な流れで話を切り上げた。社長は大声で笑うと、いじめるつもりはなかったんだと言って頭を掻《か》き、引き上げる俺たちを駐車場まで見送ってくれた。

「今日はすまなかったね。まあ、もし万が一ってことがあったらうちの会社のことを思い出してくれたらそれでいいのよ。うちが自転車操業なのは間違いないんだから」

高笑いする社長に対し、満平はすっかり弱った顔をしながら頭を下げた。

「助かりました」

昼食をとるために入った国道沿いのファミリーレストランで、満平は改めて礼を言う。いつもの自信に満ちた態度はどこへいったのか、心なしかやつれているように見えるのだから不憫《ふびん》だ。ああいった種類の人間との相性《あいしょう》がよくないのかもしれない。意外な弱点を見つけた。

「本当にリフォームしなくちゃいけないのかって、ずっと考えてました」

俺は笑う。「そこまでめちゃくちゃな社長じゃないさ。俺も最初の頃は結構しつこく勧められた。でも受け流しても怒られはしないさ。間違ってもうちの会社との取引を考えなおすような人じゃない。安心していい」

そうだったんですねと、命拾いをしたとでも言いたげにため息をつく。「実は初任給だけ、まだ手をつけていないんですよ」

「自分のために使った方がいい。親孝行するにしてもリフォームをする必要はないさ」

「ありがとうございます」満平は水を飲む。「社長が帳票の発注を担当してるんですね」

「珍しい話じゃない。こういう、地方の小さい会社ならなおさらだ」

店員がやってくる。俺の刺身御膳《ごぜん》と満平のハンバーグセットをテーブルに並べ、小さく頭を下げてから去っていった。満平はハンバーグにナイフを入れた。肉汁《にくじゅう》があふれる。

「間瀬さんってこの辺の出身なんですよね。なのに実家暮らしじゃないんですね」

時間に余裕もあったので、俺は自らの略歴を話すことにした。別段、話しておく必要があったわけではなかったのだが、今日は少しばかり過去のことを体の外に出しておきたい気分だった。朝のまぼろしのせいで、思い出が氾濫《はんらん》気味だ。

生まれも育ちも、ずっと千葉だった。中学から高校に上がるときに引っ越しをしたものの、東金《とうがね》から四街道《よつかいどう》へと移っただけで県外へ出ることはなかった。そのまま大学も実家から通える範囲内でと考えていたのだが、何かの間違いで想定していたよりも偏差値の高い大学に受かってしまった。図らずも、当時は異様なまでに受験勉強に集中できる環境が整ってしまっていたのだ。大学は多摩《たま》にキャンパスを構えており、自宅から通うとなると片道三時間弱はかかる。仕方なく大学四年間は実家を離れ、南大沢《みなみおおさわ》で一人暮らしをすることになる。大学を卒業し、いまの会社に入ると、しばらくは本社勤務となった。多くの同期とともに、都内の社員寮での生活を始める。それが昨年になって千葉の営業所への異動を命じられた。姉は嫁いで川崎《かわさき》に越していたが、両親は未だに四街道に住んでいる。異動をきっかけに実家に戻ることも可能だったが、いまの営業所までのアクセスがいいとは言いがたかった。

「それに――」俺は食後のコーヒーを口に運ぶ。「実家にあった俺の部屋は、いまじゃ母親の衣裳部屋になってる。とてもじゃないが、あそこには住めない」

「衣裳部屋？」

「なぜだか知らないけど何年か前にフラメンコを始めたらしくてね。衣裳が山のようにあった」

「アクティブなんですね」

「というか少し変わってるんだ。どれだけ一緒にいても摑みきれないところがある」

ちらりと腕時計に視線を落とす。まだ時間に余裕があったので、食べられるならもう少し食べたらどうだと満平に告げる。大した額ではないし、支払いは気にしなくていいとも添えて。

「ありがとうございます」満平はメニューを開いた。それからいたずらっぽく笑ってみせる。

「間瀬さん、ボーナスでの支払いですか？」

「ボーナス？　ボーナスって、夏のボーナス？」

「違いますよ。計画達成のボーナスですよ。間瀬さん、俺が営業所に配属される前からずっと計画達成してるじゃないですか。営業成績に応じたボーナス、つくんですよね？」

なるほど、報奨金《ほうしょう》のことか。この件については苦笑いを浮かべるしかない。新人に冷水を浴びせるような真似は避けたかったが、かといって嘘をつくわけにもいかなかった。

「そんなの、ほとんどもらえやしないさ。雀《すずめ》の涙だよ」

「何を何を」謙遜《けんそん》だと受け取ったらしい。満平は店員に追加注文を告げるとメニューを元の位置に戻した。「営業所で一番いい成績を残しておきながら、ボーナスをもらえないわけがないじゃないですか」

「それが、本当にもらえないんだな。報奨金なんて、ついても数千円程度だよ」

「まさか」

「本当本当。キャリアが短いうちは何やってもそんなにもらえやしないんだ。こればっかりはどうしようもない。お金が欲しければ、長く働いて昇給を待つしかない」

「嘘ですよ、だって——」そこまで言うと満平は黙りこんだ。そしてどうやら俺の言葉に嘘がないようだと察し始めると、次第に口を尖《とが》らせる。やがて心底不服そうな様子でぽつりとこぼした。

「なんだかそれ、やってられないですね」

剝《む》き出しの言葉に、思わず声を出して笑ってしまう。

「だってそうじゃないですか。言っちゃ悪いですけど、浜崎《はまさき》さんなんてずっと達成率八十パーセントもいってないわけじゃないですか。それなのにこれといったペナルティもなくて、お給料も間瀬さんより多くもらえてるわけですよね？」

「そりゃ向こうは一回り以上年上だし、それに主任だ。給料が多いのは当然だよ」

「でも――」

「ある程度は納得するしかないさ。確かに少しばかり物足りない部分があるのは否《いな》めない。俺もちょうど業務改善提案書――社員の意見を吸い上げるコンペがあるんだ――を出そうと思ってたところだ。この会社はちょっとばかりインセンティブのつけ方に問題がある。それでも、だ。ひとまずは与えられたフィールドで勝負するしかないんだよ。それがサラリーマンの悲しい宿命だ」

満平はすっかり意気消沈したように口を閉ざしてしまう。絶妙なタイミングでやってきた追加注文のポテトフライが、店員が用意したひどく気の利かない差し入れのように思えていっそうの物悲しさを漂わせた。こちらも胸が痛くなってくる。

「でも、それがなんだ」俺は満平のために――いや、満平のためだけに、というわけではないのかもしれない――努めて明るい声で言った。「頑張っていれば必ずいつかは報《むく》われるもんだ。誰かがきっとどこかで見てくれている。すべての努力は無駄にならないはずだ」

満平は小さな声ではいと答え、ポテトを口のなかに放り込んだ。

それからしばらく、俺たちのテーブルは沈黙に支配された。俺はそれ以上かけるべき言葉を見つけることができず、満平もまたポテトを頬張りながら頭を整理することに必死なようだった。手持ち無沙汰《ぶさた》になった俺は何気《なにげ》なく窓の方へと視線を移動させる。

あっ、と、思わず固まってしまったのは、女子高生三人組が歩いているのが見えたからだ。生きていることそれ自体が面白くてたまらないといった様子で笑い合う彼女たちが着ていたのは、母校の制服であった。俺は段々と小さくなっていく彼女たちの背中を、名画を見つめるような眼差《まなざ》しでしばらく追いかけてしまう。やがて彼女たちの姿が完全に建物の陰に隠れてしまうと、ほとんど自動的に口を開いていた。

「今日の朝――」

一瞬だけ躊躇うも、出かかった言葉を飲み込むことはできなかった。

「今日の朝、電車を待っているときに、高校時代の同級生を見かけたんだ」

満平はポテトを食べながら、へえと声を出す。「偶然ですね」

「二和美咲って名前の女の子だったんだけど、向かいのホームで電車を待ってたんだ」

「声、かけなかったんですか？」満平は幾分元気を取り戻したように、柔らかい表情で尋ねてきた。

俺は首を横に振る。

「少し様子がおかしかったんだ」

「おかしかった？」

「まだ、制服を着て高校生をやってるみたいだったんだ」

満平はポテトを摑んだまま固まる。そしてしばらく間をおいてから、聞き間違いを願うような表情で言った。「ええと、ごめんなさい」

「まだ、高校生をやっていたんだ」

満平は黙って、じっと俺のことを見つめていた。ひどく不親切なプラモデルの設計図をどうにか読み解こうとしているような、困惑の視線がこちらに向けられている。俺は気にせずに続けた。

「指定の制服を着て、学生鞄を持って、学校に行くための電車を待ってたんだ。とにかくすべてが、俺が高校生だったあの頃から何ひとつ変わっていなかった。まるで彼女は年を取っていないようだった」

「……年を取っていない」

「どう思う？」

「……どう思う、って、ん、え……はい？」

戸惑う満平の反応が妙にコミカルなものだったため、俺はこらえきれなくなって笑ってしまった。決して笑い上戸《じょうご》ではないはずなのだが、今日は様々な種類の笑みがこぼれてばかりだ。

「冗談なんですか？」

「すまない、冗談ではないんだ。ただ、やっぱりおかしいと思うだろ？」

「……それは、もちろん」

「きっと見間違えたんだ」俺は自分にも言い聞かせるように言った。「そう考えないと辻褄《つじつま》が合わない。まぼろし、錯覚、気のせい、好きな言い方をしてもらってかまわない。でも本当にそっくりだったんだ。あのときの俺には、二和美咲本人だとしか思えなかった」

「……そうならそうと言ってくださいよ。間瀬さん、おかしくなっちゃったんじゃないかって本気で心配しましたよ」満平は参ったように笑う。「そういうのってあれなんですかね、ドッペルゲンガーって言うんですかね？」

さあどうだろうと答えながら、俺は改めてプラットホームに立っていた二和美咲の姿を思い出す。まぼろし、錯覚、気のせい、口にしてしまえば本当にそうだったような気もしてくるのだが、やはり完璧には割り切れない自分がいた。あれのどこがまぼろしだったというのだろうか。どうして自分の見たものが信じられないのだ。考えれば考えるほどに、思考は複雑に絡まっていった。

「元カノですか？」

「何が？」

「だから、その人——フタワさん、でしたっけ？——間瀬さんの、元カノなんですかって」

「どうして？」

「いや別に根拠はないですけど、幻覚となって出てきちゃうような存在なのだとしたら、間瀬さんにとって思い入れのある人だったんじゃないかなって。ただ、なんとなく」

何年も前のことをひた隠しにする必要性も感じられなかったので、俺は軽い気持ちで正直なところを白状してしまう。別に誰に話したところで、あの頃の何かが変わってしまうことも、あるいは変わってくれるようなこともないのだ。

「片思いをしてた。すごく素敵な子だったんだ。でも付き合うことはできなかった」

「へえ……告白したんですか」

「ラブレターを書いた。でも――」

そこまで口に出したところで、少しだけ後悔をする。情けなくも、心の瘡蓋に小さなひびが入ったような痛みが走った。

「うまくはいかなかった」

満平は「ははあ、青春じゃないですか」と言うと、すべて理解しましたといった様子で微笑んでみせた。

知ったような顔をされるのは決して気持ちのいいものではなかったが、満平が元気を取り戻してくれたのならとりあえずはそれでいいのだろう。もともと報奨金の話で彼の気力を奪いかけていたのはこちらの方だ。入社数カ月にして会社を辞めるなどと言い出された日には、俺の責任問題にもなりかねない。ここは痛み分けといこう。俺は再び窓へと視線を移す。

ファミレスの窓からも、引き続き青々とした美しい空が見えた。どれだけ瞳の焦点がぼやけようとも、均一に配色された青の前ではすべてが鮮明な青のままだった。そうして広大な空を見つめていると、剝《は》がれかけた心の瘡蓋《ひと》がゆっくりと修復されていくような気がした。

「思い出した」俺は空を見上げたまま独り言《ごと》のようにこぼす。

「何をですか?」

「いまの会社に――印刷会社に入った理由」

思い出したというより、少しばかり気取った答えを見つけたと言った方が適切かもしれない。ただこちらの方が新聞部などという言葉を使うよりよっぽど詩的であり、その上、俺の実態にも即しているはずだ。俺は空に向けて、そっと言葉を放った。

「今度こそは、意味のある紙を作ろうと思ったんだ」

2

翌日、都合の悪いことに、都合のいいことが二つ重なってしまった。

ひとつは満平が配属後の新人研修のため珍しく同行していなかったことで、もうひとつはアポを取っていた得意先がたまたま母校と三ブロックほどしか離れていない場所にあったことだ。どちらか一方の条件でも満たされていなかったら、俺もこんな寄り道はしなかったに違いない。

午後四時前、その日の訪問予定をすべて消化した俺は、あろうことか母校の正門前のガードレールに腰かけていた。近くの自動販売機で買った缶コーヒーを片手に、懐かしき校舎をぼんやりと見つめる。

俺自身、何を期待してここに座り込んでいるのかはいまひとつ判然としなかった。ただ郷愁の念に浸りたかっただけなのかもしれないし、ちょっとした休息を求めていただけなのかもしれない。もしくはその両方だろうか。

こんなことをしておきながら説得力がないかもしれないが、日々の業務は多忙を極めている。今日にしても、営業所に戻ればいくつもの製造指示や見積りの作成業務が残っていた。どれだけスムースに片付いたとしても夜十時前の退社は不可能に違いない。届いているメールの内容、工場からの連絡次第では、業務は更に何倍にも膨れ上がる。また、満平を同行させていると、どうしても手本にならなければと気を張ってしまう部分があった。彼を邪魔者扱いするつもりは毛頭ないが、疲労度が増してしまうのは偽れない事実だった。

同行者のいない今日くらいほんの十分程度、好きな場所で過ごしてもいいじゃないか。そういった思いが俺をここに導いたと考えるのは、おそらく的外れな推測ではないはずだ。

しかしそれ以上に、ひょっとすると俺は心のどこかでまだ信じていたのかもしれない。

昨日見た二和美咲は、本物の――つまり高校生のままの――二和美咲だったのではないかという、途方もなく非現実的な可能性を。彼女があの頃と変わらぬ姿で下校してくるのではないかという、ちょっとしたお伽話《ときばなし》を。

基本的に校舎の全景は俺が通っていた頃とほとんど変わっていないようだった。校門から昇降口まではまっすぐにえんじ色のレンガが敷かれ、左右の植え込みには綺麗に刈り込まれた腰の高さほどの緑が茂る。正面に構える最も大きな建屋が新校舎であり、俺のいる位置からはわずかに側面が見えるだけなのだが、向かって右側に建っているのが旧校舎だ。その手前には体育館も確認できる。一応、私立高校ではあるのだが、新旧校舎ともに外観は極めてシンプルで、派手さのかけらもなかった。薄汚れた巨大な高野豆腐のような建物に、飾り気のない窓が並んでいるだけ。常識的に考えれば、校舎は俺が通っていた頃に比べ多分に老朽化が進んでいるに違いなかった。それでも俺には、校舎の外観が当時とどれほど異なっているのか、うまく見極めることができなかった。おそらく校舎というものは時間の概念とは切り離された存在なのだ。築何年であるのかといった事実とは無関係に、いつまでも一定の汚れ方を保ち、いつまでも同じ場所にじっと建ち続ける。みるみる年老いていく我々人間を、いっそあざ笑うように。

俺はコーヒーを口に運ぶと、わずかに見える旧校舎一階のある窓に焦点を合わせる。カーテンが閉められているのでなかを見ることはできなかったが、それでも——いや、だからこそ——俺は室内の様子を正確に思い出すことができた。あそこが高校時代の俺が大半の時間を過ごした、新聞部の部室だ。

授業が終わったのだろうか。ぽつりぽつりと、下校する生徒の姿が見られるようになってきた。何人かの生徒は俺のことを怪訝《けげん》そうに一瞥《いちべつ》したが、ほとんどは目もくれずに通り過ぎていった。それもそうだろう。黙っていても夢や希望といったものがラムネを放り込んだソーダ水のようにむくむくと湧き上がってくる高校生たちにとって、道端でコーヒーを飲むサラリーマンの姿など背景以外の何ものでもあるまい。

俺はコーヒーを飲み干すと腕時計を確認する。そろそろ営業所に戻らなければ。ガードレールから腰を上げると、軽く背筋を伸ばす。頭のなかを業務モードに切り替えながら、車を停めてあるコインパーキングへと戻ろうと一歩を踏み出そうとした、そのときだった。

目を疑う。

すっ、と、大気が息を止めたように、あたりに緊張が走る。

一人の女子生徒が、こちらに向かってレンガ畳の上を歩いてくるのが確認できた。彼女の足音だけがまるでガラス板の上を歩くよう、硬質に、明示的に響いた。こつ、こつと、俺の心を直接ノックするように、強く、執拗《しつよう》に。彼女は俺の姿には気づかないまま校門を出ると、一人の友人とともに駅へと向かう道を進んでいく。すべてが蜃気楼《しんきろう》のように、どこか現実味を欠いていた。俺は遠ざかっていく彼女の背中に向けて、声をかける。

「二和」

彼女はスカートでひらりと弧を描きながらこちらを振り返ると、少しばかり驚いたように目を大きく見開いた。それから俺の存在を認めると、力なく微笑んで首を傾《かし》げる。

「ひょっとして、間瀬？」

彼女は二和美咲だった。

まさに高校生のままの、二和美咲だった。

「ニワさんかな……フタワさんかな」

蟬がうるさく鳴いていたことまで、未だ正確に覚えている。

俺が二和美咲という名前を初めて耳にしたのは、高校一年の七月、夏休み前の新聞部部室でのことであった。昭和生まれのエアコンからこぼれる失業者のため息のような冷気だけでは室内を適温にすることはできず、三人の先輩はそれぞれ忙しそうにうちわで扇いでいた。同級生の大川《おおかわ》はシャツに汗を滲ませながらパイプ椅子で微睡《まどろ》み、俺はなかなか進まぬ壁新聞用の原稿を睨《にら》みつけていた。俺の記憶にあるかぎり、部室に最も多くの部員が集まった日だった。

「一年生の子か……間瀬くん、知ってる？」

俺は差し出されたプリントに目を通した。先ほどまで中願寺先輩がペンを走らせていたそれは、どうやらあなたの所属している部活の紹介文を書いてくださいという趣旨のアンケートのようだった。プリントの下部には小さな記述がある。

――記入し終わったら、国際交流部一年・二和美咲までご提出お願いします――

知らない名前だったので、正直にわからない旨を伝える。同じ一年生とはいえ一学年には八クラスあった。同じクラスか、でなければ体育の授業で顔を合わせる隣のクラスの男子でもないかぎり、なかなか知り合いにはならない。それでなくとも、当時の俺は人見知りであった。少し離れた地域から引っ越してきたということもあり、他のクラスの女子のことなど知っているはずがない。

新聞部の先輩は三人とも三年生で、女子部員だった。切れ長の瞳が涼やかで、当時すでに大人の女性としての美しさを纏《まと》っていた部長の中願寺先輩に、サンリオ風のイラストが得意だった川島《かわしま》先輩、それから甘いものと平和をこよなく愛するぽっちゃりとした妹尾《せのお》先輩という三人だ。それぞれに個性があり楽しい人たちではあったのだが、正直に言うと中願寺先輩以外の記憶はぼやけている。一年生と三年生ではともに活動する期間は短く、言葉を交わす機会もかぎられていた。

「これ悪いんだけど、間瀬くん提出してきてくれない？　国際交流部に」

「……いますぐ行った方がいいんですか？」俺は暗に行きたくないというニュアンスを滲ませながら尋ねた。可能ならば知らない空間の扉をノックすることは避けたかった。まして国際交流部ともなれば、苦手な人種が待ち受けていることがほとんど確定しているようなものだ。

「提出期限が今日までだったの、ごめんね」

「国際交流部って、どこにあるんですか？」

「ここの上」川島先輩が話を引き取り、天井を指差してみせた。「本当に、ちょ～どここの真上。二階」

「ひょっとして原稿やりたい？」中願寺先輩が俺の原稿を覗《のぞ》き込んだ。「あんまり進んでないんだったら、間瀬くんに行ってもらうのも悪いかな」

「……そう、ですね」

　余談だが、当時は鳥インフルエンザに関する情報が連日ニュースで取り沙汰されていたので、それについて記事をまとめることにしていた。同時期に報道が盛んだったアスベストの発がん性問題とどちらを取り上げるべきかかなり迷ったのだが、情報量の差で鳥インフルエンザに軍配が上がった。仮にも新聞部を名乗っているのだから、少なからずタイムリーな社会問題について取り上げなければなるまい。そんな使命感がまったくもって無用なものだったと気づくのは、もう少し先の話だ。

「正直ちょっと詰まってます。調べたことは大体書いちゃったんですけど、もう少し書かないと文字数が足りなくて」

「大丈夫大丈夫」妹尾先輩が目を閉じて頷いた。「書くことがなくなっちゃったら、『これ以上は、本当に言葉になりません』『もう、どのように表現していいのかわかりません』『ただただ驚くばかりです』をずーっと続ければいいんだから。私、毎年そうしてるんもん」

絶対に参考にしてはいけない。俺は曖昧《あいまい》に頷いておいた。

「でも、あれだね」川島先輩が笑顔で言う。「筆が止まっちゃってるなら、ちょっとくらいお散歩してきた方がいいかもよ。ひょんなことからアイデアが出てくるかもしれないしね」

結局、言いくるめられるような形で、俺はプリントを手に部室を出ることになった。気は進まなかったが仕方ない。先輩たちの原稿の進捗も芳《かんば》しいものではなかったし、大川にいたってはまず執筆する題材を決めなければならなかった。冷静に考えれば、いま最も手が空いているのは俺だったのだ。

当時は、すべての生徒が必ずどこかの部活に入らなければならないという校則が存在していた。しかし俺がそんな極めて重要なルールを知ったのは、間抜けなことに入学した後のことだった。知った瞬間、大いに動揺し、そして落ち込んだ。中学時代は部活に所属しておらず、高校でも同様に帰宅部を決め込むつもりでいた。もともと運動は不得意だったし、文化系の活動でも特段やりたいと思うものがなかった。興味のないことに時間をとられる高校生活など、想像するだけでも頭が痛い。

さて、どうしたらいいのだろう。

そんな悩める生徒に対し、意外にも学校は優しかった。というのも、俺のような人間を救ってくれる部活群というものが当時の学校には存在していたのだ。本腰を入れて部活動に励む気はない。あるいは部活以外にやりたいことがある。そんな生徒たちの受け皿として、どうしようもなく活動が低調な部というものが数にして二十弱は用意されていたのだ。天文部、写真部、歴史研究部、科学部——そして新聞部もそのうちのひとつだった。こういった部活は軒《のき》並み部室を旧校舎に構えていることから旧校舎系と呼ばれ、俺のような生徒には歓迎され、反対に部活動に熱心な生徒からは嘲笑《ちょうしょう》の対象とみなされていた。

　俺が数多くある旧校舎系の部活のなかから新聞部を選んだ理由は実にシンプルで、勧誘してくれた中願寺先輩が美人で、どうにも断りきれなかったからだ。部活見学をするために何の当てもなく放課後の旧校舎へと飛び込んだ俺に対し、中願寺先輩は女性にしては若干低めの落ち着いた声で言った。

「もし迷ってるんなら、うちに入ったらどう？　メリットはないかもしれないけど、デメリットもないと思うよ」

　気づいたとき、俺はすでに頷いており、渡された入部届にサインをしていた。美人相手に鼻の下が伸びたのかと言われれば返す言葉もない。しかし思春期の青年に、知的で魅力的な先輩からの誘いを断れという方が酷な話だ。ただもちろん、中願寺先輩が勧誘してきたのが華道部や吹奏楽部だったのなら、俺も入部を踏みとどまった可能性は高い。前述のとおり、俺は紙や活字といったものに対して少なくとも天文や写真よりは興味を持っていたし、新聞部という響きにそこはかとない可能性や一種の希望を感じることもできていた。またこう言ってしまうと情けないのだが、俺が一番恐れていたのは部活内でお荷物になってしまうことだった。文化系といえども吹奏楽などの活動では経験者に後れを取ってしまう可能性が高い。いくら何ひとつ取り柄がないと自覚していた当時の俺であっても、思春期の青年が持つ平均的なレベルのプライドは持ちあわせていた。そういった意味からも、新聞部は実に都合がいいように思えた。まさか中学時代から新聞界の第一線で活躍していた新入生というのもいまい。

実際に入部してから覚えた衝撃は大きく分けて二つだった。ひとつは活動が想像以上に低調だったことで、驚くべきことに年に一回、文化祭のときに一枚の壁新聞を掲示するというのが新聞部の活動のすべてであった。そしてもうひとつは本当に些細《ささい》なことではあったのだが、中願寺先輩には青山学院大に通う長身の恋人がいたということだった。

二階にたどり着いたところで、俺は中願寺先輩から渡されたプリントに改めて目を通した。やはり記述にはいささかの捏造《ねつぞう》が見つかる。

あなたの部活を百字程度で簡単に紹介してください（なお記載していただいた内容は国際交流部が四カ国語に翻訳し、市の国際交流会に提出します。なるべく翻訳しやすいよう、簡単な言葉を使うよう心がけてください）。
『毎年、九月に行われる文化祭に向けて壁新聞を作り、それを部室前に掲示します。記事は各部員が好きなテーマについて掘り下げ、執筆します。その他の時期は時事問題について意見を交換しあったりします。（九十四文字）』

いつ、時事問題について意見を交換し合ったというのだろう。

さて旧校舎系という言葉を紹介したが、この国際交流部だけは旧校舎に部室を構えながら、旧校舎系とは呼べない存在だった。どうやら学校設立当初から存在する歴史ある部活だそうで、毎年カリフォルニアにある姉妹校に折り鶴を集めて送ったり、発展途上国の社会貢献活動に参加してみたり、学校案内を複数の言語で作成したりと、何かの甲子園を目指しているのではないかと思うほどに活動が活発であった。放課後はもちろん、休日に活動を行うことも稀《まれ》ではない。その多忙さからさすがに人気の部活とは言いがたく、部員はおそらく五人にも満たなかった。エリート集団というといささか誇張しすぎのきらいもあるが、優等生の集まりであるような印象を持っていたのは事実だ。少なくとも、ここの部員とは気が合いそうな予感はしなかった。

川島先輩が言っていたとおり、国際交流部は新聞部のちょうど真上にあった。俺は覚悟を決めかねてしばらく部室の前を行ったり来たりしていたのだが、やがていっそ聞き洩《も》らしてもらって構わないという程度の強さで扉をノックしてみた。

「はい」

聞き洩らしてもらえなかった。俺は顔を顰《しか》めてから扉を開いた。建てつけが悪かったのか、あるいは緊張からうまく力が入らなかったのか、扉は想像していたよりもずっと重たく感じられた。

部室内では一人の女子生徒がパイプ椅子に座っていた。建物の構造上、新聞部部室とまったく同じ広さであるはずなのだが、なかには大量の書類と書籍の類《たぐい》が所狭しと山積みにされているせいで、かなりの圧迫感があった。扇風機の微風に揺られ、あちらこちらで真っ白い紙片がぱたぱたと躍る。どこか涼しげで幻想的だ。窓際に置いてあるステレオコンポから流れる耳慣れぬオリエンタルな音楽も、その幻想性を高めていた。ぽこぽこという木琴の音と、弦楽器の音とが一定のリズムを刻む。さすがに国際交流部だ。独特の趣味をしている。

「あの、し、新聞部なんですけど」

声が上ずってしまったのは、そこにいた女子生徒があまりにも美しかったからだ。ひょっとすると美少女という言葉は、彼女のために存在していたのかもしれない。こういった言い方は失礼なのだが、てっきり前述の国際交流部的な人物が待ち受けているとばかり思っていたものだから、その驚きは二倍にも三倍にも膨れ上がった。俺は思わず彼女の上履きを確認してしまう。上履きに入っているラインは青色であり、彼女が俺と同じ一年生であることを示していた。しかしにわかには信じられない。

なんて遠《とお》い女性なのだろう。俺は瞬間的にそんな印象を覚えた。ひょっとすると思春期的な表現のひとつなのかもしれない。親しみにくそうだとか、人当たりが悪そうという意味ではない。むしろ彼女は見るからに愛嬌《あいきょう》にあふれていた。表情は明るく、物腰も実に友好的だ。ただ明らかに、彼女は遠かった。そこにいたのは一人の美しい同級生でありながら、同時に何光年も離れた場所で輝く一等星だった。手を伸ばしても、絶対に届かない。こんな女子が、この学校にいたのか。

彼女はパイプ椅子に座ったままこちらを向くと、目を大きくさせながら尋ねてきた。

「部活紹介のプリントですか？」

はい、という声が、今度は上ずらないように気をつける。

「ありがとうございます」彼女は笑みを浮かべると、静かに椅子から立ち上がった。「私です。私が二和美咲」

彼女はプリントを受け取ると、そのまま目を通す。そしてすぐに文面に問題がないことを確認すると、うんと頷いた。彼女もまた俺の上履きを確認したのか、笑顔にぐっと親しみやすさを込めてみせた。

「同じ一年生だったんだね。持ってきてくれてありがと。これで大丈夫」

すぐに立ち去ればよかったのだが、うまく足が動かなかった。別に見つめていたつもりはなかったのだが、俺の視線は窓際のステレオコンポの方へと向けられていたらしい。

「気になるよね」

「……え？」

「音楽でしょ？」彼女は表情を崩した。「ちょっと変わった音楽が流れてるから」

「あぁ……まあ」思わず鼻頭を触ってしまう。「少し。外国の音楽？」

「そう。カンボジアの学校の人たちが送ってきてくれたの。自分たちで演奏したからぜひ聴いてみて、って」彼女もしばらくステレオコンポを見つめる。「感想を送ってあげたいんだけど、どうにもいい言葉が思い浮かばなくて。面白いですねじゃ当たり障りがなさすぎるし、複雑ですねも少し語感が悪い。新しいですねは私の勝手な感覚だし、かと言って懐かしいは完全に嘘だもんね。だからこうやってずっとリピートしてるの。何かいい言葉が思いつけばいいな、って」

木琴が打鍵《だけん》のテンポを上げ、同時に女性のコーラスが入る。更には楽器の形状すら想像できないような、ざらざらとした音もまじりだした。

「楽しい曲ではあるんだけどね」彼女はステレオコンポを見つめたまま笑った。「やっぱり難しい。なんて書いたらいいんだろ」

首を振っていた扇風機が、彼女の短い髪をふわりと揺らした。同時に彼女の甘い香りが、俺の鼻先をするりと通過していった。瞬間、ぱっと強烈なストロボを焚《た》いたように、俺の体は強い光に包まれた。誇張を抜きにして、その場で立ちくらみを起こしてしまいそうになる。

ただこの日、この瞬間に、一目惚《ひとめぼ》れの落とし穴にすっぽりと落ちてしまったのかというと、それは少し違うと言わざるを得ない。恋に落ちてしまうには、当時の俺はあまりに臆病だった。もう少し正確に記述すると、自らの情動を恋であると定義してしまうことに恐怖を覚えていたのだ。もちろん中学時代に恋人などいなかった俺にとって、誰かに好かれるということは、ほとんどノーベル賞を獲るに等しい難題に思えた。どうせ叶わぬことがわかっているのなら、端《はな》から恋をしていないことにしてしまえばいい。悲しいほどに卑屈な理論だが、それでも当時の俺にとってはそれが自分の心を守るための立派な護身術であったのだ。

女性のコーラスがひときわ大きな声をあげ、木琴が更にテンポを加速させる。

俺はゆっくりと口を開くことにした。どうにか彼女の目を見てしゃべろうと思ったのだが、どうしてもうまくいかなかった。傾いているテーブルの上に置いたパチンコ玉のように、俺の視線はある一定のところでこつんと床へと落ちてしまう。仕方ないので、俺は床を見つめたまま言葉を紡《つむ》いだ。

「そういうときは――」微かに喉が震えた。「『本当に言葉になりません』って」

「はは、ズルっ」彼女はいたずらっぽく笑ってから、小さく頷いてみせた。「でも、いいかもね。新聞を書くときのセオリーだったりするの？」

「いや……それは違うと思うけど。そういうのも、ありかなって」

「ありがと。参考にするね」

俺は妹尾先輩に心のなかで感謝すると、国際交流部を後にした。

交わした言葉はほんのわずかで、対面していた時間は五分にも満たない。それでも俺は新聞部へと戻る道中、ずっと同じことを考え続けていた。

どこかでまた、きっと会いたいな、と。

「……どうしてこんなところに？」

それはおそらく、こちらのセリフだ。

あまりに突拍子もない形での再会に、俺は呆然《ぼうぜん》と立ち尽くすしかなかった。柔らかな風がいつかのように彼女の髪と、俺のワイシャツとを優しく揺らした。あれはまさしく、こういうときにこそ使う言葉だったのだ。本当に、言葉にならない。

高校生のままの二和はゆっくりとしゃがみ込むと、地面に落ちていた空き缶を拾い上げた。それからそれを、そっと俺に手渡す。俺が飲んでいたコーヒーの缶だった。無意識のうちに落としてしまっていたらしい。俺が缶を受け取ると、二和はどことなく気恥ずかしそうにはにかんでみせた。

「久しぶり……雰囲気変わったね。随分大人っぽくなった。少し、背が伸びた？」

「……二和は、全然変わらないんだな」

ちょっとした冗談だと受け取ったのか、二和は口元に小さな笑みを浮かべてみせた。

「二和……だよな？」

「そうだよ」それ以外のどんな可能性があるのとでも言いたげに、わずかだけ口角《こうかく》を上げる。

「二和。二和美咲」

「そうだって」

「二和美咲の妹とか……娘、とかじゃない？」

俺の発言が可笑しかったのか、二和は声を出してあははと笑った。その笑い方があの頃、何度となく見てきた彼女の笑い方そのものだったので、俺はいよいよ彼女が別人である可能性を完全に排除せざるを得なくなった。口に手を当て、目を極限まで細めて笑う。だけれども上品さが損なわれることはなく、同時に嘘くささが漂うようなこともない。間違いなく彼女は、二和美咲だった。

「二和は、高校生なのか？」

「まあ、ね」二和はあまり触れてほしくないとでも言いたげに、少しだけ視線をそらしながら頷いた。

「ずっと？　俺たちが卒業してからも、ずっとここで高校生をやっていたのか？」

「……そう、だね」

「なら二和はいま、いくつなんだよ」

「それは、十八だよ」

すぐに言葉を返そうと思ったのに、気づくと咳《せ》き込んでいた。とびきり動揺しているはずなのに、なぜだか口元が薄ら笑いを浮かべているような不自然な角度で固まってしまう。

「そんなわけ、ないだろ……」俺は適切な言葉を探した。「俺たちは、本当ならもうそろそろ三十だぞ。サンジュウ。二和だけが十八歳のままでいていいわけがないだろ？　年は誰しも、平等に取るもんだ」

二和は何も答えなかった。ただ困ったように控えめな笑みを浮かべているだけ。

自分で言うのもおかしな話だが、俺の言葉に奇妙なところはないはずだった。こちらは常識と呼ぶのも憚《はばか》られる、いわば摂理や宿命を説いている。誰もが年を重ねていくことからは逃げられない。間違いないはずだ。しかし目の前には彼女の申告どおり、確かに十八歳のままの二和美咲が存在していた。別人である可能性もなく、無理に若作りをしているわけでもない。その証拠に、かの日々はあれだけ遠く感じていた二和美咲の姿が、いまでは驚くべきことに、幼く、感じられる。

俺はもはや、口にするべき言葉を見つけられなかった。

「あの、こちらの方は？」二和の隣に立っていた女生徒が、二和に向かって尋ねた。縁なしのメガネが、どことなく理知的な印象を与える。

「えっと、昔の同級生——最初の、同級生」と二和は答えた。

「へえ」

少しばかり機嫌を損ねているのか、あるいはそれが彼女のニュートラルな表情なのかはわからない。いずれにしても彼女はあまり好意的とは言えない視線をこちらに向けると、ぼそりと言葉を吐き出した。

「人それぞれじゃないですか」

何を言われたのか、すぐには判断しかねた。「……人それぞれ？」

「はい。見たところ、お兄さんは会社員ですか？」

「……それが？」

「それと同じことですよ」彼女は言い切った。「会社員になろうと思うから会社員になる人がいる。消防士になりたいと思うから消防士になる人がいる。何もしたくないから何者にもならない人がいる。それと同列のことじゃないですか。高校生のままでいたいと思うから、高校生のままでいる人がいる。それをそんなわけないだとか、おかしいと表現することに違和感を覚えます。すべては個人の権利で、思想信条の自由です」

「……いや、それとこれとは」

「一緒ですよ。他人が強制できるものじゃないんです」

他人が強制できるものじゃない。

彼女の言葉は、うまく俺の臓腑《ぞうふ》に落ちてくれなかった。ひどい下痢のときに摂る食事のように、意味もなく消化器官を通過し、体のなかをすり抜けていく。聞いたそばから、さらさらと。

俺が立ち尽くしている間にも、何人もの生徒が目の前を通り過ぎていった。そしてそのうちの何名かは、二和とその友人に挨拶をしてから去っていった。あ、美咲だ、じゃあね。あ、うん、また明日ね。俺はすべてを傍観することしかできなかった。

「聞いてますか？」

彼女は動揺する俺を正気に戻そうとでもしたのか、腰のあたりをぽんとひとつ叩いてきた。

「とにかく、あんまり失礼なことを言うのはやめてあげてください。私たちはもう帰ります」

そう言い残し、彼女たちは再び駅へと向かう道を歩き出した。二和はわずかばかり躊躇うような視線をこちらによこしたが、結局は友人に促《うなが》されるようにして背を向けてしまった。俺はしばらく、そんな彼女たちの背中を見つめ続けた。

非現実的な光景を見たからといって、急遽《きゅうきょ》半休を取得して帰宅するわけにもいかなかった。

営業所へと戻ると、早速溜まっていた事務処理にとりかかる。しかし当然のごとく頭は働かなかった。プルーフにペン先をつけてみては離すという作業を何度も繰り返し、仕方なくいくつかのオーダーの入稿を諦めた。代わりにウェブブラウザを立ち上げると、「年齢／止まる」や「ずっと同じ年齢」などと様々な語句を使って検索をかけてみる。しかしどう探してみても二和美咲の現状について説明をしてくれるような記事は見つからなかった。よくてアンチエイジングのページが、時には閉経時期に関する質問記事が表示される。俺はウェブブラウザを閉じると、コーヒーを淹《い》れるために給湯室へと向かうことにする。

「事故ったのか？　工場？　それとも配送？」

俺の様子がおかしいことを察した小暮《こぐれ》さんが、心配そうな表情で話しかけてくる。俺はどうにか平静を装い、業務上は何も問題がないことを告げた。それでもなお小暮さんは納得がいかない様子で、再三本当だろうなと念を押してきた。

「ならいいけど、何にしてもめちゃくちゃ顔色悪いぞ。今日くらい早く帰れよ。この間も苦しそうな咳してただろ？　お前、放っておくとぶっ倒れるまで仕事しそうなんだよ」

「……そんなことはないですよ」

「あるんだよ。いい加減、抜くところ覚えろよ」

すると小暮さんは俺の机の上にあった、とある書類の存在に気づく。そしてそれを持ち上げると、疑うような視線でこちらを見つめてきた。

「お前これ、まさか提出する気じゃないだろうな？」

小暮さんが手にしているそれは、昨日のうちにプリントアウトしておいた業務改善提案書のフォーマットであった。もちろん提出するつもりだった。小暮さんは心底呆《あき》れたように大きなため息をつくと、所長の目を気にしながら俺を廊下へと連れ出した。営業所はオフィスビルの一室を借りているだけなので、廊下に出れば他社との共有スペースだ。自動販売機の横にあるベンチに座るよう促されたので、指示されるがまま腰かけた。

「所長の前じゃ言えないけどな」小暮さんはわずかばかり声のボリュームを落とす。「業務改善提案書なんて、提出するべきじゃない」

「……どうしてですか？」

「お前みたいなやつが書くべき書類じゃないんだよ」小暮さんは一度完全に目を閉じると、再びため息をついた。「いいか？　これは本当に有用な意見を社員から拾い上げたくてやっているコンペじゃない。実際は等級昇格試験にすぎないんだ。管理職になるために、あるいは管理職が更に上の役職を獲得するために活用している、形だけのアイデア発表の場だ。お前みたいな二十代の若手が提出してどうこうなるようなものじゃない。出すだけ時間の無駄だ。提出しなきゃならない書類もバカみたいに多い。もっと時間を有効に使え」

俺は黙って小暮さんの話を聞いていた。反論する気力がなかったというのもあるし、そもそもそういったことは先刻承知しているということもあった。俺だってそこまで無知ではない。

「わかってますけど、書くだけ書きますよ」

「どうして」小暮さんは明らかに不満げだった。

「提案があるのに発表しないのはもやもやします。それに筋の通った提案ができれば、上の人たちも採用せざるを得ないはずです。少なくとも多少は耳を傾けてもらえる」

「どんな提案をするつもりなんだよ」

「評価制度の見直しです」ゆっくりと言葉を選びながら話す。仕事の話をしていると、校門の前で見た光景が徐々に記憶から遠ざかってくれるような気がした。「すでに同期が十人以上辞めてますし、社員のモチベーションも決して高いとは言えません。そこまで劇的には変えられないとは思いますけど、もう少しインセンティブの付け方に工夫をした方がいいはずです。いまの報奨金体系じゃ誰もやる気が出ない」

小暮さんはしばらく非難の色を込めた目でこちらを見ていたが、やがて諦めたようにベンチから立ち上がった。

「なら勝手にしろ。俺はもう戻る」突き放すような言葉ではあったが、声の響きに非情さはなかった。小暮さんは仕事に対してあまり積極的ではないというだけで、決して嫌味な人というわけではないのだ。例えば一円でも多くものを売ろうだとか、少しでも会社に貢献しなければと考える人ではない。それよりも奥さんや、今年四歳になる長男との関係を充実させたいと考えている。おそらくはそういった優しい人だからこそ、淡々と数字を追いかけているだけの俺の姿は、どことなく居心地の悪いものとして映るのだろう。

「ありがとうございます」俺が言うと、小暮さんは振り返った。

「早く帰れよ。そんで明日は時間をつくって病院に行け。明日も満平は一緒じゃないんだろ？

鏡見てこい。すごい顔してるぞ」

「大丈夫です。ちょっとおかしなものを見ちゃっただけなんで」

「おかしなもの？」

「高校生のままの、同級生です」俺は開き直って、なんでもないことのように言ってみた。「高校時代の同級生だった女の子が、まだ高校生をやってたんですよ。留年してるだとか、そういうことではなく、まったく年を取っていなかったんです。少し会話をしてみたんですけど、間違いなく本人でした」

小暮さんは口を噤《つぐ》んだ。そして俺のことを電車のなかで酒盛りを始めた外国人観光客を見るような目でひとしきり見つめた。

「わかってます」俺は先手を打った。「自分でも、かなりおかしなことを言ってることはわかってるんです。そんなこと、あるはずないと思うじゃないですか。でも実際に、彼女は年を取っていなかったんです。どういうことだと思いますか？」

「絶対に早く帰れ」

小暮さんが営業所に戻っていくのを見送ると、俺は両手で顔を拭う。そして目の前にあった自動販売機で缶コーヒーを買うことにする。インスタントを淹れるつもりだったが、別に缶でも構わない。小銭を取り出そうと左手をポケットに入れると、しかしそこには異物感があった。レシートでも入れただろうか。

俺は何枚かの小銭と一緒に、ポケットに入っていた紙切れを取り出した。どうやら大学ノートの切れ端のようだった。手のひら大で、四つに折りたたまれている。見覚えはない。広げてみると、俺はしばらくその意味を探るように紙面を見つめた。０９０で始まる携帯番号が、黒のボールペンで走り書きされている。もちろん俺の字ではない。

そのまま数十秒ほど考え込むと、俺はようやくひとつの可能性に思い当たった。

3

電話番号の主は、土曜から始まる連休のどこかで会いたいと言ってきた。特に予定もなかったのですべてそちらの都合に合わせると言うと、時間と集合場所を伝えられた。指定されたのは現在の俺の自宅からは電車で二十分ほどの場所にある公園だった。小中学生の頃に何度か訪れたことがある。記憶が正しければ、大きな広場、野球場、陸上競技場、それから手漕ぎボートに乗れる池などがあり、それなりの敷地面積を誇っていたはずだ。

正確に顔を覚えてはいなかったので、ちゃんと落ち合えるのか不安ではあったのだが、指定されたベンチに座っていたのは彼女だけだったので助かった。

「夏河理奈《なつかわりな》と言います。間瀬さん、でしたよね」

あの日、二和とともに下校してきた彼女は会釈をすると、ベンチの空いているスペースを示してみせた。俺は彼女の隣に腰かける。日差しが強烈だったので屋外での長居は気が進まなかったが、幸いにして木陰だったので思ったほどの暑さは感じずに済んだ。広場全体がぐるりと見渡せるベンチで、何組もの家族連れの姿が確認できた。遠くで笑う子供の声と、緑がさわさわと揺れる優しい音とが混ざり合う。

前回はまっすぐに下ろしていた黒い髪を後ろで束ねているせいか、あるいはボーダーのシャツに黒のスキニージーンズというすっきりした恰好のせいだろうか、彼女は先日よりも幾分こざっぱりとした印象に仕上がっていた。制服のときよりも若干大人びて見える。

「この間は、色々と言ってしまってすみませんでした。今日はありがとうございます」

「どうして、俺を呼び出したんだ?」

夏河理奈は俺の目は見ずに、広場の方を見つめたまま口を開いた。どうやらあまり顔の筋肉を使わずに、口元だけを小さく動かしてしゃべるのが彼女の特徴のようだった。

「相談しようと思ったんです」

「相談」

「はい」

話の切り出し方に迷っているのか、夏河理奈はそれっきりしばらく黙り込んでしまった。俺は仕方なく場を繋《つな》ぐための言葉を探す。沈黙が怖いのは、たぶん一種の職業病だ。

「いつもあんなふうに、連絡先を書いた紙切れを持ち歩いているのか?」

「そんなわけないです」心外だと言いたげにこちらを振り向いた。眉間には小さな皺が寄っている。「美咲と間瀬さんが話をしている隙に、切り取ったノートの端に書いたんです」

「なるほど」

彼女はふーっと息を吐くと、ようやく本題を切り出した。

「間瀬さんは、美咲の同級生だったんですよね……それも最初の同級生」

聞き慣れない言い回しだが、おそらくはそれに該当するのだろう。俺は再び正面を向いてしまった彼女の横顔に向かって、たぶんと答えてから続けた。

「正直言って俺には何もわからないんだ。二和がどういう状況に陥っているのか、どうしてあんなことになっているのか、何ひとつわからない。俺が最初の同級生だとするなら、君がいまの同級生ということでいいのか？」

彼女は頷いた。俺も揺れるように小さく頷き返した。

あれから数日が経ち、さすがに混乱の波は多少収まってきていた。それでもそれは単に混乱し続けることに疲れてしまったというだけの話であって、様々なことがすっかり納得できたというわけではもちろんない。すべては大きな謎として、俺の心に黒々とした塊《かたまり》となってこびりついている。おかげでぐっすりと眠ることもできていない。

「間瀬さん。美咲がまだ高校生をやっていることに驚いてましたよね。こんなことあるわけない。そんなようなことも言ってました」

「やっぱり君もそう思うのか？」

「思いませんよ」表情が険しくなる。「そんなの、あまりに差別的じゃないですか」

「差別的」

「年齢を患《わずら》ってしまうなんて、誰にでも起こりうることです。鬱《うつ》や、癌になってしまうのと同じこと。それをあり得ないと言い切ってしまうのはあまりの暴論です」

年齢を患う。俺は理解したふりをすることに決めた。「学校では誰も二和の様子をおかしいとは思っていないのか？」

「思うわけありません」

「先生も、クラスメイトも、二和のことは普通の高校三年生として扱っている」

「当たり前です」少しずつ機嫌を損ね始めているような気がしたので、これ以上は深く掘り下げないことに決める。言い争いなどしたくはなかったし、相手を説得する自信もなかった。

「それで、君は俺に何を相談したいんだ？」

「すごく身勝手な考えだということはわかっているんです」と夏河理奈は前置きした。「それでも私は、どうしても美咲に高校を卒業して欲しいと思ってるんです。つまり、十八歳をやめて、十九歳になって欲しい」

「十八歳に留《とど》まり続けることが、別段おかしなことだとは思っていないのに？」

「差し出がましい考えだということはわかっています」夏河理奈は、やはり広場を見つめたまま続けた。終始表情の変化は乏しいのだが、先ほどまでよりも気持ち、目を細めたようにも見えた。「他人が強制できるものじゃないってこともわかっているんです。そこには、他人の人生に勝手にメスをいれるような野蛮さがあります。……でもやっぱり、美咲が年下になってしまうのは見たくないんです。そもそも年齢を留めておくなんて、体にもよくないわけじゃないですか」

「……体によくない、のか？」

「当たり前です。流れに抗い続けるんですから。体にいいわけがありません。それがどれほど体に負担をかけるのか――なんてことは、当人でなくてはわかりませんけど、いくらかの負担になっているのは事実です。美咲、最近遅刻も早退も多いんです。ひょっとするとそれも、年齢が関係しているのかもしれない」

俺は夏河理奈の言葉を、胸の深いところで受け止めた。事態は何ひとつ把握できていないが、少なくとも俺の知る二和美咲は遅刻や早退を繰り返すような生徒ではなかった。十八歳に留まり続けることは、体によくない。どことなく居心地が悪くなって、俺はゆっくりと足を組んだ。

「それにやっぱり、一緒に卒業したいんです。せっかくの同級生なんですから」

彼女の口からそんな高校生らしい言葉がこぼれてくるとは思っていなかった俺は、密《ひそ》かに驚いた。やはり彼女も女子高生なのだ。俺がすでに通り過ぎてしまった、青春のただなかにいる。

「だから間瀬さんには、美咲を十九歳にするために力を貸して欲しいんです」

「よくわからないんだが、そもそもどうすれば二和は十九歳になれるんだ？　それがわからなければ、協力のしようもない」

「それはもちろん、美咲を十八歳に留めている何かを見つけて、それを解消してあげる他にありません」

夏河理奈は言った。二和を十八歳に留めているのは、極めて内面的な迷いのようなものであるのかもしれないし、実体を持つ外的な何かであるのかもしれない。いずれにしてもそれを見極め、除去しないことには、二和を十九歳にすることはできない。二和はいま、十八歳という檻《おり》に囚《とら》われた状態なのだ、と。

「美咲のなかを流れる年齢の川のようなものがあったとして、そこにはいま流れをせき止める石が挟まっています。それを取り除き、本来の流れを取り戻してあげる必要があります。石が取り除かれれば、自《おの》ずと年齢は適切な流れを取り戻していきます。美咲は高校を卒業し、十九歳になることができる」

「その石が何であるのか、君には心当たりがあるのか？」

「ありません。だから、それを間瀬さんに聞きたかったんです。逆に、間瀬さんには心当たりがないですか？　どうして美咲は十八歳のままなのか」

俺は固まった。まさかこんな形で話を振られるとは思っていなかった。

ちょうど広場にいた子供が蹴り上げたボールがこちらにまで飛んできたので、立ち上がって返してやる。あまりコントロールよく転がすことはできなかったが、子供とその父親はありがとうございますと言って笑顔を見せてくれた。

「美咲が十八歳に留まり続けることを決意したのは、最初の高校三年生――つまり間瀬さんと同級生だった高校三年生のときということになります」俺が再びベンチに座ると、夏河理奈は言った。「ならば当然、美咲を十八歳に留める原因をつくったのは、間瀬さんの代で起きた何か、もしくは誰かにある。そうは思えませんか？」

「……どうだろう」俺は苦笑いを浮かべる。「本人はなんて言ってるんだ？」

「頑《かたく》なに教えてくれません。自分でもよくわからないんだよね、なんて言ってとぼけたりもします。それでもあれは明らかに嘘です。私にはわかります。美咲はいつも肝心なところをはぐらかすのがうまいんです。本人は絶対に、自分が十八歳に留まり続けている理由を自覚している。そしてこれは私の推測ですけれども、それはおそらく恋愛絡みの問題なのではないかと考えています」

ちくりとした痛みが一瞬だけ胸を走る。俺は動揺を悟られないように、意識的にゆっくりと言葉を紡いだ。

「どうしてそう思うんだ？」

「美咲、男子と仲良くなろうとしないんです。遊びに誘われても断るのはもちろん、話しかけられても必要最低限のことしか返しません。少し不自然なくらいに。間瀬さんと同級生だった頃も、美咲は男子に対してそういう態度を取っていましたか？」

「それは……」段々と尋問されているような気分になってくる。嘘をついてしまおうかとも考えたが、結局は正直に答えた。「そういうことはなかったと思うけど」

「つまり美咲は、男性関係で何かしらトラウマをつくってしまったんじゃないかと思います」

「……トラウマ、ね」

「私、間瀬さんは何か知っているような気がするんです」

俺は間を取った。何かが決壊しそうになるのを、喉元でどうにかこらえた。あの日の映像が一瞬だけ脳裏をよぎる。

「……何を根拠に」

「この間、校門の前で間瀬さんとばったり会ったときの美咲、明らかに動揺していました。あんな美咲の姿は、見たことがありません」

「誰だって、突然昔の友人に会ったら動揺もするさ」

「ただの動揺ではなかったように思います」

「気のせいだよ」

「間瀬さんと美咲は、高校時代どんな関係だったんですか」

俺は耐えかねて首を横に振った。

「悪いけど、君が考えているほど、当時の俺は二和にとって重要な人物ではなかったと思うよ。確かに俺は二和のことが好きだった。でも片思いだ。それ以上のことは本当に何もない。二和にはラブレターを書いたけど――」

「断られた」

「いや……」数秒の逡巡《しゅんじゅん》を挟んでから、口を開く。「まあ、保留みたいなものかな」

「どうして保留なんですか？」

「それは――」そんなこと、わかりきっている。「当時の俺たちに聞いてみないとわからない」

夏河理奈は、俺のことをまっすぐに見つめていた。彼女の視線が、俺の頬の辺りに刺さっているのがわかる。それでも俺は広場の方を見つめ続けた。彼女はやがて根負けしたようにため息をついた。

「年内が期限なんです」先ほどまでよりも声の響きには一抹の切実さが感じられた。「学年主任に確認したんですけど、年内に決意をさせないと書類が間に合わなくて美咲を卒業させられないみたいなんです。間瀬さんに何か心当たりがあればそれが一番よかったんですけど、もし何もないのならせめて当時の卒業アルバムだけでも見せてはもらえないですか？　美咲と仲の良かった友人をひとりひとり当たっていこうと思います。インターネットを使えば、たぶん何人かには実際に会えると思うんです。しらみ潰しに最初の同級生たちを当たっていけば、美咲を十八歳に留めている何かがわかるかもしれない」

彼女はそこで、少しだけ間を取った。

「ご協力、お願いできないですか？」

任せてくれ、と二つ返事で引き受けることはできなかった。彼女の考えや願いにまったく心を動かされなかったと言えば嘘になるし、二和美咲の現在の状態についてただならぬ違和感を覚えているというのも事実だった。ただ、いまは積極的に何をどうしようという気分にはなれなかった。こちらはほんの数日前に十八歳のまま時間が凍結してしまった同級生を目撃したばかりなのだ。少しばかり頭を整理する時間が欲しい。

「どうして公園を集合場所にしたんだ？」俺は公園の出口へと向かう道を歩きながら尋ねた。

「すみませんでした。これが習慣なんです」

「公園で過ごすのが？」

「厳密には、陽に当たるのが、です。母が中学校の体育教師をやっているせいで、小さい頃から運動をしろと強く言われ続けてきました。しかしどうにも私には体を動かす才能がないようで、どんなスポーツも続かなかったんです。そこで母は、せめて一日に一時間は必ず外に出て陽を浴びてきなさい、と」

「それで公園に来るのが習慣に？」

彼女は頷いた。「奇妙な習慣だとは思います。でも小学生の頃からずっとこうです」

「それにしては、肌が白くて綺麗だ」

すると彼女は不意に足を止め、驚いたように俺のことを見つめてきた。何かまずいことを言ってしまったのかと危惧したが、とりたてて気分を害しているという様子でもなかった。彼女は咳払いを挟んでから再び歩き始める。

「もともと、あんまり焼けないんです」微かに声が震えていた。照れているのかもしれない。

「それに、基本的には木陰にいるようにしてるんで……日焼け止めも塗っています」

「いつも、ただベンチでじっとしてるのか？」

「本を読むことにしています。小説を」

「へえ、どんな小説を？」

「……これ、というのは特に」彼女は恥ずかしがるように言った。「実のところ、本を読むのはあんまり得意じゃないんです。ただ漫然と公園で時間を潰すのが嫌で、無理をして読んでいるんです。そこの中央図書館で借りて」

彼女は図書館のある方向を指差した。

「名作と呼ばれるものをア行から順に読もうと決めたのですが、まだア行から抜け出せません。集中力が保たないんです。気づくとただ文字を追っているだけだったり、あるいは顔を上げて景色を眺めていたり。根本的に読書に向かないんです」

「それなのに本を読む」

「憧れてるんです、たぶん。読書ができる人に。そういう人になりたいから、本を開き続ける。よく変わっていると言われます。きっと、何かがねじれてるんです」

「それは、まるで――」

俺は言いかけて、言葉にするのをやめた。思ったことは事実だが、それが彼女にとって嬉しい言葉であるとはかぎらない。何かに憧れただひたすらに文字を追い続ける彼女の姿はまるで――高校時代の、俺のようではないか。

「その気持ち、わかるような気がする」

夏河理奈はまた照れたようにわずかにうつむくと、地面を見つめたまま中指でメガネの位置を調節した。

そのまま何事もなく連休は終わってしまった。一度だけ実家に戻ってフラメンコの衣裳に埋もれた卒業アルバムを引っ張り出してはみたが、すぐに夏河理奈に連絡するようなことはしなかった。意地悪をしようと思ったわけでも、面倒になってしまったわけでもない。ただ二和美咲という存在が、いまや自分からはすっかり遠いものになってしまったことを認識しただけだ。彼女はもはや片思いの相手でもなければ、毎日のように顔を合わせるクラスメイトでもない。ただ近隣の高校に通っているだけの、無関係な女子高生だ。

幼い頃は、仮に目の前で不可思議な現象や事件が発生すれば、瞬く間に大冒険が始まるものだと信じて疑わなかった。例えば『インディ・ジョーンズ』、あるいはシータに出会ったパズーのように。しかし実際問題この年になると、悲しいかな最重要案件は目の前の仕事だった。

二和美咲を十八歳に留めている原因についてどれだけ頭をひねろうとも賃金は発生しないが、仕事を疎《おろそ》かにすればすべてが自分の身にマイナスとなって返ってくる。どこかで時間を見つけて、夏河理奈に卒業アルバムのコピーを渡してあげる程度のことはしてもいい。ただそれ以上、この問題に深入りする理由を見い出せなかった。俺には俺の生活があり、おそらくは二和にも十八歳の二和としての生活があるに違いない。

しかしそんな俺の考えをいとも簡単に吹き飛ばしてみせたのは、他でもない。

連休明けのプラットホームにまたも現れた、二和美咲本人だった。

実のところ先月まではもう二本だけ早い電車に乗っていたのだが、営業所に一番乗りしなければと意気込む満平への配慮のつもりで利用する時間を遅らせるようにしていた。だからこそあの日、俺はそれまで見たことのなかった二和の姿を目撃したのだ。つまり裏を返せば、この電車に乗ろうとするかぎり、俺は何度でも向かいのプラットホームに二和の姿を見続けるということになる。

二和は前回と同じように列の先頭で電車を待っていた。制服に身を包み、学生鞄を肩にかけて、どこからどう見ても高校生のままの姿で、そこに立っていた。

彼女を見つめていると、俺はやはりどうしようもなく混乱した。胸がねじれていくような感覚に陥る。夏河理奈から様々な説明を受けはしたが、だからといってすんなり納得できるものではない。彼女の姿はやはりどう考えてもあまりに奇妙だった。

ただ、だんだんとその混乱や疑問の矛先が、現象それ自体に対するものから、彼女の内面に対するものにまで及ぼうとしていることがわかった。どうして君は、十八歳でいることを選択したのだろう。そこにいる彼女の姿はいまや、まぼろしという言葉で表現すべき幻想的で儚《はかな》げな存在というよりも、いっそ時間の流れに足を取られた呪縛の象徴として映っていた。

気づいたとき、俺は走り出していた。そして同時に走り出した自分自身に心底驚いていた。人混みをかき分けながらエスカレーターを上り、何人かの体に肩をぶつけ、その度に小さな声で謝罪する。鈍行電車のプラットホームに降り立つと、すぐに二和の背中を見つける。俺は二和の名前を呼んだ。二和は列に並んだままこちらを振り向くと大いに驚き、そして肩で息をする俺のことを心配した。体力がないのは昔からだが、会社に入ってからは輪をかけて運動不足だった。

「二和はどうして十八歳のままなんだ」

咄嗟《とっさ》には聞き取れなかったのか、二和は首を傾げて尋ね返してきた。丁寧にもう一度同じ言葉を口にすると、今度はなんだそんなことかというふうに肩の力を抜き、線路の方を指差した。

った。

「電車来ちゃうから」

「次の電車でも間に合うだろ。いいから答えてくれ」

二和は諦めたように列の先頭から抜け出した。二和の後ろに並んでいた女性は前に詰めながら、俺と二和のことを交互に観察していた。俺たちがどういう関係なのか見極めているようだった。

二和はどうして俺がここにいるのかを尋ね、俺は向かいの快速のプラットホームから二和の姿を見つけたことを告げた。二和は納得したように頷くと、あまりにもあっさりと口を開いた。

「大人になるのが怖くなっちゃったの。それだけ」

「それだけ?」

「そう、満足してくれた?」

「……本当にそうなのか?」

「どうして?」

夏河理奈のことは黙っておくことにした。俺の不用意な発言によって、二人の関係が不和になってしまうようなことがあってはならない。「もっと別の理由があるんじゃないか? 例えば——」

「例えば?」

「……何か、恋愛絡みの問題があるとか」

「そんなこと確認するために走ってきたの?」表情から余裕が失せるわずかな瞬間を、俺は見逃さなかった。整った笑顔がほんの刹那《せつな》、揺れ、また何事もなかったようにもとの表情へと戻っていく。「間瀬には関係のないことでしょ。さあ、会社に行きなよ。遅刻したら怒られるんじゃないの？」

「本当のことを教えてくれ」

鈍行が到着し、多くの人が車内から吐き出された。同時に多くの人が車内に吸い込まれ、新たに乗車待ちの列がゆるゆると形成されていく。その間ずっと、二和は口を閉ざしたままだった。俺は質問を変える。

「いつまで高校生を続けるつもりなんだ？」

「いつまで、って」

二和は何かを放棄したような笑顔で、さらりと言ってのけた。

「ずっと、だよ」

俺は言葉を噛みしめた。ずっと。その一言を聞いたとき、俺はようやく理解した。俺はわずかながら、腹を立てていたのだと。だからこそ、向かいのプラットホームからわざわざこちら側まで走ってきてしまったのだと。怒鳴りつけてやりたいだとか、説教をしてやりたいというのとは少し違う。言うなれば、広大で緑豊かな森が山火事によって少しずつ焼失していくのを見せられているような気分だった。悔しくて、悲しくて、やっぱりどうにも腹立たしい。

「うまくは言えない。でも俺は、やっぱり二和は十九歳になるべきだと思う」

「どうして？」

「だから、うまくは言えない。とにかく二和がこの姿のままでいることに対して、あまりいい気持ちがしていないんだ。俺は可能なら、二和には十九歳になってもらいたいと思う。そしてそのためなら、可能なかぎり協力もしたい」

「放っておいて」二和は年下の人間を諭《さと》すように言う。「闇のなかに光を当てるようなことをしちゃいけないんだよ。闇は闇のままに。それが誰にとっても幸せなことなの」

「何が言いたいんだ？」

「いい年したサラリーマンが女子高生のプライベートに口を挟むなんて、あまりいい趣味じゃないんじゃないのってこと」

「どうしても、二和が十八歳のままでいる理由は教えてもらえないのか？」

二和は黙っていた。

「なら俺は、その理由を自力で調べる」

「変態」

「でもどうしても俺は、二和に前に進んでもらいたいと思ってるんだ」

二和はしばらく値踏みをするように俺のことを見つめていた。二和が何を考えているのかはわからない。あるいはこうやって沈黙をつくることによって、俺が考えを改めることを期待しているのかもしれない。だが舐めてもらっては困る。高校時代ならいざしらず、こちらはすでに一端《いっぱし》の大人だ。二和の表情ひとつで過度に動揺するようなことも、あのときのように大事な場面で逃げ出してしまうようなこともしない。

しばらく続いた睨み合いだったが、次の鈍行電車の到着を知らせるアナウンスが響いたところで二和はふっと表情を軽くした。

「わかった。好きにしたらいいよ」二和が見せたのは、笑ってしまいそうなほどあの頃のままの表情だった。「でも、いい？　間瀬が何をしようと関係ないから。私はずっとこのまま。ずっと十八歳。ずっと高校生。それは絶対に変わらない決定事項だから。間瀬が私の何を知ることになったとしてもね。それとね間瀬。最後にひとつだけ大事な話があるから、よく聞いて――」

二和は跳ねるような足取りで列の最後尾に並ぶと、綺麗な歯を見せながら言った。

「ボタンダウン。留め忘れてるぞ」

ボタンを留め直している間に、二和は電車のなかに消えてしまった。俺は大きなため息をつく。やはりどれだけ年齢を重ねても、俺は永遠に彼女に追いつくことはできないのかもしれない。

4

「あ、新聞部。鍵、返し忘れてるよ」

午後七時過ぎ、最終下校時刻をわずかに過ぎた旧校舎の廊下は、海の底のような青みがかった暗闇に包まれていた。ほとんどの生徒がすでに下校してしまっているため、辺りはひっそりと静まり返っている。

声の主が夏休み前の国際交流部で会った、二和美咲という女子であることはすぐにわかった。忘れられない声だ。新校舎へと繋がる二階の空中廊下を歩いていた俺は、慌てて後ろを振り返った。二和美咲は国際交流部の方からこちらに向かって歩いてくると、爽《さわ》やかな笑顔を見せた。肩に鞄をかけていた。おそらくは彼女もこれから下校するのだろう。

「新聞部だよね？　この前、部活紹介のプリントを持ってきてくれた」

俺は頷いた。当然ながら俺は彼女のことを覚えていたが、彼女が俺のことを覚えていてくれたのは意外だった。そして純粋に嬉しかった。

「鍵、返してないでしょ？　たぶんここ数日ずっと」

「鍵って、部室の鍵？」

「そう」

「……どこに返すの？」

「返したことないの？」

俺はそれがどの程度問題のあることなのかもよくわからないまま、恐る恐る頷いてみせた。

すると彼女は、部室を使用する際はその都度鍵を職員室に取りに行き、使用し終わったら必ず返さなければならないのだと教えてくれた。職員室に入ってすぐ右の壁面にキーボックスが設置されており、そこに新聞部の鍵をかける場所もある、と。

「何日もずっと新聞部のところに鍵がかかってなかったから、きっと返してないんだろうなって。さっき私が返しに行ったときもかかってなかったし」

どうやら彼女は一度職員室に鍵を返してから、再び部室前に置いておいた鞄を取りに戻ってきたところだったらしい。

「鞄、重いから、できるだけ持つ時間を減らしたくて」笑う横顔はまるで砕いた宝石を撒いたように、暗い校舎のなかでもきらきらと輝いていた。「結構、返さない部活多いんだけど、ちゃんと返した方がいいよ。一応ルールみたいだから。この間、どこかの部活が小林《こばやし》に怒られてたもん」

「小林って……副校長？」

「そう。あの白髪頭の」

俺は頷いた。怒られるのは御免だった。友人を五人つくるよりも、敵を一人もつくらないようにしたい。それが当時の俺のモットーだった。下らないことで目をつけられたくはない。

「新聞部も結構遅くまで活動してるんだね」

「ん……まあ」俺はわずかに首を傾げながら小さく頷いた。「そうかな」

「文化祭用の新聞を書いてるの？」

「いや、それは終わったんだけど——」俺は言葉を濁した。「まあ、いろいろ」

彼女は「へえ」とだけ言って、それ以上は質問しなかった。これは本当にありがたかった。なにせいくら穿鑿《せんさく》されようとも、俺は、新聞部がいま何をしているのかという問いに対する明確な答えを持っていなかったからだ。

文化祭前だが、当日掲示する壁新聞を完成させていた先輩たちは、すでに卒部扱いになっていた。二年生はいなかったので、部活は早々に我々一年生だけのものとなった。一年生の部員は名簿上、四人いた。俺、それから数回部室に顔を出した大川、それに泉《いずみ》と山元《やまもと》というのがいたのだが、この二人に関してはほとんど覚えていない。たぶん卒業アルバムの写真を撮るとき以外は、一度も顔を合わせていないのだと思う。彼らは毎年文化祭の季節になると顧問を経由して極めておざなりな原稿を提出してはいたのだが、とうとう部室に顔を出すことは一度もなかった。いわゆる幽霊部員というやつだ。そしてそういった部員しかいなかったものだから、中願寺先輩は消去法的に俺を次の部長に任命する他なかった。

「大してやることはないと思うけど、よろしくね」

中願寺先輩から部室の鍵を渡されたとき、俺は柄にもなく笑顔を隠せなかった。我ながら単純だと思うのだが、本当に心の底から嬉しかったのだ。それが仮に消去法的な人事であったとしても、どうしようもなくちっぽけな部活の部長の座なのだとしても、そんなことは関係なかった。俺は生まれて初めて何者かになれた。そんな心地になった。

思春期の精神構造というものは、いま思えば実に単純極まりないのだが、当時の当人にとっては世界の何よりも複雑であるように思われた。機械式時計の内部構造、でなければ未知の分子の組成式だ。俺は自分には取り柄がないということを自覚しながらも、しかしそんな状態から脱却したいと願ってやまなかった。体育館の壇上で拍手を浴びながら賞状を受け取る誰かを見るたびに、校名の入った大きなエナメルバッグを軽々と背負う運動部の生徒を見るたびに、放課後の音楽室から聞こえてくる管楽器のチューニング音を聞くたびに、自分がどれほど無価値で無意味な人間であるのかを見せつけられているような気持ちになった。君は何かに夢中になったことはないのかい。何もしないで一生を終えるのかい。

あまり二和美咲とは直接の関係がないので詳しくは触れないが、当時の俺にはイゾウとカブという二人の友人がいた。大人になったいまも年に数回は顔を合わせる程度の交流がある。当時も昼食や休憩時間など校内でのほとんどの時間をともに過ごしていたのだが、そんな二人にも夢というほど大きなものではないにしても趣味と呼べるものはあった。そういった身近な人物の存在も、俺の劣等感をいっそう煽《あお》った。俺には趣味すらない。

そんな俺が手に入れたのが、新聞部部長の座だった。俺は腕まくりをすると早速、今後部長としてどのように振る舞うべきか考えた。よし、新聞部を学校屈指の部活に育て上げよう――そういった考え方ができればいくらか建設的ではあったのだが、当時の俺にはそんな行動力も、統率力もなかった。いま考えると笑えるのだが、当時の俺は大真面目にこう決意した。ひとまず放課後は必ず部室に行こう。そして仮にも新聞部なのだから、そこで毎日、新聞を読むことにしよう。すべてはそれからだ。

俺は生徒が自由に読んでいいことになっている図書室の讀賣《よみうり》新聞を拝借すると、それを部室で黙々と読み続けることを自らに課した。可能なかぎり隅から隅まで。俺以外の部員はもちろん、顧問の三浦《みうら》教諭でさえ部室に現れることはない。部室はほとんど俺のための個室と化していた。そうして孤独に新聞を読んでいると、俺は徐々に何かに没頭している人間になることができているような気がした。正直に言って新聞を読むことそれ自体はまったく楽しくならなかった。それでも夢中になれているのだと思い込んでいるうちは、俺は何者かになることができていたのだ。

ちなみに残念ながら、この新聞を読み続ける活動はさして長くは続かなかった。数カ月が経ち、いい加減ただ新聞を読むのに飽きてきたと考え始めた折にちょっとした事件が起こり、俺はとある作業に時間を割《さ》くようになる。しかしこの時期に大量の新聞記事を読んでいたのは、まったくの無意味ではなかったように思う。というのも多少なりとも語彙《ごい》力はついたと思うし、この頃に身につけた政治経済、世界情勢、それからスポーツに関する知識が、いまになって営業トークのなかで生きることがあるからだ。奥歯に挟まっていたものが忘れた頃になってぽろりと口のなかにこぼれてくるように、知らず知らずに蓄《たくわ》えていた知識が不意に口をついて出てくることがある。人間、何が後年になって役に立つのかわからないものだ。

そんなわけでその日も部室にて下校時刻まで新聞を読んでいた俺は、二和美咲の忠告どおり職員室に鍵を返しに行くことにした。管理不行き届きでせっかくの部室を取り上げられてしまってはかなわない。

職員室も下駄箱も、ともに新校舎にあった。よって俺は彼女と肩を並べて新校舎へと向かうことになり、大いに緊張した。途端に何をしゃべることもできなくなってしまう。しかしそんな俺の硬さを察したように、彼女は実に自然な様子でいくつかの質問を投げかけてくれた。どうして俺が新聞部に入ったのか、文化祭の壁新聞はどこに貼り出すつもりなのか、部員はどのくらいいるのか。俺は彼女の質問に必要最低限の言葉しか返せない己の未熟さに、静かに腹を立てていた。せめてもう少し気の利いた人間だと思われたい。

「……あの、二和さんは、どうして国際交流部に入ったの？」どうにか質問する側に回る。

「あれ、名前覚えててくれたんだ」

あっ、となぜだか動揺してしまうのだが、何もまずいことはしていない。何とか取り繕って答えた。「……この前聞いたから」

「ありがと」彼女はこちらの動揺をすべて見透かしているように、すこしばかり意地悪にも見える笑みを浮かべてみせた。「私、将来は通訳になりたいの」

「通訳？」

「そう。英語の通訳」彼女は廊下の先を見つめていた。「世界中の人と話せたらすごく楽しいだろうな、って。だから国際交流部に入ったの。将来の役にも立ちそうでしょ？」

俺は頷いた。夢を持っている人間は、やはりどうにも眩《まぶ》しかった。

やがて新校舎の階段前にまでたどり着くと彼女は立ち止まった。ここを下りれば下駄箱だ。

「一緒に職員室まで行こうか？」

「えっ？」

「キーボックスの場所、わかるかな、って」

「あぁ……」

「それに、暗いところを一人で歩くのって、ちょっと怖くない？」

彼女は廊下の先を指差した。突き当たりにある職員室からは蛍光灯の光が漏れていたが、そこにたどり着くまでの廊下はやはり青白い暗闇に包まれていた。

「私、苦手なんだよね」

「……さっきまでは普通に歩いてたのに？」

「一緒に歩いてくれる人がいれば、そこまででもないの」彼女は苦笑いを浮かべた。「でも一人だと、ちょっとね。さっきも廊下の蛍光灯、わざわざ全部つけてから歩いたくらいだもん」

本心としては職員室まで一緒についてきて欲しいと言いたかった。あわよくば、ともに下校することができるかもしれない。しかしここで彼女に同行を求めることは、なぜだろう、ひどく情けないことのように思えてならなかった。キーボックスを一人で探せない男だとも、暗闇を一人で歩くのを怖がる男だとも思われたくない。ちっぽけな見栄が貴重な機会をふいにした。

「大丈夫」

「そっか」彼女は笑うと、壁面にあった蛍光灯のスイッチをつけた。ぱっ、と下の階へと続く階段に明かりが灯《とも》る。「じゃあ、またね」

「また」

彼女は階段を下り、俺は職員室へと向かって歩き出す。そうして誰もいない廊下を歩いていると、俺はようやく自分がいかにもったいないことをしたのかを自覚し始めた。もう少しだけ彼女と言葉を交わせたかもしれないのに、もう少しだけ仲良くなれたかもしれないのに。胃がちりちりと焼けるように痛んだ。まだ彼女は階段を下りている最中だろうか。もしくは下駄箱で靴を履き替えているところだろうか。いずれにしても、まだ校外には出ていないのではないか。見えもしない彼女の姿を想像しながら、俺は徐々に歩く速度を上げていった。

まだ、間に合うかもしれない。

気づくと、全力で走っていた。息を切らしながら職員室までたどり着くと、すぐにキーボックスを見つける。新聞部と書かれてある箇所に鍵をひっかけ、残っている教師陣に見つからぬよう、ある程度歩いたところで再び全力で廊下を走った。体育の授業のときよりも、よっぽど必死になって走った。

しかし元の場所に戻ったとき、すでに階段の明かりは消えていた。俺はそれでも諦めきれず、転がるようにして階段を駆け下りた。ひょっとしたらまだ――。肩を大きく上下させながら見回した下駄箱の周りに、残念ながら二和美咲の姿はなかった。俺はようやく諦めて肩を落とすと、どんよりとした気持ちのまま外靴に履き替えた。そして校門へと続くレンガ畳の上を歩きながら、何度も自分に言い聞かせていた。

大丈夫、きっとまたどこかで会えるはずだ。そんなに絶望する必要はないんだ、と。

これが一年次における二和美咲との最後の交流になることを、このときの俺はもちろん知らない。

俺は校門の前に車を停めると、すぐさまハザードを焚いた。

もう間もなく授業が終わる頃合いなのだが、レンガ畳の上を歩く生徒の姿はまだない。俺は鞄のなかから卒業アルバムのコピーを取り出すと、それを助手席の満平に渡した。満平は終始浮かない表情のまま、嫌々といった感じで写真に目を通した。

「……え、これが間瀬さんですか？」

「何かおかしかったか？」

「いや、なんというか……さすがにいまの間瀬さんの雰囲気とはちょっと違うな、と」

「冴《さ》えない顔をしてるだろ」

「いや、それは……どうでしょう」

素直な反応だ。自分でも当時の写真を見ているとどうにも歯がゆいものがある。端的に言って垢《あか》抜けていないのだ。きちんと自分の体にあったサイズの服を選び、床屋でなく美容室で髪を切るようにしただけで印象が劇的に変わることを知ったのは、大学生になった後だった。せめていまのように前髪を上げていれば、もう少しばかり陰気さを軽減できたかもしれない。

「まあ、俺のことはいいんだ。こっちのこれ、これが二和美咲」

満平はおざなりな態度で頷くと、呆れたような眼差しで俺の顔色を窺《うかが》った。間瀬さん、こんなことは止めましょうよ。何をむきになっているんですか。無言のメッセージがひしひしと伝わってくる。

「この二和さんという人が、まだ高校生のままこの学校に通っている、と」

「あり得ないと思うか？」

しばらく間をつくった後に、満平は仕方ないといった様子で小さく頷いてみせた。

「そうですね。常識的に考えて」

俺は頷いた。そしてしばらく校門の前で二和を待つことにした。十分ほど経過した頃に、満平はもう営業所に戻りましょうよと提案してきたが、無論のこと無視させてもらった。するとようやく二和美咲が夏河理奈とともに現れた。俺は慌てて満平の肩を叩くと二和のことを指差した。彼女は俺たちの存在には気づくことなくゆっくりと歩道を歩いている。

満平は一度だけ写真に視線を落とすと、それからしばらく二和のことを見つめていた。極限まで目を細めたまま、二和の動きに合わせて首をゆっくりと横に動かしていく。カルガモの行進でも見つめるように、じっと、黙って、興味深く二和のことを見つめ続けた。

「見たか?」と俺は二和の姿が完全に見えなくなったのを確認してから尋ねる。

「見ました」と満平は窓の外を見つめたまま答えた。

「俺は、十八歳のまま年齢が止まってしまうだなんて、あり得ないことだと思っている。人は誰しも平等に年を取るもんだ。いまの二和は、明らかにおかしな状態だ。そう考えている。満平もそう思うか?」

「いや……まあ」満平は俺の方を振り向くと、険しい表情をしながらも小さく何度か頷いてみせた。「実際に見てしまったら、認めるしかないですよね」

「何を?」

「年齢が止まってしまう人もいるんだ、ってことをですよ」

「さっきまでは、常識的に考えてあり得ないと言っていたのに？」

「だって、現にいたわけですから」

「もう、おかしなことだとは思わない？」

「珍しいことなんだろうなとは思いますけどね」

俺は満平が冗談を言っているふうではないことを確認すると、サイドブレーキを解除した。

「ありがとう、参考になったよ」

「……これだけですか？」

「そう、これだけ」

車を発進させると、営業所へと戻る道を進む。

夏河理奈によれば、学校関係者は、年齢が止まってしまった二和のことをとりたてておかしな存在だとは思っていないらしい。夏河理奈本人も然《しか》りだ。そしていま、満平までもがそちら側の人間になってしまった。こうして少ない情報を元に考えてみると、どうやら二和と何らかの関わりを持ってしまうと、例えば満平のようにその姿を目撃しただけでも、彼女の年齢の異常さに疑問を抱かなくなってしまうらしい。そこにはなるほど、何かしら不可視の力が働いているのだろう。もちろんその力がどんなものであるのかなどという話は、俺にはさっぱりわからないし、今後もわかりそうな気がしない。

しかしこうなると、生まれてくるのは別の疑問だ。

どうして俺だけが、二和の年齢について違和感を抱き続けてしまうのだろうか。

# 5

夏河理奈から真鍋桂子《まなべけいこ》の連絡先がわかったという知らせが届いたのは、翌週の月曜日のことだった。

数日前、夏河理奈に対し二和の件について俺にも協力させて欲しいという旨の電話をいれると、彼女はわずかだけ声のトーンを高くしてありがとうございますと言った。そして役割分担を提案してきた。俺は彼女に、高校時代の二和について詳しそうな人物のリストを渡す。一方で彼女はいくつかのSNSや検索エンジンを駆使してリストの人物の連絡先を見つける。実際に連絡を取ったり、必要に応じて会いに行ったりするのは俺にお願いしたい。手に入れた情報は可能なかぎり共有して欲しい、ということだった。異存はなかったので同意し、早速卒業アルバムを開いた。俺のなかにあるあの記憶は、二和が十八歳のままでいる理由の仮説と呼ぶにはあまりに断片的で、そして脆弱《ぜいじゃく》だ。可能なら二和のことをよく知る誰かと情報のすり合わせを行いたい。

俺は二年、三年次の、クラス内での二和の様子をどうにか思い出そうとした。しかしこれがなかなかどうしてうまくいかない。女子生徒というものはよくも悪くもクラス内でグループを形成する傾向にある。彼女はこのグループの一員、彼女はこのグループから抜け出し、現在はこのグループの一員、といった具合に。

しかし二和という生徒は、いったいどこのグループに所属していたのかいまひとつわからないのだ。森本《もりもと》と仲がよかった気もするのだが、藤沢《ふじさわ》とともに歩いている姿も何度か見かけた気がする。しかしこの森本と藤沢は、間違っても行動をともにすることはない。表面的な捉え方をすれば、二和は誰とでも分け隔てなく接することのできる生徒だったということなのだが、どうもそれが答えではないような気がした。これは俺の勝手な推察なのだが、おそらく二和の心のなかにある本籍のようなものが、クラスではなく、国際交流部の方にあったということなのではないだろうか。

二和はいつも授業が終わるとすぐに部室へと向かった。彼女にとってより重要な時間は、クラスメイトと過ごすそれではなく、部活でのそれだったのではないだろうか。だとするのならば、アポイントを取るべきはかつてのクラスメイトではなく国際交流部員だ。

あたりをつけた俺は部活紹介のページを開いた。新聞部ですら顧問を含めて五人で写っているというのに、意外なことに国際交流部は三人しか写っていなかった。顧問の網沢《あみざわ》教諭と、二和、それから真鍋桂子だ。

真鍋と俺は一年生のときのクラスメイトであったのだが、正直に言って彼女が国際交流部の一員だったという事実はまったく知らなかったし、想定すらしていなかった。むしろ彼女のイメージは国際交流部という組織が持つものとは対極にあると言っても過言ではなかった。彼女はずばり、ロックスターだったのだ。

俺が高校一年生だった頃、まだｉＰｏｄやＭＰ３プレーヤーといったものは、そこまでメジャーな代物ではなかった。登下校時に音楽を聞こうとするのならば、いまではすっかり見なくなったＭＤプレーヤーを使用するのが一般的だった。俺も当時は、そんなＭＤプレーヤーユーザーの一人だった。音楽にとびきり興味や情熱があるというわけではなかったのだが、登下校の退屈な時間を、音楽を聞きながら過ごせるなら聞かない手はあるまい。プレーヤーは姉から譲り受けた。姉はアルバイト代をはたいてＬＰ４に対応した最新式のＭＤプレーヤーを手に入れていたため、そのお下がりをもらう形になった。ボディがピンクだったのがひどく気に入らなかったが、文句を言える立場ではなかった。

圧縮機能を使わないかぎり、一枚のＭＤの録音容量はＣＤアルバム一枚分程度だ。よって俺はいつも布製の小さなケースに何枚かのＭＤを入れて登校していた。聞いていたのが、松任谷由実、アン・ルイス、それから杏里に中森明菜と、一昔前の女性歌手に偏っているのは、俺の経済状況と母親の趣味に依拠《いきょ》している。アルバイトもしていない高校生にとってＣＤをレンタル、あるいは購入するとなるとそれなりに大きな出費となる。特別に思い入れのある歌手がいるわけでもないとなれば、なおのこと出費は惜しい。俺は仕方なく自宅にあった母親のＣＤをＭＤに焼くことにした。姉のＣＤを借りるという手もないではなかったが、姉の聞く音楽というのはなかなかにマイナーで過激なヴィジュアル系バンドに偏っており、当時はどうしても聞く気になれなかった。

「お前、それ何聞いてるんだ」

驚くべきことに、それが真鍋桂子からかけられた最初の言葉だった。席替えをして間もない頃だったと記憶している。新しく隣の席になった彼女は単純に言ってもものすごく、怖かった。まずもって目つきが鋭い。冷凍庫で極限まで冷やしたナイフのように、視線にはきりりとした緊張感があった。当時は割と真剣に彼女にカツアゲされる可能性を考えていたくらいだ。おい、隣のお前。少しくらい金めぐんでくれよ。言われた日には、たぶん財布にあるだけの金を渡していたと思う。

また、毎日学校にギターケースを背負ってきているというのも、ひとつ怖さを助長するポイントであった。俺が日々イメージしていたのは、ステージの上でシャウトしながらエレキギターを叩き割る彼女の姿だった。もちろんそんなものはしていないのだが、俺には彼女の両耳と鼻に銀色のピアスが見えるようだった。とにかく怖かった。カブはそれほどでもなかったが、イゾウは俺と同じく真鍋のことを大いに恐れていた。「間瀬、お前、殺されるなよ」バカバカしいと笑い飛ばせないところが、真鍋の佇まいにはあった。

そんな矢先にかけられたのが先ほどの言葉だ。俺はイヤホンを両手に持ったまま固まると、小さな声で「え」と尋ね返した。

「だから、それ。何聞いてるのかって訊いてるんだよ。英語のリスニングじゃないんだろ」

「……あの」どう答えたものか迷ったが、嘘をつく理由もなかった。「松任谷由実」

「ユーミン？」

「……そう」

「男子高校生がユーミン？」

「そう、だけど」

「なんかいいじゃねぇか」

よくわからなかったが褒められれば悪い気はしない。「いい？」

「そりゃいいよ。オレンジレンジって言ったらぶっ殺してやろうと思ってた」

かなり危ないところだったらしい。俺が心のなかで冷や汗を拭っていると、真鍋は俺のMDケースを見せてくれと言った。若者の流行ど真ん中とはいかない俺のMDたちも、バンドミュージックに傾倒していた真鍋の耳には一周回って新しく聞こえたらしい。真鍋は早速自分のプレーヤーで試聴し始めた。そしてその日の放課後になると、その内の四枚をピックアップし、是非とも貸して欲しいと頼み込んできた。

「この辺の曲、舐めてたわ。お前、なんて言うんだっけ？」

「間瀬だけど」

「間瀬、お前けっこういいセンスしてるよ」

「……ありがとう」

「そのうち返すから、しばらく頼むわ」

もちろんMDは未だに返ってきていない。冷静になれば、実際的にはカツアゲされているようなものだ。しかしそれでも俺は真鍋を激しく糾弾する気にはなれなかった。彼女が怖かったということもあるが、それ以上に彼女が俺の持っていたMDを欲しがってくれたということがどことなく誇らしかったのだ。CDは家にあったし、またMDに焼けばいいだけの話だ。それよりもギターケースを背負っているような人間に、音楽という分野で認められたという事実の方が、俺にとってはずっと重要なことであった。

真鍋は俺のMDを自分の鞄のなかにしまうと、にやりと歯を見せてから言った。

「お礼に、もっとガシャガシャしたやつ聞かせてやる」

俺はてっきり、代わりに自分のMDを貸してくれるのかと思っていたのだが、そうではなかった。彼女が取り出したのは、一枚のフライヤーだった。そこには文化祭の体育館で、MSPという名前のバンドが演奏をすることが記されていた。

「絶対聞きに来い」

それはそれは、すごかった。俺は心のどこかで、高校生のバンドごっこが展開されるに違いないと高をくくっていたのだが、そこで繰り広げられたのはれっきとした一流の音楽だった。もちろん、細かく観察をすれば彼女たちの演奏には未熟な部分があったに違いない。それでもそんなものは俺にはわからなかったし、会場に集ったオーディエンスを熱狂させることが音楽家の使命なのだと定義したならば、彼女たちはすでにプロフェッショナルと呼んでも問題ないように思えた。MSPとはあろうことか、真鍋サウンドプロジェクトの略称であり、真鍋桂子を中心とした、真鍋桂子による、真鍋桂子の魅力を前面に押し出すためのバンドであった。メンバーは四人だったと思う。ボーカル兼ギター、ベース、ドラムに、それからキーボードだっただろうか。全員女子だった。よくメンバー内で非難の声があがらなかったものだ。
一曲目には東京事変の「群青日和」を歌い、二曲目にはブルーハーツの「僕の右手」を、そして最後にはオリジナル曲を歌い上げた。残念ながら知らない曲というものは往々にして観客の興味や関心をひきにくいものだが、彼女たちにそんな常識は当てはまらなかった。ラストのオリジナル曲に体育館は大きく揺れ、俺も夢中になって聞き入った。なかなか頭の悪い歌詞だったのだが、だからこそ思春期の心にあまりにも清々《すがすが》しく響いた。卒業アルバムと一緒に保管してあった高校時代のファイルのなかに奇跡的にくだんの曲の歌詞が記されたフライヤーが残っていたので、以下にサビの歌詞を記しておく。

見ちゃいけないものが見たい　見ちゃいけないものだけが見たい
夢が見たい　裸が見たい　酔っぱらいヤクザの喧嘩が見たい
見ちゃいけないものが見たい　見ちゃいけないものだけが見たい
でも見れない　誰かの期待　取っ払ってたくさん悪さをしたい
どうせ明日も学校に行く　行ったら最後　夢捨てるまで教育される
秋の星空に涙をこぼせ　今日も涙で我慢をしよう

面白いもので、こうやって歌詞を眺めていてもメロディはいまひとつ鮮明に思い出せない。それでもそのときの会場の空気感というのだろうが、音楽関係者の言うところのグルーヴというものは、この体が正確に記憶していた。真鍋はギターを叩き割ることはなかったが、よく通る声でシャウトしていた。情熱的なライブだったのだ。

ちなみに完璧に余談になるのだが、その頃新聞部部室の前には我らの壁新聞が掲示されていた。俺が青臭いジャーナリズム精神を胸に書き上げた鳥インフルエンザの記事をまるでからかうように、三人の先輩たちが共同で書いた使い勝手のいい着うたサイトの比較記事が大きく載っていた。その他の一年生が書いた記事も、およそ新聞と呼ぶにはふさわしくない雑記程度のものだった。真鍋のライブを見た後に立ち寄ったということもあり、俺はとびきり惨めな気持ちになった。いったい俺は、何をやっていたのだろう。

文化祭が終わった後の教室で、俺はライブの感想を真鍋に伝えた。本当に感動した、本当にかっこよかった、と。すると真鍋は口をすぼめてみせてから大きく笑った。

「なんだ、聞いてくれてたのかよ間瀬。嬉しいな。ところでお前、どこでライブの情報を仕入れたんだよ」

独自の世界を持っている人間は、いつだって凡人の思考の上を行く。ひょっとするとこういう人間がプロになるのかもしれない。俺は素直に彼女のことを尊敬していた。

三十を目前に控えた独身男性が、高校時代の同級生である女性に突然連絡をするというのは、ちょっとした意味性を孕《はら》んでいる。いくら二和の件について質問したいという大義名分があったとしても、そんなものは建前だと受け取られてしまう可能性は高い。その点において、真鍋に連絡を取るというのはまったく気兼ねする必要がなく実によかった。森本や藤沢に連絡を取るとなれば大いに気が引けたが、真鍋なら何を気にする必要もない。むしろ純粋にまた会ってみたい。そう思えた。ちなみに夏河理奈は、真鍋の名前を昔のバンドメンバーのホームページのなかに見つけ、そこから連絡先を割り出したらしい。真鍋が流行《はや》りのSNSに手を出すイメージはなかったので、連絡を取ることができたのは僥倖《ぎょうこう》と言うべきかもしれない。

金曜日、真鍋が指定の居酒屋に現れたのは、約束の午後九時を十五分ほど過ぎた頃であった。黒のTシャツにジーンズというシンプル極まりない恰好は、いかにも真鍋らしかった。高校時代にはまだかろうじて残っていた幼気《いたいけ》な少女の側面が完全に淘汰《とうた》され、彼女はすっかり大人になっていた。目つきの鋭さが、往時より際立つ。

彼女は店内に俺の姿を認めると、小さく右手を上げてみせた。数年ぶりの再会とは思えない気軽さだ。席につくと同時に店員を呼び、こちらの意向はお構いなしに生ビールを二つ注文した。こうでなくては。ギターケースを背負っていないのがやや物足りなかったが、やはり彼女は俺のよく知る真鍋に違いなかった。

「サラリーマンか?」

仕事帰りだったのでこちらはスーツ姿だった。「印刷会社で営業をやってる」

「ぼそぼそしゃべる口下手なお前が、営業ね」

「案外口下手な方がうまくいく。営業は話すことより聞くことに時間を割くべきなんだ。それに、昔に比べたら随分とまともにしゃべれるようにもなった」

真鍋は笑った。「確かに、雰囲気がだいぶ変わった。危うく見つけ損ねるところだったじゃねぇか」

「年相応に変わるさ。髪も短くした」

「いや、そういう小さな問題じゃないだろ。何かこう、どっしりとしたよ。顔つきも違う。背筋が伸びたか?」

「確かに、あの頃は少し猫背だったかもしれない。真鍋は何やってるんだ?」

「CDを売ってる」

ついにやったのか。俺は無邪気に喜びそうになったのだが、よくよく話を聞いてみれば百貨店のCD売り場で店員をやっているということだった。俺は情けなくも、落胆の色を隠せなかった。

「惜しいところまではいったんだ」真鍋はビールを呷《あお》りながら言った。「インディーズだが、契約の話をもってきてくれた。そんで何枚かCDを出すことになった。でもそこまでだ」

真鍋は瞬く間にジョッキを空にした。

「自分より若くて才能のあるやつがバンバン出てきて、途端に自惚《うぬぼ》れが消えた。泡が弾けたみたいに、ぱん。それきりだよ。そこからはどうにもうまくエンジンがかからなくなった。演奏する気も、歌う気も、新しい何かを生み出そうって気力もなくなっちまった。まあつまり、こういうのを、才能がなかったって言うんだろうな」

俺は何を言うこともできなかった。

「でもあれなんだよ、ＣＤを売るだけってのも案外悪いもんじゃないんだ。店頭を見てると、そこに音楽業界の需要と供給の縮図があることがわかる。これが結構面白い。人に認められなきゃならないというプレッシャーから解放されて初めてわかるものもあった。いまの生活には満足してんだ」

「……ＣＤは、よく売れてるのか？」話題に詰まると景気の話に逃げたくなる。営業マンの悲しい習性だ。

「売れねぇよ。売れるのは特典のついてるアイドルのＣＤだけだ。みんな初回版と通常版の両方を買っていくんだから律儀だよ。まったく考えさせられるよ。アーティストが売っているものは本当に音楽なんだろうか、ってな。実はもっと別のものを提供していたのかもしれない。純粋に音源だけだったら、ダウンロード販売で一曲三百円もしない。死ぬ気でつくって三百円。なんだか、いろいろとわからなくなってくる。笑えるし、泣けてもくる……まあいいや、それでなんだ？　二和がどうしたって？」

俺は店員がいくつかの料理を配膳し終わるのを確認すると、本題へと移ることにした。メールでは二和について話があるとだけ伝えてあったのだが、具体的に年齢の問題については説明していなかった。どう切り出すべきか少しばかり迷ったが、結局はありのままを伝えることにする。

「真鍋は、卒業してから二和に会ったことはあるか？」

「いいや、ないね」真鍋はだし巻き卵を頬張った。「熱っ」

「実は二和はまだ、高校生をやってるんだ。留年しているわけじゃなくて、本当に十八歳のままなんだ」

「はあ?」顔が歪む。

「年を取ってないんだ」

「……何が言いたいんだよ?」

「意味がわからないか?」

「逆にどうわかると思ってんだよ」

当然といえば、当然のリアクションだった。満平は現在の――つまり成長を止めてしまった以降の――二和を目撃した瞬間に、二和の年齢の異常さを認識できなくなってしまった。ならばかつて二和とともに過ごしたことがあった真鍋のような人間であっても、いまの二和に出会わなければ認識の変化は起きないということなのだろう。異常な話は、異常なままというわけだ。あるいはかつての同級生たちはみな俺と同じように、現在の彼女の姿を見ても認識の変化は起きないのだろうか。頭のなかではいくつかの可能性が浮かんでは消えたが、いまはそういった大枠の検証が目的ではなかった。あまり他人のことに関心がないのはあの頃のままのようで、話の矛先を少しずらしてやればそれ以上何を尋ね返されることもなかったので助かった。

「二和には何か、高校時代に心残り――もしくはトラウマみたいなものがあるらしいんだ。ちょっとした事情があって本人は教えてくれそうにない。真鍋には、何か心当たりはないか?」

「なんでいまさら二和の問題に首突っ込んでんだよ?」

「色々あるんだよ」俺は、ビールのおかわりを注文する真鍋の横顔に向かって告げた。「おそらくは恋愛絡みの問題じゃないかと疑ってるんだが、当時の二和の彼氏とか、知らないか？」

「彼氏？」真鍋は少しずつ赤らみ始めた頬を撫でながら、首を横に振った。「知らないね。よくわからないけど、あいつに彼氏なんていなかったんじゃないか？　なんか、そういう雰囲気じゃないだろ。男にはモテそうだけど、あいつが制服着て彼氏といちゃこらしてる姿はうまく想像できんね。とにかく知らん。というか、そもそもどうして私に二和のこと訊こうと思ったんだよ。二和とは一度も一緒のクラスになったことないぞ」

「国際交流部で一緒だっただろ？」

「はあ？　あぁ、そういうことか」真鍋は右手を強く振った。「あんなもん籍だけだよ。籍だけ。私があんなバカ真面目な部活にのこのこ顔出すと思ってんのか？　こっちは幽霊だよ」

「……あのスパルタな部活で幽霊になんてなれたのか？」

「同好会に入ってれば文句は言われないんだ。こっちは一応、軽音楽同好会の所属。国際交流部って言うくらいだから定期的にヨーロッパにでも繰り出すのかと思ってたんだが、蓋開けてみればやつらのやることなすこと地味なこと地味なこと。面白そうな活動なら参加してやってもいいと思ってたけど、あれじゃ参加する気は起きなかったね。最初の数回だけ顔を出して、後は完全な幽霊」

「そうだったのか」

こうなると、真鍋から有用な情報が得られそうな気配はぐっと萎《しぼ》んでしまう。俺はようやく一杯目のビールを飲み干した。あまり酔わないように気をつけていたのだが、その必要もなさそうだ。追加のビールを頼む。同じタイミングで真鍋はチューハイを頼んだ。

「一度だけ、顧問にキレられたことはあったけどな」

「顧問……網沢に？」

「そう」真鍋は枝豆を口に放り込んだ。「国際交流部でゴミ拾いだか、ゴミ掬《すく》いだかをすることになったから、お前も手伝えって。たまには部員らしいことをしてくださいだとよ。あいつヒステリックな女だったよな？」

「はは、どうだろう。気難しい人ではあったけど」

「あるときから突然ヒステリックに磨きがかかったよ、あの女。あれで既婚なんだから世の中イカれてるよ。旦那はどういう神経してんだ」

真鍋は怒りの矛先をホッケへと向けると、箸《はし》で乱暴に身をほぐした。

「あぁ……そういえば二和の恋愛絡みといえば、あれがあったな」

俺は身構えた。「あれ？」

「東《あずま》が二和に告白したんだ。玉砕したけどな」

「東って……あれか。あの——」

「東連太郎《れんたろう》」

俺はアルコールがどっとまわるような感覚に襲われる。東といえば、なかなか端整な顔立ちをした青年だった。彼も、二和のことが好きだったのか。強力なライバルが現れたような気持ちになって心がずきりと痛み、しかし同時に彼の玉砕を知って安堵している自分がいた。いったい何年前の話に動揺しているのだろう。

「いつだったか、東が私のとこに相談に来たんだ。二和に告白をしようと思うんだけど、って。代わりに伝えてくれないかななんて言ってきたら、八つ裂きにしてやろうと思ってたんだが、どういうシチュエーションで告白したらいいと思うかって相談だった。意外に可愛いやつだったよ、まったく」

俺はひとまず手帳の隅に、『東連太郎：二和に告白』と記しておいた。

「まあ、でもそんくらいだな。私が二和に関して知ってる恋愛絡みの何かってのは。二和のことならあいつが詳しいだろ、あの……なんて言ったっけ、あのオダシマだったか、オダギリだったかは忘れたけど、あの……あいつ」

「オダシマ？」

「あの、国際交流部のやつだよ」

「先輩か？」

「同い年だよ。二和と仲が良かったんだ」

「卒業アルバムには、真鍋と二和の二人しか写ってなかったぞ」

「え？　そうだったか……なんでだろ。でもとにかくいたよ、間違いない。私が知るかぎり部活に出入りしてたのは、先輩の松永《まつなが》と、山中《やまなか》っていうのと、あとたまに来る網沢の弟と……それからやっぱり同級生のオダシマだよ。……いや、オダギリだな。小田桐《おだぎり》。それこそそうだよ、東とも仲が良かったはずだ。いつも優等生面《づら》してた女だった」

俺は『東連太郎』の隣に、『オダギリ（もしくはオダシマ）という同級生』と記す。

「というか、お前の方こそ何か心当たりはないのかよ？」真鍋は箸で俺を指した。「お前は、一年のとき以外は二和とおんなじクラスだったんだろ？　お前の方が日頃の二和の様子には詳しいだろうに」

俺は黙って質問をやり過ごした。心当たりがないとは、言うべきではないのかもしれない。それでもそれをここで真鍋に説明する必要性も感じられなかったし、そもそも積極的に人に語りたいと思えるようなエピソードでもなかった。すべて俺の勘違いという可能性もある。約束という言葉が加湿器から放たれた蒸気のように一瞬だけ頭に浮かび、再び空気中へと溶けていった。思い出の残滓《ざんし》を払いのけるように、アルコールを喉に流し込む。

「それにしても、どうしてみんな何かっていうと恋だの愛だの言い始めるのかね。私にはわからぬぅよ」

「わからぬぅ？」

「なぁごだんだよ」

途中から怪しい怪しいとは思っていたのだが、真鍋はかなり酔っていた。そして明らかに酒乱だった。大学時代の友人なら酒の席をともにすることもあるのだが、高校時代の同級生となるとアルコールに対してどんな反応を示すのか想像もできない。これはこれで新たな一面が見られたようで面白くもあるのだが、暴れられるとなるとかなわない。真鍋はしばらくエイヒレを乱暴に噛みしめていたのだが、やがて強い口調で切実な結婚願望を訴え始めた。結婚したい。早くしたい。だからこそ網沢教諭が既婚であることに腹を立てていたのだろう。孤高のロックミュージシャンだと思っていたのだが、意外な一面もあったようだ。

「三十までにはぁ！　三十までにはどうにかしたいんだよ！」

「付き合ってる相手はいるのか？」

「いねぇよ！」

「……絶望的だな」

「はあ!?　絶望的なもんか！　まだしばらくは大丈夫だろうが、ボケ！　そういうお前は結婚しないのか？　恋人もいないのか？」

「恋人はいない。結婚はどうだろう」

ひょっとすると、それなりに努力をすればひとまず結婚はできるのかもしれない。それでも幸せな結婚はできないような予感がしていた。いずれにしても酔っ払い相手に人生観を語るのも無意味な話だ。

しばらくすると真鍋は、そもそも十進法がいけない、十進法のせいで三十があらぬ境界線になってしまっているという結論にたどり着くと、何進法ならもっとも婚期を先延ばしにできるのかをテーブルに備えつけてあったボールペンとナプキンを使って計算し始めた。しかしいくらもしないうちに諦めて、どんとテーブルを叩いた。

「間瀬ぇ、カラオケに行くぞぉ」

制御不能だった。運の悪いことに居酒屋の隣にはカラオケがあり、真鍋はほとんど道場破りをするような恰好で扉を開いた。入ったことのないチェーン店だったので、俺が会員証を作らされることになる。俺は何度も書き損じをしながら、どうにか必要事項を記入し終えた。俺もだいぶ酔っているようだ。

「なぁんだよ！　なぁんだよ間瀬、人のこと言える立場じゃねぇじゃねぇか！」

「一時間だけだからな。一時間ですぐ帰るぞ」

「バカ野郎。お前なぁ、私を誰だと思ってんだよ。こっちはバンドマンだぞ？　時間の概念に縛られてたまるかってんだ。お前みたいに高校時代、ずっとぼけーっと過ごしてきた人間とは、スケールが違うんだよ」

「いまくらいは時間に縛られてくれ。それにこう見えても、俺にだって高校時代、それなりに打ち込んだものがあるんだよ」

「嘘こけぇ」

「本当だよ」

「何をやってたってんだよ」

俺はカウンターから二本のマイクと伝票の入ったプラスチック製のかごを受け取ると、真鍋に向かって言った。

「プラモデルだよ」

「はぁ？　何テキトーなことふかしてんだよ」

「本当だよ、夢中になって何個もつくったんだ。あれはまさしく——」

青春の空回りだった。

高校一年の文化祭が終わってからしばらく経った、ある日のことだった。きっかけは我が家に突然届いた大量の段ボールだった。その数、二十、いや三十には及ぼうか。学校から帰った俺はリビングに山積みにされたそれを見て、これは何なのかと母に尋ねた。

「まったくやられたよ。滅茶苦茶だね、あの人は」

母はくたびれた笑みを浮かべながら一枚の手紙を取り出した。差出人は京都のおじさんであった。この京都のおじさんというのは、俺も京都のおじさんとしか呼んだことがないので正確に自分とどのような続柄にあるのかはわからないのだが、とにかく京都に住んでいる母方の親戚だった。年齢は当時、五十後半から六十くらいだったように思う。とらえどころのない飄々《ひょうひょう》としたおじさんだった。ちなみにいまも健在である。手紙に目を通すと、そこにはこの段ボールをめぐる一連の物語が記されていた。

京都のおじさんは俺が生まれる少し前から小さな模型店を営んでいたのだが、この度これをたたむことになったらしい。そして売れ残ったプラモデルやその他道具を一式、なぜだかまるまるうちに送ることにしたのだという。

——なかなかひどい話であるのだが、在庫を処分するだけでもかなりの手数料がかかるらしい。間瀬家は家を建てたばかりと聞いている。おそらく収納スペースは余りに余っていよう。

どうか新築祝いだと思って、遠慮なく受け取ってくれたまえ。我が芹沢《せりざわ》模型店は、来年よりエキゾチックなオシャレカフェへと華麗なる転身を遂げることと相成った。京都にお越しの際はぜひともよしなに――

確かに母の言うとおりだ。滅茶苦茶だ。ちなみに母の旧姓は芹沢なのだが、基本的にこの芹沢の血筋は母を含めてみな一様に、よく言えば天衣無縫《てんいむほう》、悪く言えば傍若無人《ぼうじゃくぶじん》である。他人のことはあまり考えず、常に我が道を行く。一方で父方の間瀬家はみな胃腸に問題でも抱えているようにほっそりと痩《こ》けた頬をし、ぼそぼそと聞き取りにくい声でしゃべることを得意としていた。姉は芹沢の血を、そして俺は間瀬の血を濃く引いていると親戚からはよく言われたものだ。

すでに帰宅していた姉は、段ボールを睨みつけながら母に尋ねた。

「これ、どかしていい？」

「どかすって、どこに？」

「お父さんの書斎でいいでしょ。絶対使わないもん、あんな部屋」

「んまあ、そうなりますかね」

俺は心のなかで父に謝罪しながら、母、姉とともに段ボールを父の書斎へと移動させた。父が壁紙からコンセントの位置までこだわりにこだわりぬいて作り上げた書斎は、瞬く間に段ボール置き場へと変貌した。

夜になって帰宅した父は、変わり果てた書斎の入口で呆然としていた。大事に飼っていた熱帯魚が全滅しているのを目撃したような表情だった。俺は同情した。父はようやく膝を折ると、段ボールのひとつを開けてみせた。なかには様々な車の模型キットがぎっしりと詰め込まれていた。弱々しい笑みを浮かべながら、消え入りそうな声でこぼした。

「昔なら、喜んだんだけどな」

その一言に、俺は天啓を得た。この瞬間までは俺も母や姉と同様、これらの段ボールをただのゴミの山だとしか認識していなかった。しかし、そうじゃないか。これを京都のおじさんの言うとおり、プレゼントだと考えてもいいではないか。むしろこれは、いまの俺にこそうってつけの贈り物だ。みるみるうちに俺の脳内では希望に満ちたプランが湧き上がってきた。

「これ、俺がもらってもいいかな?」

翌日、俺はさっそく適当な道具と、なんとなく目についたマツダRX－7の箱を手に学校へと向かった。そして書店で一冊のプラモデルの教本を購入すると急いで部室に向かい、プラモデル作りに励むことにした。

部室にて新聞を読む活動は励行《れいこう》していたが、実際のところすっかり飽きていた。さして知的好奇心が強くない俺にとって、どこに発表する予定もない情報を淡々と蓄え続ける作業は、一種の大食い競争に近いものがあった。ただただ辛く、苦しい。せめて自分にも何かしらアウトプットの場が欲しい。

そういった考えに至った背景には、文化祭にて真鍋のライブを見た影響も少なからずあったように思う。やはり何かを出力する、あるいは生み出す作業というのは、途方もなく美しく、恰好よく感じられたのだ。たぶんこのまま新聞を読み続けていても、俺は真鍋には追いつけない。何かを生み出すことをしなければ、永遠に何者かにはなれない。

その点、プラモデルは理想的だった。作れば作った分だけ形として残る。しかも経済的に制約のある高校生にとって、お金を気にせず趣味に没頭できるというのはあまりに魅力的だった。道具も、塗料も、模型キットも、文字どおり売るほどあるのだ。父の書斎に。

俺は教本を精読した。昔からなんでも提示された手本に対して忠実に、正確な作業をしたいという願望があった。ぬり絵は必ず見本どおりに塗ったし、レゴブロックもパッケージのモデルどおりのものを作り上げた。プラモデルも同様に、一切の妥協なく、理想的なものを作り上げたかった。カッターや筆の持ち方、動かし方から、パーツの取り扱い方、ゲートの処理の仕方、ヤスリの当て方、塗料の乾かし方に至るまで、すべての工程を教本で理想的とされているように忠実に再現した。

真っ白なRX-7が完成したのは、作業開始から二週間が経った頃だった。我ながら悪くない出来栄えのように思えた。一見してわかる失敗箇所も、塗料のムラもない。立ち上がって上から眺めてみれば、なるほどいまにも走り出しそうに見えた。俺は唸《うな》った。これならできる。これは俺にぴったりな作業じゃないか。楽しいというのとは、少し違った。もちろんつまらなくはなかったのだが、かといって作業の間中たまらなく高揚していたというわけでもなかった。俺にあったのは、これなら続けられるという確かな手応えだった。あくまで俺が欲していたのは、アイデンティティだったのだ。俺にはこれがある。そう誇れるものが欲しかった。

そしてそういった確固たる自己を持っている人間には、何かしらドラマチックな出来事が起こるに違いない。当時の俺は、本気でそう信じていた。思春期だからこそなし得る途方もない妄想だ。青春病と名付けてもいいかもしれない。とにかく俺はプラモデルを作り続けることに決めた。これを作り続けてさえいれば、俺はきっと、どこかに到達できる。いつか俺の噂を聞きつけた誰かが、新聞部の扉を叩くのだ。そして壁面いっぱいに並ぶ大量のプラモデルを見て、はっと息を呑む。驚きの笑みを浮かべたまま、自然と両手で口を覆う。思わずぽろりとこぼしてしまうのは、感嘆の一言だ。

「すごい」

絶対に誰かがやってくる。

例えば、国際交流部の二和美咲のような人が。

「死ぬほどのバカじゃねぇか」

否定できない。真鍋が再びマイクを摑むと、俺は小さく苦笑いした。男子高校生というのは、まったく愚かな生き物だ。

「まだ作ってんのか？　プラモ」

「作ってないさ」作るわけがない。二度と作るものか、絶対に。

少し酔いが覚めてきたことを不満に感じたのか、真鍋はサワーと名のつくものをメニューの左から順に注文していった。そして色とりどりのそれらを次々に喉に流し込みながら、惚れ惚れするほどの美声で何曲も歌い上げた。酔っていてもセミプロだ。さすがにうまい。三十分ほど経った頃に彼女がオレンジレンジを歌い始めたときには少々面食らったのだが、真鍋は真っ赤な顔でこともなげに言ってみせた。

「やっぱこいつら才能あんのよ。才能なくちゃミリオンなんて作れねぇもん」

俺は思わず微笑んだ。人間、年を取れば変わるものだ。

何か歌えと言われたので仕方なく、あみんの「待つわ」と、杏里の「悲しみがとまらない」を歌ったのだが、それ以外は真鍋のリサイタルが続いた。一時間が経ったとき、真鍋はすっかりアルコール漬けになり、熟睡寸前の軟体動物と化していた。放っておくわけにもいかないのでタクシー乗り場まで引っ張っていき、運転手に協力してもらいタクシーに詰め込むことに成功する。すると真鍋は唐突に目を覚ました。

「あぁ！　大変なことを思い出したぞ、間瀬ぇ！　うちまでついてこい！　ついてくるんだ！」

嫌な予感がしたので断ると、真鍋は俺のネクタイを乱暴に摑んだ。

「安心しろ間瀬ぇ、うちは実家だ！　お前のことは襲えないし、そもそもお前は襲うに値しない！　お前にとって大事なことなんだよぉ！」

運転手が笑いをこらえているのが恥ずかしかったので、仕方なく真鍋の家まで同乗することにした。存外あっという間で、二十分もしないうちに着いた。実家だった。よかった。真鍋は俺に対してしばらく待つように告げると、よろよろと家のなかへと吸い込まれていった。そして五分後に出てきたときには、タワーレコードの紙袋を持っていた。

「これぇ、返すわ」

まさかと思ったのだが、紙袋のなかには何枚かのＭＤが入っていた。間違いなく、俺が高校時代に貸してやったＭＤだ。笑うしかなかった。

「お前が杏里歌ってんの聞いて思い出したわ。結構聞かせてもらった。ありがとう」

「だろうな。でも……これは違うぞ。この青いやつとかオレンジのやつとか──」

「それは渡してくれよ」

「渡す？　誰に？」

「東に」

「えぇ？」

「会うんだろ？」真鍋は眠気を払うように強く目をこすった。「お前は会いに行くんだ。東に、二和のことと小田桐のことを尋ねに、間違いない。だからついでに東に借りてたＭＤも返しといてくれ。いやぁ……ほんとう助かるなぁ」

「いや、何を勝手に……第一、連絡先も知らないんだ」

「東とは知らない間柄でもないんだろ？」

「二年のときは同じクラスだった。それに実を言うと、小学校も同じだった。でもそこまで親しいわけじゃないし、会うかどうかはまだわからない」

「そんでそのピンクのやつは、二和に渡してくれ」聞く耳を持つ気配がない。「それは借り物じゃないが、頼まれてたＭＤだった。忘れてた、遅れてすまんって伝えてくれ」

いったい何年越しの、遅れてすまんなのだろう。

「いやぁ、肩の荷が下りた」真鍋は目を閉じたまま恍惚《こうこつ》の表情を浮かべると、自宅の門にもたれかかった。「間瀬よ、ありがとう。今日お前は、私の魂を解放しに来てくれたんだなぁ。本当にありがとう。そしてお前はこれからも、同級生たちの魂を解放する旅を続けるんだ……すごいなぁ。尊敬するなぁ。お前の足跡が、みんなの心に巣食っていたわだかまりを成仏させていくんだ。すごいなぁ」

気分が乗ったのか、真鍋は大声でブルーハーツの「月の爆撃機」を歌い始めた。閑静な住宅街に、文字どおり爆撃のような声が響き出す。俺が慌てていると、家のなかから寝間着姿の真鍋の母親が現れ、真鍋の口を押さえながら強制的に屋内に収容した。親御さんは俺と、たまたま道を通りかかった中年男性に向かって頭を下げた。

「この子はまったくいい年して……本当に恥ずかしい」

結局、俺の手元には何枚かのMDが残ってしまった。俺は真鍋を見送ると待っていてもらったタクシーへと戻る。一部始終を見ていた運転手は、やはり白い手袋で口元を隠しながら笑っていた。

6

結局、俺が部室でプラモデルを作っていることを最初に発見したのは、二和美咲でもなければ、俺の噂を聞きつけた美少女でもなく、頭頂部がすっかりはげ上がった初老の男性だった。

文化祭が終わってしまうと、予想していたとおり旧校舎は一挙に廃墟のようになってしまった。常時繁忙期の国際交流部を除けば、稀に活動という名のモンスターハンター大会をしていた写真部と、プラモデル制作に没頭していた新聞部——というより俺個人くらいしか、放課後の旧校舎を利用している生徒はいなかった。それでも俺は、文化祭直前のわずかばかり騒がしかった旧校舎より、しんと静まり返ってしまった旧校舎の方がなんとなく好きであった。静かな空間での作業の方が、どことなく崇高《すうこう》なものであるように思えた。

十二月に入ると、希望する部室には石油ストーブが支給された。俺は石油ストーブの稼動音だけが寂しく響く部室で、かじかむ両手をさすりながら最終下校時刻までひたすらにプラモデルを作り続けた。この時点ですでに五つのプラモデルが完成していた。そして完成したプラモデルは窓際の本棚に飾っておいた。まだ自動車のプラモデルしか作っていなかったが、五つも並ぶとちょっとしたモーターショーのように見えなくもなかった。なかなかかっこいいじゃないか。俺はモチベーションが下がりそうになると満足行くまで完成品を鑑賞し、自らのやる気を奮い立たせた。

そんなある日、部室の扉が唐突に、無遠慮に開かれた。大きな音にどきりとして扉を見ると、そこに立っていたのは教頭の芦田《あしだ》だった。あぁ、終わった。俺は直感した。仮にも新聞部を名乗る部室で、活動とは関係のないプラモデルを広げ、シンナーの臭いまでさせていたのだ。怒られないはずがない。教頭はしばらく長机の上のプラモデルと俺の顔を交互に見つめると、こんな時間まで明かりがついている部室があることを不思議に思って訪ねてきたのだと言った。俺はすっかり説教される準備を整えていた。

「ここ何部だっけか？」

「……新聞部です」

「模型関係ないな。模型部と違うか？」

「新聞部です」

「模型好きなんか？」

「……はい」

「へえ」

教頭はゆっくりと部室に入ってくると、窓際の本棚へと向かった。そして俺のプラモデルをひとつひとつ点検すると、その度に「ほう」だとか「へえ」といった声をあげた。やがて俺の正面のパイプ椅子に腰かけると、処女作であるＲＸ－７を指差して言った。

「ロータリーエンジンは知ってるか？」

「……ロータリーエンジン？」

教頭は頷くと、ＲＸ－７、ひいてはマツダとロータリーエンジンの関係について独特のイントネーションで語り始めた。エンジンの機構がどのようになっているのか、パラグラファイトをどのように応用したのか、ロータリーサウンドがいかに特徴的か、エンジンの実際的なメリット、デメリットはどこにあるのか。あまりにも突然話が始まったので、怒られているわけではないということに気づくのに随分と時間がかかった。

この日まで、教頭と言葉を交わしたことは一度もなかった。どころか実際に声を聞いたのも初めてだった。痩身《そうしん》で髪が薄いということもあって、どことなく骸骨が歩いているようだという漠然とした印象は抱いていたが、教頭についてそれ以上の情報は何も持ち合わせていなかった。当時の高校には教頭の他に副校長という肩書の教師もいたのだが、果たしてどちらがどのような役割を担っているのかも俺にはいまひとつわからなかった。副校長の方はことあるごとに口うるさく生徒の指導に当たっているのを見たことがあるのだが、教頭は何をしている印象もなかった。この人はいつもなにをしているのだろう。ひょっとすると本当に何もしていないのではないだろうか。そんなことを考えていた。

いざ教頭と言葉を交わしてみてよくわかったのは、やっぱりこの人はよくわからない人だということだった。結局、完成品である五つのプラモデルすべてに関する蘊蓄《うんちく》を提供してくれた教頭は、自分の頭をぺちんと叩いてから立ち上がった。

「ほいで、君のうちは何の車に乗ってるんだ」

「……うちの車ですか?」

「そう」

「日産のサニーです」

「ほう。ならサニーよ」

この日から卒業するまで、俺はずっとサニーと呼ばれ続け、ついに本名を訊かれることはなかった。仮にうちの車がホンダのレジェンドだったのなら、レジェンドと呼び続けてもらえたのかと思うと少しだけ惜しい気もするのだが、身の丈を考えればサニーでちょうどよかった。むしろ当時の陰気さを考慮すれば、サニーですら過ぎた称号だったに違いない。

「俺が棚を作ってやる」教頭は空中に人差し指で大きな枠組みを描いてみせた。「この本棚はいささか恰好が悪い。これをどかして、ここに厚めのベニヤでラックを作れば、八段にはなる。さすれば模型が五十は置ける。五十だぞ。五十」

「……はあ」

「そしたらサニーよ。車以外も作れ。全部で五十だ」

「……はあ」

教頭は後日、本当に工具を持ってきて窓際にラックを作ってくれた。理由はよくわからない。それからも度々、茶菓子を持って部室を訪ねてきた。芋けんぴ、かりんとう、金平糖、茶饅頭《ちやまんじゆう》、いちご大福、何を食べるときも必ず水筒には温かいほうじ茶を入れていた。そして俺の作業を横目で観察しながら、いくつもの小話を提供してくれた。ただし勉強や進路についての話は一切飛び出さない。俺が自動車を作っていればその自動車に纏《まつ》わるエピソードを、巡洋艦なら巡洋艦のエピソードを、城なら城の、飛行機なら飛行機のエピソードを提供してくれた。その数が、お世辞を抜きにして本当に面白かった。あのときは年を取れば自然に賢くなるものなのだろうと勝手に納得していたのだが、いまになって考えれば年の功という言葉だけで片付けられるものではない。尋常ならざる博識ぶりだ。筆で塗装することにこだわりを見出していた俺はついにガンプラはひとつも作らなかったのだが、試しに作ってみればよかった。教頭は教えてくれたかもしれない。サニー、知ってるか。このモビルスーツは地球連邦が開発した新型機のひとつで——さすがにないか。

いずれにしても俺は、よくわからないということも含めて、教頭のことが好きだった。教頭がいなければ、ひょっとすると新聞を読み続けることを諦めてしまったように、プラモデル制作についても途中で止めてしまっていたかもしれない。また教師という存在に対する評価も大きく異なっていたはずだ。本当に感謝している。

真鍋と会った次の週の月曜日、またも向かいのプラットホームに二和の姿を見つけた。年を取った真鍋と会った直後だと、十八歳のままの二和美咲の姿はいっそう幼く感じられた。彼女の時が凍結してしまっていることを、如実に実感させられる。ふと真鍋に託されていたMDのことを思い出したが、生憎持ち歩いてはいなかった。それに仮に持っていたとしても、わざわざ反対側のプラットホームまで渡しに行くというのも決まりが悪い。高校時代ならいざ知らず、いまとなっては二和もいまどきの女子高生だ。きっとMDを渡されたところで、困惑するだけに違いない。もはや旧時代の遺物だ。

そうして俺がぼんやりと二和のことを見つめていると、携帯に一通のメールが届いた。差出人はなんと、二和美咲だった。

［反対のホームからじろじろとこっちを見てくる人がいます。助けてください］

俺は笑いながらため息をついた。目が合ったつもりはなかったのだが、どうやらバレていたらしい。顔を上げて確認してみると、二和は無表情のまま携帯電話をいじっていた。それにしてもアドレス、まだ変わっていなかったのか。そんなことが頭をよぎる。思えば彼女にアドレスを尋ねるのも、決死の覚悟を伴うものだった。胸のなかで線香花火が弾けたような温かい痛みが、ぱちりと走る。俺は返事を打った。

［すまない、バレてないと思ってた。そういえば先週の金曜日、真鍋に会ってきた。二和のことを訊くために］

［悪質なストーカーだ。というかどうして桂子？］

［国際交流部員だったから］

［（笑）桂子、部活には全然来てなかったよ。桂子、元気にしてた？　ひょっとしてプロのアーティストになってたりして］

［音楽はもうやってないらしい。百貨店でCDを売ってるそうだ。でも、なかなか楽しい仕事だと言ってた。少し元気すぎるくらい元気だった］

俺がメールを送信したのを最後に、二和は鈍行電車に乗り込んでしまった。メールもそこで途切れる。結局二和はこちらと目を合わせようとはしなかったが、文面を見るかぎり決して不機嫌であるようには思えなかった。ある程度非難されることも覚悟していたので、そういった意味では拍子抜けの感もあった。あるいは彼女自身、自分のことを十八歳から救い出してくれる何かを、誰かを、心のどこかで待っているのかもしれない——というのは、少々都合のよすぎる解釈だろうか。

俺は屋根の隙間に見える空へと目をやると、やはりそこにプロペラ機を飛ばした。空に放たれたプロペラ機は、決して誰にも追いつくことのできないスピードで空を切り裂いていく。子供じみた空想だが、この年になってもやめられない。俺は銀色の機影を、巨大なトンボの羽音のような風切り音を、万年筆のようにほっそりとした銀色に輝くボディを、空のなかにイメージする。我に追いつく敵機なし。

プラモデルの彩雲《さいうん》は、空の彼方——高校時代へと消えていく。

7

東連太郎が球場のBゲート前に現れたのは、約束の五分前だった。

「久しぶり。間瀬くん、だよね？」

ゆっくりと歩いてきた彼に向かって、俺は小さく頭を下げた。「久しぶり」

「悪いね、付き合ってもらっちゃって」

「とんでもない。突然連絡したのはこっちの方だ。むしろこっちこそ、チケットをただで譲り受ける形になって申しわけない」

「いいんだよ。みんなで観た方が面白いからね。入江《いりえ》くんは？」

「まだだ。勤務地が浅草《あさくさ》だから、もう少しかかると思う」

高校時代の東の印象を一言で表すならば、孤独を愛する氷像のような美青年、といったところだろうか。クラス内での彼は誰と触れ合うことも望んでいないように見えたし、またこちらも彼と触れ合うべきではないだろうと考えさせられた。単純な話、東は他の男子生徒に比べて精神年齢が三つ四つ高そうに見えたのだ。本来、友人がいないというのは高校生にとってはあまり喜ばしい話ではないし、周囲からのプラス評価ともなりにくい事実だ。それでも東に限って言えば、これは正反対であったと言っていいように思う。群れることをしない東の姿は、彼が常にたった一人、独自の世界で生きていることを証明しているようであった。

真鍋には少しだけ話したが、俺はそんな東と小学校のときの同級生でもあった。東は五年生のときに転校してしまったと記憶しているので、おそらく我々は四年生のときのクラスメイトであったのだと思う。いまでも忘れられないのは、絵画コンクールのエピソードだ。東は高校でも美術部に入部することになるのだが、小学生のときから絵の実力は抜きん出たものがあった。まだ顔の輪郭もまともに描けないような児童がほとんどのなか、彼はいっそ非情と言ってもいいほどに正確なデッサン力を誇っていた。というのも、彼はその正確さゆえ、不美人の子を美人に描いてあげることができなかったのだ。圧倒的な実力だった。そんな彼はあるときの絵画コンクールで、思い切って紙を斜めに使って一人のクラスメイトの絵を描いた。小学四年とは思えない斬新な発想だ。もちろん絵それ自体も抜群にうまかったし、紙を斜めにしたことによりモデルとなったクラスメイトの女の子のどことなく内気な性格がより適切に表現されているようにも思えた。すごい。感動していた俺やその他多くのクラスメイトの期待をよそに、しかし彼がもらったのは銀賞だった。彼の絵の下部には、担任教師の寸評が貼りつけられていた。

――とてもきれいな絵ですね。よくかけています。でも紙はきちんと、まっすぐに使いましょう――

東の代わりに金賞をもらった絵は、誰がどう見ても東の絵よりも下手であった。ただ紙に余白は一切なく、下手なりに思い切りのよさのようなものは感じられた。よくも悪くも、子供らしい絵だった。俺の脳裏には高校時代のクラスメイトとしての東の姿よりも、自分の絵に貼りつけられた寸評をじっと見つめていた小学生の彼の横顔の方が、ずっと鮮烈に焼きついている。悔しがっているというわけでも、落ち込んでいるというわけでもない。ただじっと、さながら次の一手を熟考する棋士のような視線で、寸評を見つめ続けていたのだ。

「よく覚えてるね、そんな話」ゲートの前で笑う東の横顔は、小学生のときよりも、そして高校生のときよりも、ずっと親しみの持てる柔らかさを獲得していた。相変わらず端整な顔立ちをしていたが、そこにはかつての氷像らしき硬さや冷たさはない。「思うに、先生もあの絵にいい点をあげるわけにはいかなかったんだろうね。なにせ僕らはまだ小学生だったんだ」

それから間もなくして、イゾウこと、入江信義《のぶよし》がBゲート前に現れた。イゾウは高校時代よりもさらに余分についた贅肉《ぜいにく》を揺らしながら走ってくると、俺たちに対して遅れたことを詫びた。ナイターはすでに始まっていた。

夏河理奈は東連太郎の名前を、とあるSNS上に見つけたと言った。真鍋のときに比べればずっと簡単に見つけられたそうだ。俺が連絡を入れると、東はどうせなら一緒にプロ野球の試合を観に行かないかと誘ってきた。ちょうどチケットが三枚ある。可能なら他にもう一人、誰かを呼んで、と。誰を誘うべきかしばらく迷ったが、結局一番誘いやすかったイゾウを選んだ。イゾウならば俺と同じく、二年生のときに東と同じクラスだった。まったく知らない者同士ではない。カブでもよかったのだが、妻帯者を呼ぶのはどことなく気が引けた。

イゾウに最後に会ったのはほんの数カ月前だったので、あまり久しぶりという感じはしなかったが、三人集まるとちょっとした同窓会のようにも感じられて新鮮だった。俺たちは一塁側の内野自由席に腰かけると、しばらく戦況を見守った。球場で野球を観るのは実に中学のとき以来だったので、これもなかなか新鮮だった。遅れて聞こえてくる外野応援団の大声援や、売り子のビールいかがですかの声を聞くと、そうだそうだと微かな記憶が蘇《よみがえ》る。これが野球場というものだ。

かなりの頻度で球場に足を運んでいるらしい東いわく、シーズンは最終盤だった。すでにホームチームはポストシーズンへの出場を決めたため、主力選手はベンチを温めている。しかしこの方が面白いのだと、東は電光掲示板のメンバー表示を指差しながら言った。

「いつもはなかなか観られない若手の選手がスタメンで出てくるんだ。こういうのが観られるのは消化試合とオープン戦だけだからね。けっこう貴重なんだ」

「東が野球を観るだなんて意外だったよ」

「僕もそう思う」東は笑った。「まさか自分が野球を観ることになるなんて——少なくとも高校生のときには考えもしなかった。社会人になってからだよ。こんなに足繁く球場に通うようになったのはね」

東は市役所の税務課で働いていると言っていた。「伝票をエクセルに打ち込むだけの、つまらない公務員だよ」と自虐していたが、飲料メーカーで契約社員をやっているイゾウは羨《うらや》ましいと言って仕方がなかった。

「俺なんか使い捨てだぜ。安定が一番よ、安定が」

イゾウは俺よりは野球に明るいらしく、売店で買った唐揚げとハンバーガーを食べながら東に現在のチーム状況を尋ねていた。東はそのすべてに、何の迷いもなく答えてみせる。本当になかなか熱心なファンであるようだった。俺も試しに記憶のなかにある野球選手の名前を何名か挙げてみたのだが、いずれもすでに引退しているとのことだった。時が流れるのは早い。

四回の表が終わったあたりで、イゾウの携帯に勤務先から電話が入った。イゾウが顔を顰めながら席を立つと、東は静かに話を切り出した。

「二和さんのことだったね」

俺は頷くと、東に現在の二和の状況を伝えた。当然のように真鍋のときと同じようなリアクションを予測していたのだが、あろうことか東は二和の年齢が十八歳のままで止まっているという事実に、何ら驚きを示さなかった。

「……ひょっとして、卒業してから二和に会ったことがあるのか？」

「大学生のときに、本当に少しだけけね。制服姿の二和さんを西千葉《にしちば》で見かけて、ほんの数分話した。それだけだよ」

「おかしいとは思わなかったのか？」

「ん、何が？」

「年齢が止まってしまったということについて」

「誰だって年齢に足を取られる可能性はある。別におかしいとは思わなかったな。やっぱり見かけたときは少しだけ驚いたけど」

俺は頷きながら、頭のなかで情報の整理をする。やはり二和のかつての同級生であったとしても、年齢が止まってしまった以降の二和の姿を見てしまえば、そのことについて特段の異常性は覚えなくなってしまうようだ。こうなると、ますます俺だけがその法則に巻き込まれていないのが奇妙に思えてくる。話を本題へと戻した。

「東は、二和のことが好きだったのか？」

東は目を細くして笑った。「真鍋さん、口が軽いんだから」

「すまない」

「間瀬くんが謝ることじゃないさ。もう随分昔の話だからね、さすがに時効だよ」

「告白したんだって？」

「したよ。放課後の教室でね。あっさり断られたけど」

「彼氏がいる……とか、言ってたか？　二和の年齢については、どうやら何かしら男性関係のトラウマが絡んでいるらしいんだ」

「恋人がいるとは言ってなかったよ」東はマウンドを見つめていた。ただひょっとすると、彼が見ていたのはピッチャーではなく、その向こう側に見える思い出だったのかもしれない。瞳がどことなく郷愁の色を帯びている。「イエスかノーかで答えて、って言ったんだ。そしたら返ってきたのはノーの返事だけ。変にかっこつけちゃったんだね。だから具体的に恋人がいるからとか、あなたの顔が気に入らないからとか、あなたの性格が嫌いとか、断られた理由はわからないよ。いやぁ、実はちょっとした勝算もあったんだけどね……見事な振られっぷりだったよ。彼女は本当に魅力的だった」

俺は黙って頷いた。

「間瀬くんも二和さんのことが好きだったのかい？」

わずかだけ返事に迷う。イゾウには絶対に言いたくなかったが、東になら言ってもいいかと思えた。

「まあ、そうだな」

「告白した？」

「……ラブレターを書いた」

「へえ、返事は？」

「それは——」四回の裏が始まる。俺は再び響き始めた応援団の喚声《かんせい》のなかに、言葉を紛れ込ませた。「もらえてない」

「ふうん」東はにっこりと笑った。「でもそれはつまり、けっこう惜しかったってことなんじゃない？　少なくとも僕みたいに断られてはいないんだからさ」

「……それはないさ」

東はしばらく何か言いたげな視線でこちらを見つめていたが、俺は気づいていないふりを決め込んだ。頭のなかでは、二和から逃げ出したあの日の記憶がちかちかと明滅していた。やがて東は諦めると、からりとした声で笑った。

「間瀬くんは、いつ頃から二和さんのことが好きだったの？」

いつからだろう。考えている間にイゾウが戻ってきたので、俺たちの二和に纏わる恋愛話はそこで中断されてしまった。やはり東もイゾウには聞かれたくないらしい。イゾウが電話のついでに買ってきたもつ煮を三人で食べながら、俺は改めて考えた。いつ頃から二和のことを好きになっていたのだろう。始まりはわからない。気づいたとき、二和に対する恋心はすでにそこにあった。ただ、恋愛感情を自覚した瞬間というのであれば、それはたぶん二年生の、あのときだ。

張り出されたクラス表に二和美咲の名前を見つけたとき、俺は人生のなかでも指折りの幸福感に包まれた。二年からは同じクラスだ。ちょっとした偶然にありもしない必然性や、神々の意思を感じてしまうのが高校生だ。これは運命なのかもしれない。俺は唇を噛んでどうにか笑みをこらえ続けた。

二和は教室で俺の姿を見つけると、「一緒のクラスだね」と微笑んでくれた。それまで俺のことを新聞部の人としか認識していなかった彼女は、イゾウやカブに影響を受け、その日から俺のことを間瀬と呼び捨てで呼ぶようになった。悔しかったので俺も思い切って二和と呼び捨てで呼ぶことにした。一気に距離が縮まったような気もしたし、言い得ぬぎこちなさが生まれてしまったような気もした。

なおこの年から、部活動の強制入部制度が廃止された。そのため俺にとっては非常にありがたいことに、新聞部に新入生は入ってこなかった。変わらずに部室を専有することができる。このあたりも、俺にとって何か追い風が吹いているような錯覚をもたらした。俺はますますプラモデル制作に力を入れていく。この頃になると完成品の数は二桁に達していた。そして段々と作業に慣れてくると欲が出てくるもので、俺は自作に何かしらオリジナリティが欲しいと考えるようになっていた。そこで実に些細なことではあるのだが、いずれのプラモデルにも赤の塗料で小さく自分のサインを入れることに決めた。間瀬では冴えないので、小文字でmaze.と入れることにした。こうすればイタリア出身の高名な画家のように見えなくもないではないか。メリージ・カラヴァッジョ・マゼ、いてもおかしくはない。俺は必ず作品の仕上げとしてサインを入れることにし、うまく筆が走ると大いに満足した。

また、塗装をしたパーツを屋上まで乾かしに行く作業を取り入れたのもこの頃だ。厳密には屋上ではなく、屋上の手前にある陽がよく当たるスペースなのだが、とにかくいくつかのパーツを手に旧校舎の階段を上り下りすることに決めた。塗装したら上に持っていき、乾いたと思った頃に再び取りに行く。もちろんこんなことをする必要はまったくない。塗料は部室でも十分乾いたし、移動するだけ手間もかかる。ではなぜこのような不毛な作業を取り入れたのかと言えば理由は実に単純で、ただただ誰かとすれ違いたかったからだ。パーツを持った状態で誰かと――いや、この時点ですでに二和のことしか見えていなかったはずだ――二和とすれ違うことになれば、必然的にプラモデルの話になるに違いない。そうすれば自分が日々プラモデル作りに没頭していることを、二和に知ってもらうことができる。やっぱり当時は大真面目だったのだが、いまとなっては苦笑いを浮かべることしかできない。本当に空回りを続けた青年期だ。

後にこの作業がきっかけで俺は大変に衝撃的な事件に巻き込まれることとなるのだが、それはまた別の話で、このときばかりはこの作業が功を奏した。惜しむらくはパーツを上の階に置いてきた後だったので手ぶらだったということだが、そんなことは瑣末《さまつ》な問題だった。その日、国際交流部の部室前には二和がいた。

「あ、間瀬！　ちょうどよかった。私の写真撮ってくれない？」

二和は俺を呼び止め、デジカメを手渡すと、そのまま廊下で気をつけの姿勢をとった。さあ早く撮ってよと促されるのだが、状況がまったく把握できない。

「部報に載せる写真が必要なの」と二和は言った。「海外の人にも見てもらう写真だから、なるべくかわいく撮ってね」

心臓が跳ねた。俺はじっとデジカメの画面を見つめながら、背筋を伸ばす二和に向けて何度かシャッターを切った。手が震えたため最初の二枚は完全にピントがぼけてしまった。詫びてから改めてもう二枚撮る。しかし今度は二和の表情が硬かった。まるで一万円札の肖像にでもなろうとしているような硬さだった。二和は撮れた写真を確認すると、大いに笑った。目を極限まで細めて、控えめに両手を叩く。

「ダメだ。私、本当に写真撮られるの苦手」笑いが収まってから二和はこぼした。「どうしてこんな顔になっちゃうんだろ。それとも私っていつもこんな顔?」

「……いいや」とんでもない。

「はは、よかった」

「普通にしてればいいんじゃないの」

「それができないの。なんでだか、こう、身構えちゃうんだよね。写真を撮るのは好きなんだけど」

二和はそう言うと携帯を取り出した。そして過去に二和が携帯で撮影したといういくつかの写真を見せてくれた。当時の携帯電話についているカメラの画質というものはたかが知れたものだった。画素の粒が粗く目立ち、拡大もプリントアウトも難しい。よって間違っても携帯のカメラ機能で写真を撮り続けているだけの人間を、カメラマンとも、写真好きとも呼ぶことはできなかった。というわけで二和は、本当は家にちゃんとしたカメラがあるんだよ、と何度も言いわけをした。

「でも、携帯にしてはよく撮れてるでしょ？」

俺は頷いた。確かに携帯にしてはよく撮れていた。

「そうそう、これなんてね――」画面には、大きなカラスが飛んでいる様子が写されていた。奥に見える電柱と比較してみても、かなりの大きさであることがわかる。なかなか躍動感もあった。「ここから撮ったの。ここで」

二和は言うと、嬉々《きき》とした表情で廊下の窓を開けた。するとふわりとした風が校舎内に吹きつけ、彼女の髪をきらきらと揺らす。彼女は窓の向こうへと顔を出すと、カラスがいたという方向を指差してみせた。そしてそのカラスがどこから来てどのように飛んでいったのかを身振りを加えながら丁寧に説明してくれた。しかし俺は、ほとんど話を聞いていなかった。青い空を背景に髪を揺らす彼女の姿に、ただただ見惚れていた。

あぁ、俺はこの人が本当に好きなんだな。

自覚したと同時に、俺はシャッターを切っていた。ちょうどこちらを向いた二和の姿が、カメラのなかに綺麗に収められていた。その写真はごく自然で、ごく日常的で、だけれどもたまらなく美しい二和の姿を、見事に切り取ることに成功していた。これこそが俺がいつも教室で追いかけている二和美咲の姿だ。なに勝手なタイミングで撮ってるのと怒っていた二和も、写真を見ると笑顔を見せて満足してくれた。

「あ、これいい！　ありがとう間瀬、これ実物よりずっとかわいく撮れてる。ね、かわいいよね、これ？」

うん、かわいいよと告げるのは、当時の俺にとっては、俺の子供を産んで欲しいと告げるのと同じくらい破廉恥《はれんち》なことに思えて、結局無難な言葉しか返せなかった。二和はそんな俺の心境をすべて見透かしたようないたずらな笑みを浮かべると、それ以上は何も言わなかった。

「そうだ、どうせならあれも聞いてもらおう。あ、時間大丈夫?」

問題ないことを告げると、二和は部室のなかからMDプレーヤーを持ってきた。そして左側のイヤホンを俺に差し出してきた。俺が戸惑っている間に、二和は右耳のイヤホンを装着し終えている。そしてそのまま壁に体を預ける。俺は動揺しているのを悟られるのがひどく恥ずかしかったので、なんてことのない雰囲気を装いながらイヤホンを左耳にはめ、二和と同じように壁に体を預けた。顔から火が出そうだった。耳と耳とが繋がっている。肩と肩とがいまにも触れ合いそうだ。俺はどうにか間抜けな顔だけはすまいと、必要以上に眉間に深い皺を寄せていた。

二和が再生ボタンを押すと、流れ始めたのは音楽——ではなく、英語のスピーチであった。声の主は初めこそわからなかったのだが、段々とそれが二和のものであることがわかっていった。しかしそれ以上のことは何もわからない。こちらは心臓の動きが制服の上から目視できそうなほどの緊張状態なのだ。もとよりリスニングが得意でない俺にとって、この状態で聞く英語のスピーチは何を言っているのかわからないという点において、般若心経とさして変わりがない。

やがてスピーチが終わると、二和はイヤホンをつけたままこちらを向いた。

「どうだった？」

「……二和のスピーチなのか？」

「そう」二和は笑った。「このスピーチを海外の学校に送るの。カリフォルニアにある姉妹校に」

「あの、毎年千羽鶴を送ってるところ？」

「そうそう。本当に送るのはMDじゃなくてCDなんだけどね。向こうにはほとんどMDがないらしいから……で、どうだった？」

　俺はどうにか頼み込んで、もう一度だけ聞かせてもらうことにした。この状態では感想も何もあったものではない。二度目のスピーチは、一度目のときよりは多少落ち着いて聞くことができた。しかしところどころの単語を聞き取ることはできても、ひとつの文章として理解することはできなかった。リスニングは本当に苦手なのだ。

　ただひとつ気づいたのは、二和の英語の発音がちょうどいいということだった。こういう言い方をすると二和には申しわけないのだが、俺は二和の将来の夢が通訳だと聞いたとき、そこまで純粋に素敵だなと思うことができなかった。というのも流暢《りゅうちょう》な英語を話す女性というのは確かに恰好いいのだが、同時にどことなく高慢であるような印象を持っていたからだ。偏見であったことは認める。それでも身振り手振りまでネイティブスピーカーと化し、うぅんふー、だとか、あぁはーを使いこなす人間に対し、どことなく遠慮してしまう気持ちはある程度普遍的なものだと信じている。しかしそういった意味において、二和の英語の発音は適度に、下手だった。発音に嫌味がない。日本人が無理に英語を話そうとするときに発生しがちな不自然で不必要な巻き舌感もなければ、一方で頑としてカタカナ英語から離れようとしない野暮ったさもない。俺は英語教師でもある国際交流部顧問の網沢教諭の白々しい発音より、二和の英語の方が聞いていてずっと心地がよかった。素敵な英語だ。

「英語は苦手だから、正直、全部はわからなかったけど――」俺は前置きしてから言った。「聞き取りやすい英語だったと思う。綺麗な発音だった」

「はは」と二和は嬉しそうに笑った。「ありがとう」

「どんな内容だったんだ?」

「私の好きな言葉と、それに纏わる色々について」

それから二和はスピーチの内容を要約して教えてくれた。私の好きな言葉は永苔流転《えいたいるてん》です。これは私に多大な影響を与えた人物が教えてくれた言葉で、また、その人が考えた言葉でもあります。意味は、苔《こけ》が生《む》すまで永遠のようにじっと努力を続け、だけれども一方で、常に移り変わることを恐れず流転していくことも忘れてはいけない、というものです。ちなみに苔という言葉は日本の国歌にも使用されています。この苔というものに対する考え方は、日本、イギリス、アメリカでは、それぞれ微妙に解釈の仕方が異なり――と、二和の説明はそれからもしばらく続いていたのだが、俺の頭のなかに最も強く焼きついたのは、私に多大な影響を与えた人物というフレーズだった。

二和に多大な影響を与えた人物――冷静に考えればそれがいわゆる坂本龍馬的な、偉人の類であろうことは推測できたはずなのだが、そのときの俺が描いていたイメージはなぜだか身長が高く顔立ちも整った、二十代前半の若者の姿だった。二和に座右の銘を授けることができるほどに博識で、二和に釣り合うほどにハンサムな男がこの世界のどこかにいる。いったいそれは何者なのだ。そんなことばかりを考え、あらぬ不安にかられていた。

二和は話を終えると、そっと自分の耳からイヤホンを引き抜いた。俺も左側のイヤホンを外す。

「色々、本当にありがとね、じゃ」

「……ちょ、ちょっと待って」

俺は焦りから、考えなしに二和を呼び止めてしまった。二和は淡い笑みを浮かべたまま首を傾げている。何か言わなければ、何か一歩前に踏み出さなければ。焦りばかりが募っていくなか、開いたままだった窓からカラスの声が聞こえてきた。

「カラス」

「カラス？」

「そう。さっきのカラスの画像……もう一度見たい」

二和は携帯を取り出すと、画像をいま一度見せてくれた。

「これでいいの？」

「あぁ、うん」俺は画像を指差した。「それ、すごく気に入った。だから……俺も欲しい」

「別にいいけど――」

「アドレス、教えてくれない」

いま思うと、これは少々不自然な提案だった。というのも当時、携帯電話間で画像のやり取りをするのであればパケット料金のかからない赤外線通信を使う方がよっぽど効率的だったからだ。わざわざ面と向かっている状態で、画像をメール添付するメリットは何もない。それでもこのときの俺はそういった違和感にいまひとつ敏感になれず、ただアドレスを教えてもらうという目的を達成することに必死だった。

二和はそんな俺の拙《つたな》い計略はすべて承知の上といった様子で笑うと、「仕方ないなぁ」と言ってアドレスを教えてくれた。もちろんアドレスは赤外線通信で送ってもらった。笑える話だ。

新聞部の部室に戻って間もなくすると、二和からカラスの画像が添付されたメールが届いた。本文には黄色いひよこの絵文字が添えられていた。俺は右の拳を固く握りしめた。

ちなみに家に帰ってからパソコンで永苔流転というワードでウェブ検索をしてみると、この界隈ではそこそこに有名らしい書道家の写真が出てきた。一九三九年生まれで存命だったが、長く白いあごひげを生やした仙人ふうの男性だった。床に倒れ込みそうなほどに安堵した。


「なになに、二和さんってまだ高三なの?」

試合は六回裏を終わったところで一対一の同点だった。相手チームの選手たちがベンチの前で円陣を組むのが見える。

何度目かの電話から戻ってきたイゾウは、俺たちの会話の断片を拾い上げるとそんなことを言ってきた。てっきりその場の乗りで適当なことを言っているのかと思ったが、どうやらイゾウは本気で年齢が止まるという現象について奇妙さを感じていない様子だった。本人に自覚はないようだったが、おそらくはイゾウもまた卒業して以降、どこかで二和の姿を見たことがあったということなのだろう。満平も二和と言葉を交わしたわけではなく、ただ車のなかから彼女の姿を見ただけで認識に変化が発生した。いずれにしても話がややこしくならずにすんで助かった。

「俺、二和さんとはほとんど話したことねぇんだよな」イゾウはマウンドを見つめながら言った。幸いにして俺と東がそれぞれ二和に想いを寄せていたという部分は聞かれていなかったようだ。「まあでも、きっとあれだよな。ちょっとしたことがきっかけなんだろうな。よくわかんねぇけど、高校時代にやり残したことがあるとか、高校生活にどうしても未練があるとか――」

「あとは、どうしても高校生のうちに理想的な彼氏が欲しかった、とかね」東は俺を見つめながら言った。

「あとはあれだな――」イゾウはどこからかまた買ってきた山芋の天ぷらを食べながら、楽しげな表情で言った。「もう少しまともな卒業証書で卒業したかったとかな」

「卒業証書?」

「いや本気で言ってるわけじゃねぇよ。ていうか間瀬、覚えてないのかよ」イゾウは笑いながら言った。「俺らの代の卒業証書、なんだか知らねぇけど、印刷業者の手違いかなんかで卒業式の日に間に合わなくてさ、代わりに練習用のレプリカでやったじゃんか。卒業してから本物がちゃんと送られてきたけど、当日は全員、卒業太郎って名前が入ってる卒業証書を使って――」

「あぁ、あれか。花岡《はなおか》が笑いをとってた――」

「そうそう、それ」

花岡というのは、俺たちの同級生のなかではちょっとした有名人だ。というのもそこまで頻繁《ひんぱん》にというわけではないのだが、深夜のお笑い番組でたまに見かけることがあるのだ。極悪イソギンチャクというコンビ名を聞いたことがある人が、ひょっとするといるかもしれない。まだまだ駆け出しの若手だが、れっきとしたお笑い芸人だ。相方の名前は失念してしまったが、背が高いボケ役が我らの同級生、花岡だ。お決まりのネタは、相方に「死ね！」と言われた花岡が、「死ねねぇ！」と返し、更に「なんでだよ！」と問われると、「まだ夢を叶えてねぇからだよぉ!!」と絶叫するというものだ。こうして文字に起こしてみるとさして笑えないのだが、実際に映像で見ると無駄に躍動感があって面白い。花岡とは一度も同じクラスになったことがないので実際的な接点はないのだが、俺は密かに応援している。彼は同級生の星だ。

そんな花岡が、卒業式の答辞を任されていた。花岡は壇上で立派な答辞をすると、最後に大きな声で締めたのだ。

「以上、卒業生代表、卒業太郎！」

泣いていた卒業生たちも、思わずぱっと笑顔の花を咲かせた。校長と副校長はばつが悪そうに顔を顰めていた。懐かしい思い出だ。

「あぁ、そうだ。そういえば二和さんといえば、俺あれを見たんだ」

「あれ？」

イゾウは頷いた。「三年のとき、旧校舎の廊下で二和さんが男と話してるのを見たんだよ。んで、何を揉めてたのかわかんないけど、泣いてる二和さんを置いて男が逃げ出しちゃったんだ」

俺はぎょっとしてイゾウのことを見つめた。口のなかの水分がすっと砂のなかに吸い込まれたように消える。息も止まる。汗がどっと出る。

まさかあの場に、イゾウもいたのか。

「なんか気まずいとこ目撃しちゃったなぁと思って、俺も慌ててそのまま非常階段をのぼって上の階に逃げたんだけどさ」

「その男」俺はイゾウの方に身を乗り出していた。「男が誰だったかわかるか」

「え、男？」

「そう。顔は見たか」

「いや、よく見えなかったし、覚えてもないけど」

「まったく何もわからない？　知らない人間だった？」

「……知らないというか、だからよく見えなかったんだって」

「……そうか」

俺は小さく頷きながら右手で顔を拭った。東の視線が気になったので慌てて平静を装いつつ、鞄から手帳を取り出す。話題を変えることにした。

「東は、オダギリって知ってるか。国際交流部にいたらしいんだ。二和と真鍋と、もう一人」

「真鍋って国際交流部だったの？」とイゾウが驚く。図らずも大きな声を出してくれたおかげで、話の流れをスムースに断ち切ることができた。

「もちろん知ってるよ、小田桐さん。僕は割と仲よくさせてもらっていた」

「卒業アルバムには載ってなかったんだが、どうしてだかわかるか？」

「退学しちゃったんだよ、突然ね」

「退学」

「そう。確か……三年の秋頃だったかな。僕も三年のときは彼女とはクラスが違ったから、退学の知らせは美術部の人づてに聞いたんだけどね。もう少しで卒業ってところだったのに、結構ショックだったよ。本当に突然、何の前触れもなく学校に来なくなっちゃったんだ」

「理由はわからないのか？」

「わからない。僕も気になったから色んな人に尋ねて回ったんだけど、結局これという理由は判明しなかったね。……ただ事件に巻き込まれたらしいって騒いでた人はいたね。何人か」

「事件？」

「本気にしないで」東は笑った。「根拠なんてないんだよ。高校生だから、みんな好き勝手に色々な噂を飛ばすんだ。当時は先生が怒って授業を中断しただけで事件扱いだからね。ある生徒は小田桐さんが誰かに命を狙われてると言った。ある生徒は反対に小田桐さんが誰かを陥《おとしい》れたと言った。ある生徒は小田桐さんの親父さんが莫大な借金を抱えてしまったと言った。あんなものはただの法螺《ほら》吹き大会に違いない」

東はため息をついた。

「絵がうまい子でね、ほら、新校舎のエントランスに大きな絵が飾ってあったでしょ？　下駄箱の前の油彩画」

「……あぁ、あったような気がする。クラゲの絵みたいなのが」

「それだ。それを描いたのが小田桐さんだったんだよ。本当に惚れ惚れするくらいうまかった。僕の比じゃない」

「絵がうまかったのに、美術部じゃなくて国際交流部だったのか。美術部は旧校舎系じゃなかっただろ？」

「旧校舎系……懐かしい響きだね」東は目を細めた。「たぶん美術部の顧問が好きになれなかったんだと思うよ。僕に言わせれば正解だね。ひどく偏屈な顧問だったんだ。自分の気に入るタッチの作品しか受け入れない人でね。もし仮に美術部に入っていたら、小田桐さんの可能性はぐっと小さいものになっていたに違いない。文字どおり世界を視野に入れて国際交流部に入ったというのは、間違った選択じゃなかったと思うよ。現にフランスだかオーストリアだかの展覧会に、小田桐さんの作品を出展することになったっていう噂を聞いたくらいだ。すごいよね。海外に輸送するとなると、やっぱり船で運ぶのかな。僕には想像もつかないスケールの話だ」

　俺は手帳に『オダギリ退学（三年の秋）』と記した。イゾウに諸事情を説明するのは面倒だったので、イゾウにはばれないようにメモを取る。

「そういえば、彫刻もやりたいって言ってたな、小田桐さん。美術室にあった備品を貸してあげた記憶があるよ。いわゆる普通の彫刻刀じゃなくて、石像とかを造るときに使うノミとか玄《げん》能《のう》をね。どんな彫刻を造るつもりだったんだろう。いやぁ、見たかった。本当に才能のある子だったんだよ。いまでも気になって、たまに彼女の名前で検索をしちゃうんだけどね。展覧会とか、コンクールの端っこに名前が出てこないかな、って。でも何も出てこないね。どこで何をしているのかもわからない」

「じゃあ東も、いまの小田桐の連絡先はわからないのか」

「そうだね。アドレスを変えちゃったみたいで、大学時代にはもうすでに連絡がつかなかった」

　俺は小田桐のフルネームを尋ねると、『小田桐楓《かえで》：三年の秋に退学、現在の連絡先不明』とメモを書き直した。そしてしばらく頭のなかで情報を整理してから、静かにペンと手帳をしまう。

「でもさ、間瀬くん」

　東が口を開いた瞬間にホームチームの九番バッターがホームランを放った。一対四と、見事勝ち越しに成功する。最も興奮していたのはイゾウで、手に持っていた締めのビールをこぼしそうになっていた。打った瞬間を見逃してしまっていた俺も、場の空気に合わせて拍手を送る。

「――選手、プロ入り初ホームランです」のアナウンスが響き、東は満足そうに頷いた。

「いい瞬間に立ち会えた。来シーズンの楽しみが増えたよ」東はしばらく余韻に浸ってから、改めて俺の方を向いた。「ごめん。さっきの話だけどさ、余計なお世話かもしれないけど、間瀬くんが二和さんの問題を解決するにあたって調査するべきなのは、小田桐さんのことではないと思うよ」

「……どうして？」

「これはあくまで僕の想像だけどね、君が立ち向かうべきなのは外的なものではなく、もっと内的なものなんじゃないかな。君は自分の心のなかにこそ答えを持っている。違うかい？　僕はどうにも君が本当の敵と闘うことを恐れるあまり、無駄な遠回りをしているように思えて仕方がない。答えはすぐそこにあるのに、とびきり倍率の高い望遠鏡を使ってわざと見えないふりをしている」

俺は小さく首を横に振った。「東の思い過ごしだ。俺には何もありはしない」

「だったらいいんだけどさ」いよいよ試合は最終回へと突入する。「それにしても、そもそもどうして間瀬くんはそこまで二和さんの年齢が気になってしまうんだろうね。年齢がずれてしまうなんて、往々にしてありそうなことじゃないか」

「……俺にはそうは思えないんだ」

「これこそ余計なお世話かもしれないけどね、間瀬くん。世の中の理不尽なことについて、あまり深く頭を悩ませない方がいいよ。下手をすると足をすくわれかねない。それはそういうものだと、割り切ることもときには大切なんだ。見るべきものだけを見た方がいい」

「ならその見るべきものっていうのは、何なんだ?」

「野球だよ」

　俺は笑った。

「どうして僕が野球を観るようになったか、わかるかい?」

「さあ、どうしてなんだ?」

「自分の夢が、死んでしまったからだよ」

　最終回のマウンドに上がるピッチャーに、惜しみない声援が送られる。

「夢が死んでしまった人間にできることは、たったの二つしかない」

「二つ?」

「一つはこうやって野球を観戦するように、誰かの夢に自分の夢を同化させてしまうこと。そしてもう一つは夢を持っている人間を笑い、自分より更に夢のない人間だけを見て過ごすことだ。だからさ、間瀬くん。僕はなにも贔屓《ひいき》のチームを応援しているわけじゃないんだよ。僕はさ、僕自身を応援しているんだ。あのピッチャーは僕の代わりに投げていて、他の野手はやっぱり僕の代わりに守備位置についている。そしてフロントは僕の代わりに編成を考えている。スカウトも、ファームの選手も、バッティングピッチャーでさえ僕の代わりだ。だからこそ、チームの状態が悪いと本気で腹を立てちゃうわけだ。僕の夢をどうしてくれるんだ、ってね。……この身勝手で傲慢《ごうまん》だけど震えるほどに切実な気持ち、わかるかい?」

「どうだろう」

「わかったらいけないよ。もしわかったのだとしたら、それは間瀬くんの夢が死んだときだ」

試合は一対四で、東の贔屓チーム——いや、東自身が勝利を収めた。

イゾウがバスに乗ったのを見送ると、俺は真鍋から託されていたMDを東に渡し忘れていることに気がついた。仕方なく駅のプラットホームでMDを手渡すと、東はそうだったと手を叩いた。

「間瀬くんからメッセージを受け取ったときから、どうしても中身が気になってね。実はちゃっかり家からMDプレーヤーを持ってきてたんだよ。充電もしてある」

東はベンチに腰かけると、俺が手渡したMDを早速プレーヤーに挿入した。そしてしばらく一人で音楽に耳を傾けた。

「スピッツだ。懐かしい。こんなの貸してたんだ」

東はイヤホンを外すと、コードを本体に巻きつけてからプレーヤーを俺に差し出してきた。

「よかったらこれ、間瀬くんにあげるよ」

「プレーヤー本体を？」

「そう。MDも一緒に」東は肩をすぼめてみせた。「いらなかったら捨ててもらって構わない。ただ、うちにはもうMDなんて一枚もなくてね。プレーヤーだけ持っていても仕方ないんだ。もしかしたら間瀬くんも真鍋さんから返してもらったMDを聞きたいんじゃないかなと思ってさ」

確かに俺はもうMDプレーヤーは持っていない。真鍋から返してもらったMDの中身が多少は気になるというのも事実だ。ただ、だからといってプレーヤー本体が欲しいかと言われればそこまでのことではない。しかし結局、俺はうまく断ることができなかった。東は俺にプレーヤーを手渡すと、ありがとうと言って笑みを浮かべた。どことなく深い業から解き放たれたような、すっきりとした笑みだった。

段々とわらしべ長者のようになってきた。あるいは俺は本当に真鍋の言うとおり、同級生たちの魂を解放する旅をさせられているのかもしれない。真鍋、東ときて、次は小田桐、もしくは本命の二和だろうか。だとするならばいつか、俺の順番というものはやってくるのだろうか。そしてもしその順番が巡ってくるのだとしたら、いったい誰が俺の心を浄化してくれるというのだろうか。

8

[東くん、画家になりたいって言ってたけど、いまどうしてた?]

東に会ってきたことをメールにて伝えると、向かいのプラットホームからはすぐに返事が送られてきた。相変わらず二和はこちらと目を合わせようとはしないが、それでもメールのやり取りそれ自体を嫌がっている様子はなかった。

「市役所の税務課で働いているそうだ。絵は気が向いたときにだけ描くと言ってた。プロになる気はもうないそうだ」

「そっか」

「でも、日々の野球観戦が楽しくて、それなりに充実していると言っていた。事実、楽しそうだった。雰囲気も昔よりだいぶ柔らかくなっていた。話しやすかった」

「それはなにより」

「ところでずっと気になってたんだが、二和はもう国際交流部の活動はしてないのか？　この間は、随分早い時間に帰ろうとしていたけど」

返事がなかったのは、折悪しく電車が来てしまったからなのか、あるいは質問に答えたくなかったからなのか。俺は携帯をしまうと、二和がいなくなった向かいのプラットホームを見つめた。メールのやり取りができるのは、互いにプラットホームの上で向かい合っている間だけ――奇妙な不文律が、なんとなく形成されつつあった。

その週の土曜日の午前中、また例の公園で夏河理奈と会う約束を取りつけた。メールや電話でのやり取りは何度もしていたのだが、実際に顔を合わせるのはおよそ三週間ぶりだった。彼女は以前と同じベンチのまったく同じ位置に腰かけていたので、俺も前回とまったく同じ位置に腰かけた。十月に入り、さすがに公園の空気から夏の名残は一掃されていた。外で過ごすにはちょうどいい気温だ。

「……今日はどうしたんですか？」

目を伏せながら尋ねる夏河理奈は、前回とは随分と印象の異なる装いをしていた。秋を思わせる濃いえんじ色をした長袖のブラウスを着用し、首元には白いスカーフを巻いている。下は長めの黒いスカート、足元にはブーツが鈍く光る。明らかによそゆきのファッションだ。メガネもかけておらず、どうやら顔にはうっすらと化粧も施されているようだった。午後からはどこかに出かけるのだろう。

「学校での二和について、少し訊きたいことがあったんだ」

「……そうでしたか」

「すまない。手短に済ませるよ」

「手短……どうしてですか？」

「いや、これから予定があるんじゃないかなと思って」

夏河理奈は正面を向いたまま何も答えなかったので、少しばかりデリカシーを欠いた発言だったと反省した。相手は思春期の女の子なのだ。本人がプライベートなことだと感じるのであれば、愛用している箸の色だって尋ねるべきではない。本題に入る。

「二和は、まだ国際交流部に所属しているのか？」

「……はい」夏河理奈は答えた。「ただ、ほとんど活動はしていないみたいです」

「それは二和が活動に参加していないってことか？　それとも国際交流部自体が活動していないってこと？」

「後者です。たぶんいまの部員は美咲ひとりだけなんじゃないかと思います。他の部員の存在は見たことも、聞いたこともありません。美咲は週に一度、放課後の部室には顔を出しているみたいですけど、掃除だけしてすぐに帰っているそうです」

「掃除だけ？」俺は驚いた。「本当に活動らしい活動は何もないのか？　国際交流部なのに？」

「そんなに意外ですか？」

「俺がいたときはかなり活発な部活だった。下手な運動部よりずっと遅い時間まで活動していた。それこそちょっとした官僚組織みたいに」

「……想像もできません。逆に間瀬さんのいた頃の国際交流部は何をやってたんですか？」

「それは色々。例えば——」少し考える。「昔はアメリカにある姉妹校に毎年千羽鶴を送るイベントがあったんだ」

「あ、それならまだあります。ただ主導は国際交流部じゃなくて、生徒会だったように思いますけど。網沢先生が中心になって集めていました。少なくとも美咲は何も関わっていないはずです。……他には？」

俺は思い出せるかぎり、当時の国際交流部の活動を挙げていった。しかしそのいずれも、現在は国際交流部が主導ではない、もしくは活動自体が消滅してしまっているという答えが返ってきた。往時は校内屈指の活動量を誇っていた部活が、いまではすっかり旧校舎系か。関係者でもないのに一抹の寂しさや物足りなさを覚えるのは、いったいどうしてなのだろう。

「旧校舎系？　なんですか、それ？」

「死語なのか」当然のことと言えば当然のことか。「網沢先生っていうのは、英語を教えてる女の先生か？」

「はい」

「ならたぶん、俺の知っている網沢先生だ。先生は国際交流部の顧問じゃなくなったのか？」

「当時はそうだったんですか？」

俺は頷いた。

「ごめんなさい。正直よくわかりません。国際交流部の顧問は誰なんだろう……。でも網沢先生が顧問だったなんて、なんとなく意外です。美咲と網沢先生はあまり仲がよくないように見えるので」

「そうなのか」

「はい。私がひとりで勝手にそう思い込んでいるだけなのかもしれないですけど、どことなく奇妙な距離感があるように見えます。廊下ですれ違っても、美咲にだけ挨拶をしなかったり、授業ではあえて指名をしなかったり——気のせいかもしれませんが」

「まあ、気難しい人だから」

真鍋は網沢教諭をヒステリックな女と評していたが、あながち的外れな表現とも言い難い。網沢教諭はどこに不機嫌になるスイッチがついているのかまったく読めない教師であった。言うなれば、生ける黒ひげ危機一発だ。宿題を忘れた生徒を笑顔で許したかと思えば、授業中にペン回しをしていただけの生徒を小一時間説教する。絶対に黒ひげを飛び出させまいと、当時は戦々恐々としながら接したものだ。そんな網沢教諭と二和が不仲——どの程度信憑性《しんぴょうせい》のある情報なのかはさておいて、一応、心の片隅に留めておく。

俺は手帳を取り出すと、夏河理奈に俺たちの同級生だったという小田桐楓の連絡先を見つけて欲しいと告げた。彼女が真鍋を除けばたった一人、二和と同い年の国際交流部員であり、おそらくは二和のことについても何かしら情報を持っている人物だ、と。

「試しに少しだけ検索をしてみたんだが、俺じゃ何も見つけられなかった。お願いしたい」

「わかりました」

手短に済ませると宣言した手前、長居は気が引けた。俺が立ち上がると、夏河理奈もすでに一時間は陽を浴びたのでと言って立ち上がる。単純に次の約束の時間が迫っていただけなのかもしれないが、野暮なことは言うまい。そうして二人して公園の出口へと歩き始めたのだが、なぜだか夏河理奈の足取りがおぼつかない。

「怪我でもしてるのか?」

「い、いえ……違います」夏河理奈は立ったまま顔を真っ赤にすると、唇を噛んだ。「ごめんなさい……少し、視界が悪くて」

「視界? メガネをしていないから?」

彼女は恥じるように頷いた。

「……コンタクトじゃなかったのか」

「……ずっとメガネだったんで、コンタクトは作ってないんです」

それなのに、ハレの日だからといって無理をしてメガネを外して来たのか。笑ってしまっては申しわけないと思ったので我慢をしたが、実に微笑ましい姿だった。彼女がこれから遊ぼうとしているのが仮に男子生徒なのだとすれば、きっと胸を打たれる努力に違いない。

「持っているならメガネをかければいい。心配しなくても、よく似合ってた」

彼女はぐっと口をきつく結んだまま鞄からメガネを取り出すと、盗品を隠すような仕草で慌てて装着した。俺は心のなかだけで微笑み、彼女の弾けるような若さにわずかだけ嫉妬した。

出口へと向かいながら、俺は今後どのようにして二和美咲に纏わる情報を集めていくべきかを考えていた。夏河理奈が小田桐楓の連絡先をスムースに見つけ出してくれればそれでいいのだが、それができないとなると次の手がかりがない。改めて卒業アルバムから候補者を探し出すか、もしくは学校関係者を訪ねてみるか。といってもさほど親しくもなかった網沢教諭とコンタクトを取るのはあまり気が進まなかった。ならば、だ。

「三浦先生はまだいるか？　俺の部活の顧問だったんだ」

「三浦……あの、戦艦とかが好きな社会の先生ですか？」

「それだ」まだいるのか。「なら、国語の杉本《すぎもと》先生は？」

「髪の長い先生ですよね。たぶんいます。私は授業を受けたことはないですけど」

それから何人かの教師の名前を挙げてみたが、そのほとんどが未だ教鞭《きょうべん》を執《と》っていた。さすがは私立高校だ。異動というものはほとんどない。そうとわかれば、俺がいま再び会ってみたいと思える教師は一人だけだった。年齢がやや気になるところではあるが、学校に残ってくれていることを願いながら尋ねる。

「教頭先生は、まだ芦田先生か?」

「はい」

「サニー、悪いことは言わん。千羽鶴は意味がないからそれ以上折るな」

そんなことを教頭に言われたのは、高校三年の春だった。

大きな期待と希望とともに始まった高校二年は、気づけばこれといったイベントもなく終わっていた。決して大げさな表現ではなく、国際交流部の部室前で二和と英語のスピーチを聞いたくだんの出来事が、もっとも印象的でドラマチックな瞬間だった。二和に嫌われるようなことはしなかったが、距離を縮めることもできなかった。幸いにして三年次のクラス替えでも二和とは引き続き同じクラスになれたが、だからといって無邪気に喜ぶことはできなかった。同じクラスでただ漫然と過ごしていても、二人の関係は何ひとつ変化していかないのだということを、このときの俺はよく知っていた。

そんななか、俺が目をつけたのが千羽鶴だった。夏河理奈によればいまも続いている活動とのことだったが、母校には千羽鶴をカリフォルニアにある姉妹校に送るという毎年恒例の行事があった。いつも春になると昇降口に折り鶴を回収するためのポストのようなものが設置され、気が向いた生徒はそこに折り鶴を投函《とうかん》することができた。いったい誰が積極的に鶴を折っているのかはわからなかったが、それでも年末にはきっかり千羽に到達するようで、基本的には毎年滞《とどこお》りなく海の向こうへと羽ばたいていった。カリフォルニアの姉妹校で何かしらの悲劇があったというわけではないのだが、友情の証《あかし》、それから日本の文化の紹介という意味を込めて鶴を送り続けているとのことだった。

もともとは活動に興味のなかった俺も、鶴を集めているのが国際交流部で、しかも折った鶴は国際交流部員に直接手渡ししてもいいということを知れば、少々話が変わってくる。なぜ去年までは誰も教えてくれなかったのか。それは鶴さえ折ればつまり、二和と公的な形で接触することができるということではないか。それはメールアドレスを交換したものの用件もないのにメールをするのはいかがなものかと二の足を踏んでいた俺にとって、福音以外の何ものでもなかった。

俺はプラモデル作りを続けながらも、放課後の部室での時間の一部を折り鶴制作にあてることにした。といっても大量に折ることはしない。たっぷりと時間をかけて丁寧に、丁寧に、一日に三羽だけ折った。必要なのは量よりも質なのだ。折り目をつけるときは必ず定規をあて、わずかでも歪みが発見されれば容赦なく廃棄する。俺は納得のいくものができあがると翌日の朝、二和に直接手渡した。あくまで暇だったから片手間にやったのだ、という体《てい》を崩さずに。

「ありがと。間瀬の鶴、ほんといつも綺麗に折れてるよね。すごい上手」

「……どうだろう」

「よかったらまた折ってね」

「まあ、気が向いたら」

交わすのはせいぜい二、三言なのだから、決して費用対効果の高い作業とは言えない。それでも当時の俺は十分に折り鶴制作に価値を見出すことができていた。俺は折り鶴を渡しながら、二和が新聞部の部室を訪れる日のことを繰り返しイメージした。この頃、完成したプラモデルの数はすでに四十に達していた。制作のペースは若干落ちてきていたものの、それはひとえにひとつひとつの模型により高いクオリティを求めるようになったからだ。棚に飾ってある完成品の姿は、我ながら見事だった。自動車、軍艦、飛行機、城がそれぞれ十前後ずつ、ずらりと並んでいる。これなら二和は大いに驚き、感動してくれるに違いない。これさえ見てもらえたなら、何もかも、すべてががらりと変わるはずなのだ。奇妙な自信と確信が、胸の奥から日々無尽蔵に湧き上がってきていた。

教頭に先の言葉をかけられたのは、そんなある日、新聞部部室でのことだった。俺が慎重に鶴を折っている横で、教頭はやはり温かいほうじ茶を飲んでいた。

「サニー、悪いことは言わん。千羽鶴は意味がないからそれ以上折るな」

「どうしてですか？」

「ただの紙切れだからだ。そんなもの何枚折ろうが、紙切れが増えるだけだ」

「紙切れが……増えるだけ」

「無意味なものを作る必要はない」

「……プラモデルはいいんですか？」

「模型は自分のために作る。でも鶴は人のために折るという大義名分がつきまとう。そんなもの大嘘よ。そんな嘘の上に折られた鶴を千羽も用意して、相手のことを考えているふりをするのが鶴折りの汚いところだ。本当に相手のことを思えばこそ、そんな意味のない紙は必要ないことに気づく」

「……意味のない紙」

当時の俺にはいまひとつぴんとこない教頭の発言であったが、いまならわかる。確かに千羽鶴になど、何ひとつ意味はなかった。それでもこのときの俺は、二和と会話をするための大義名分を求めて、やはりしばらく黙々と鶴を折り続けた。

ちなみにこの年の千羽鶴は清掃業者の手違いによりすべて廃棄されてしまい、一羽もカリフォルニアに送付できなかったという笑い話もあるのだが、もちろんこのときの俺はそんなことを知る由《よし》もない。

「間瀬さん、何時頃に出ます？」

俺は腕時計を確認すると、十二時頃に出ようかと満平に告げた。いくつか営業所内で処理をしておきたい雑務とオーダーがあった。

「あれ、間瀬さん、ゴルフコンペ出るんですか？」

俺はコンペへの参加申込書に必要事項を記入しながら頷いた。「業務改善提案書を出すなら、絶対に参加した方がいいって言われたんだ。本部長に顔を覚えてもらわないと、通る提案も通らない、ってね」

「誰に言われたんですか？」

「小暮さんって、間瀬さんが業務改善提案書出すのに反対してたんじゃなかったでしたっけ?」

「小暮さんだよ」

「してた。でもアドバイスはくれるんだ」

俺が笑うと、満平も笑った。「小暮さん、優しいですよね」

「本当に。提案内容にまで事細かにアドバイスをくれた。おかげでかなりブラッシュアップできた。頼もしい先輩だよ」

話しながら書いているせいか、俺は記入すべき内容を間違えてしまう。慌てて修正テープを探した。ゴルフに参加したことは過去数度あるのだが、いずれもきちんとプレーできているのかすら怪しいあり様だった。五回に一回は空振り、三回に一回はダフった。本番までには少し練習をしておこう。あまり迷惑はかけたくない。

申込書を書き終えると、喉に何かが詰まったような感覚がありしばらく咳き込んだ。おさまった頃に口にあてていたハンカチを確認してみると少量の血がついていた。満平に見つかると面倒だったので、慌てて折り目を返してハンカチをしまう。昔から気管支が弱かったのだが、咳に血がまじるようになったのはここ最近のことだ。自覚はないのだが、ひょっとすると小暮さんの言うとおり、少しばかり働きすぎているのかもしれない。最近は真鍋や東に会う時間を捻出するために、業務を前日のうちに無理に終わらせたりもしていた。俺は給湯室で口をゆすぎ、口の周りに血がついていないか確認した。あるいはあのカラオケがよくなかったのかもしれないとも考えたが、さすがに二曲しか歌っていないので関係ないだろう。幸いにしてまだ咳き込むこと以外にこれといった不調はなかったが、どこかで時間を見つけて病院に行こう。

「時計ってやっぱりあった方がいいですかね？」

「時計？」

駐車場へと下りるエレベーターのなかで、満平は尋ねてきた。

「はい。来週からいよいよ一人で回ることになるじゃないですか。やっぱり腕時計をした方がいいのかな、と」

「あぁ、どうだろう。してる人もいるししない人もいる。俺はしているけど、携帯で時間を確認する人も多いから」

「でも、お客さんの前で携帯は出すべきじゃないですよね」

「それはもちろん」

「おすすめの時計ってありますか？　ちなみに間瀬さんはどんなのを？」

俺は袖をまくって腕時計を出してみせる。格別のこだわりはなかったがセイコーのパイロットウォッチを愛用していた。そこまで高機能でもないクォーツなのでさほど値は張らないが、個人的に空に関係した商品には惹かれるものがあった。

「パイロットウォッチっていうんですか」

「俺もよくわからないんだけど、飛行機乗りがこういう時計をするらしいんだ。なんとなくデザインが気に入っている」

「間瀬さん、空が好きそうですもんね」

「……どうしてわかったんだ？」

「よく空を見上げてるじゃないですか」

まさか気づかれているとは思わなかった。

「そんなに見上げてるか？」

「ええ、まあ。……といっても俺も小暮さんに言われて初めて気がついたんですけどね。あいつも空を見上げてるけど、悩み事でもあるのか、って。それから俺も意識するようになりました」

本当に色々なことに気がつく人だ。

「昔、ちょっとしたエピソードを聞いたことがきっかけで、どうにも空が気になるようになったんだ。それから空を見上げるのが癖になった」

「へえ、どんな？」

また教頭の話になる。結局のところ、人格が最も強固に形成されていくのは大人と子供の中間地点である青年期なのかもしれない。溢れ出る行き場のない情熱と衝動と、それを抑えようとする荒々しい絶望と挫折が、絶妙なバランスで心の形を作り上げていく。うまくいけば真円に近い綺麗な心が完成し、何かが過剰であれば極端に凹凸《おうとつ》のついた歪《いびつ》な心が完成する。どちらが人間にとって真に幸せなことなのかは、俺にはわからない。ただ俺にわかるのは、人は好むと好まざるとにかかわらず、ひとまず生きていかねばならないということだけだ。

プラモデルばかり作ってもいられなくなったのは、大学受験が迫っていたからだ。俺は自主学習に励むようになる。幸いにして新聞部部室は自習室としても優秀だった。俺は部室で過ごす放課後の時間を折り鶴制作——一、プラモデル作り——三、受験勉強——六の割合で過ごすことにした。目指していたのはほどほどのレベルの私立大学だったので、寝る間を惜しんで勉学に励む必要があるという感じでもなかった。いまの偏差値を維持していれば、きっと受かるに違いない。受験に対しては割合楽観的な考え方をしていた。

教頭は俺が部室で勉強をしているのを見ると少しばかり残念そうな顔をし、ほうじ茶と茶菓子を寂しそうに口に運んだ。教職に就いている人間として果たしてこの態度はいかがなものかと思ったが、俺も教頭相手に説教を垂れる身分にはなかった。俺は時折わからない問題にぶつかると、参考書を傾けて教頭に尋ねてみた。

「すみません、この問題って——」

「わからん」

「え？」

「なあんにもわからん。勉強は難しい」

何度尋ねても同じだった。やがて俺は勉強についての質問は諦め、気を遣って教頭のいる時間は積極的にプラモデル制作の時間と入れ替えるよう心がけた。教頭はやはり喜んで、様々な薀蓄を語り聞かせてくれた。基本的に教頭はよくわからない人だったのだが、こういうときばかりは本当にわかりやすい人だった。

そんなあるとき、教頭が聞かせてくれたのが偵察機彩雲の話だった。この話ばかりは他の話と少々毛色が違い、教頭の人生とも密接に絡み合っていた。だからこそいっそう俺の心を大きく揺さぶり、また胸の奥へと深く突き刺さったのだろう。

その日、俺は飛行機のプラモデルを組み立てようとしていた。選んだ理由は単純に段ボールの取りやすい位置にあったからというのと、フォルムが細長くて恰好良かったから。その程度のものだった。

「彩雲だ」

教頭が言うので改めて箱を確認してみると、なるほど確かにそれは彩雲という名前の飛行機であった。

「うちの親父が、それに乗ってた」

「……この戦闘機に？」

「違うわ。そりゃ偵察機。戦闘機とは違う」

教頭の話は、おそらく二時間には及んだ。過去最長だ。以下に概要を記すが、無論のことかなりの部分を割愛してしまっている。教頭の口から直接紡がれる臨場感のようなものを、文章では忠実に再現できないのが本当に惜しい。

教頭の父親は、第二次大戦中、航空隊の一員として活躍していた。実際に搭乗していたのは彩雲よりも以前の型の爆撃機が多かったそうだが、彩雲には格別の思い入れがあったという。彩雲は大戦後期に実戦投入され、当時では珍しかった偵察専用機として重宝《ちょうほう》された。何よりの特徴はそのスピードだ。最高速力三二九ノットは、当時の航空機のなかでは頭ひとつ抜けた速さを誇っていたという。ある彩雲乗りが、我に追いつく敵機なしと打電したのが有名なエピソードのひとつだ。三座式だったので三人の乗組員が搭乗することができた。先頭に操縦員が乗り、真ん中に偵察員、最後尾に後方を望むような形で電信員が乗り込む。教頭の父は操縦員だった。

「親父の仕事は、敵の写真を撮ってくることだった。敵の空母やら駆逐艦《くちくかん》、戦闘機がぞろぞろ蠢《うごめ》いている箇所まで飛んで行っては、写真を撮って、正確な情報を打電しながら返ってくる。それの繰り返しだ。ときには親父の打電を合図に、特攻機が飛び立つこともあった。自分の合図で仲間が死地へと向かうわけだから、それはそれは嫌な思いをしたそうだ」

文字どおり体当たりによる死を要求される特攻兵とは裏腹に、偵察機乗りである教頭の父親に要求されたのは確かな生還であった。

「毎日毎日、上官やら同期やらが次々に死んでいくと、死というのは恐怖でなくなり、むしろ自分も早く——と思うそうなんだな。仇《かたき》をうって、自分も早く向こう側に行きたい、と。空で散ることができれば飛行機乗りとして本望。だが、地上にいるときに爆撃で死ぬのだけは勘弁して欲しい。それなら早く空で散ってしまいたい」

現在の技術ならいざ知らず、当時、敵方の写真を撮ろうとすれば、陽の出ている日中に撮影する必要があった。すると当然ながら敵陣上空で自機の姿を晒《さら》すことになる。いくら彩雲が速かろうと、いつ空から、艦上から、弾丸が飛んでこないともかぎらない。

「かといって闇夜が楽なわけでもない。親父の在任中に真っ暗闇のなか、探照灯の強い光で搭乗員の目をくらまし、敵機を墜落させる作戦をとったことがあるそうだ。つまり、あれよ。闇のなかの飛行機乗りにとって本当に怖いのはさらなる闇じゃなしに、突発的で強力な光ということだな。明るいところも、暗いところも等しく危険なわけだ」

死と隣り合わせの偵察任務のなかにあって、しかし死ぬことは決して許されない。

教頭の父はあるとき、同期に胸中を吐露《とろ》した。自分の任務はよくわかっている。しかしふとしたとき、操縦桿を思い切り倒し、機銃を放ったまま敵陣に飛び込んでしまおうかと考えてしまう瞬間がある、と。これはいけないと感じた同期は、教頭の父親にある提案をした。何かしら人に見られたら死ぬほど恥ずかしいものを、尻の下に敷いたまま空へと向かえばいいじゃないか。そうしたら死にたくなったときも、その何かが気がかりで死を躊躇うようになるだろう。死体を漁《あさ》られたときに米兵に笑われるぞ、と。実際のところは、戦局芳しくないぴりぴりとした前線にあって、少しばかり場を和ませようと発せられた冗談であったのだろう——と教頭は推測していた——が、教頭の父親は真に受けて実践した。

「尻の下に、他人に見られるわけにはいかない自分の将来の夢、理想像を長々と書いた紙を敷いてみたそうだ。下らないだろう？　でも親父はそれで生き残った。魔が差しそうになる度に、尻の下の紙のことを考えた。そうだ、自分は帰らねばならないのだ。帰って紙を回収しなければ、と。そりゃもちろん、そんなものはちょっとしたおまじないに違いあるまい。それでも本当にぎりぎりのところで生きている人間にとって、何が最終的に心の拠《よ》り所になるのかはわからんということだ。一枚の紙切れが、死の吸引力を和らげることもある」

それからも教頭は彩雲の細かいスペックや逸話、特徴を説明してくれたが、やはりもっとも心に残ったのはこの話だった。夢を書いた一枚のメモに、誰も追いつくことのできない高速の偵察機、それから教頭の父親が生き残ったからこそ、ここにその遺伝子を受け継ぐ教頭がいるのだというちょっとした奇跡に、なんとも言えない感慨を覚えた。すべてがあまりに儚く、そして尊い。

俺はプラモデルの彩雲を組み立てながら、ふと、俺もこの彩雲のなかに、夢を書いたメモを入れてみようと思い立った。言い得ぬロマンがある。一度思いついてしまうと、その行為に何の意味があるのかも考えずに、とにかく実行に移してしまうのが高校生だ。俺はノートの切れ端にボールペンで夢を記すと、それを綺麗に折りたたんでからピンセットを使って機体の内部に忍ばせた。座席付近はパーツが密集していたため、機体の腹の部分に埋め込んだ記憶がある。ただしそこにどんな夢を記したのかということは、残念ながらすっかり忘却の彼方だ。夢がないというコンプレックスから始まったプラモデル制作のなかで、俺はひとつの夢を記したはずなのだが、さて、当時の夢とはいったい何であったのだろうか。

いずれにしても、空を見上げるようになったのはそれからだった。現実逃避をしているというとあまりに大げさだが、地平線の彼方まで誰も追いつくことのできないスピードで消えていく彩雲の姿をイメージすると、心が澄んでいくような気持ちになった。彩雲は一枚の紙切れを、そして夢を運んでいる。俺をどこか遠い世界へと連れていってくれる可能性を秘めている。

すべては教頭の父親が生き残ってくれたおかげだ。いくつかの生命と言葉のバトンに、心からの感謝を捧げなければ。

9

電話口で何度「間瀬です」と言っても思い出してもらえないのは、当然のことだった。俺は間瀬ではなく、サニーだったじゃないか。

教頭は木曜の午後一時に時間を取ってくれると言った。もちろん勤務時間中ではあったが、営業活動の一環と割り切ってしまえばこちらとしても都合がよかった。営業テリトリー内にある学校法人なら、立派な得意先候補だ。ＰＰＣ用紙の紹介チラシを一枚持っていけば、れっきとした営業活動と言える。別件ではあるが、数カ月前から動かし続けてきた大型案件がいよいよ実を結びそうな気配を見せていた。このままいけば、引き続き向こう三カ月間は営業成績一位の座は固い。日頃真面目に仕事に励んできたのだから、このくらいの脱線は許してもらおうではないか。

今週から満平が一人で得意先をまわるようになってくれたので、母校には一人で向かうことができた。昇降口を通らず受付へと足を運ぶのは、自分がすっかり部外者になってしまったのだと、どことない喪失感を覚えたりもする。事務職員に挨拶をしてから、指定された新校舎二階の応接室へと向かった。時折鼻をつく母校の壁に染みついた埃っぽい臭いが、俺の記憶の蓋をくすぐった。

履き潰されて底がぺたぺたになったスリッパで階段を上りながら、俺は感慨に浸る。とうとう俺がスリッパを履く番になったのか。空気が抜けるような間抜けな足音を立てながら、俺は頬を綻《ほころ》ばせた。スリッパはただの履物ではなく、当人の権威を確認するための記号である。そんな滑稽ながら極めて興味深い仮説を耳にしたのは、やっぱり高校三年の夏の日だった。


唐突に部室の扉がノックされた。教頭はノックなどしないので、俺はかえって身構えてしまった。いったい誰だろう。扉を開けたのは、黒いスーツに身を包んだ若くて美しい女性だった。

「久しぶり」女性は涼やかな笑みを浮かべながら言った。

果たしてその女性が誰であるのか、俺はすぐには思い出せなかった。

「あれ、私のこと忘れちゃった？」

「……中願寺先輩？」

「よかった。覚えててもらえたみたい」

およそ二年ぶりの再会だった。自分で自分を擁護させてもらうが、すぐに思い出せなかったのも無理はない。中願寺先輩は二年前よりも更に大人として洗練された佇まいを獲得しており、記憶のなかの彼女と同定が難しくなっていた。少女としての愛らしさが薄れた代わりに、艶《あで》やかさが付与されている。同室しているだけで、こちらも思わず背筋が伸びてしまうほどに。

少し話をしてみると、中願寺先輩は就職先が決まったことを恩師に報告に来たとのことだった。部室を覗きに来たのはそのついでだという。

「まさか人がいるなんて思わなかったから、少し驚いちゃった」

「……もう就職なんですか」

「短大だから来年卒業なの。本当にあっという間ね」

中願寺先輩はいつも教頭が座っているパイプ椅子に腰かけると、ゆっくりと部室内を見回した。そして間もなく窓際に飾ってあるプラモデルに目を留める。

「あれは？」

「……あの、趣味で作ってて」

「へえ。全部、間瀬くんが作ったの？」

「……はい」

「一人で？」

「はい。あの、ごめんなさい」

「どうして？」

「……勝手なことをしてしまって」

「やめてよ」中願寺先輩は微笑むと、長机に頰杖をついた。「別に伝統の部活ってわけでもないし、好きに使ってくれていいんだよ。むしろとっても素敵じゃない。すこし見せてもらってもいい？」

もちろんですと答える声が、微かに震えた。教頭を除けばプラモデルを他人に見せるのは実に初めてのことだった。よくよく考えるまでもなく、これこそが俺が待ち望んでいたシチュエーションだった。俺は中願寺先輩と同じタイミングで立ち上がると、手のひらに滲んだ汗を慌ててポケットのなかで拭った。

中願寺先輩は俺の想定どおり、いくつかのプラモデルについて質問をしてくれた。これは何という飛行機なのか、これはなんという自動車なのか。俺はその度に教頭に教えてもらった情報を交え、ひとつひとつ解説を行った。緊張していたが言葉に詰まってしまうことはなく、むしろ後々になって考えてみれば少しばかりしゃべりすぎてしまっていたように思う。蓄えた知識はすべて発表しなければ。相手の気持ちを顧みることのない、極めて独りよがりな演説だった。

一方の中願寺先輩は最初こそ俺の解説に相槌《あいづち》を打ちながら聞いてくれていたのだが、やがて沈痛な面持ちになり黙り込んでしまった。解説がわかりにくいのかもしれない。俺が焦りを覚えているとしかし、予想だにせず先輩は小さく洟《はな》を啜《すす》り、堰《せき》を切ったように涙をこぼし始めてしまった。俺は狼狽《ろうばい》した。涙は瞬く間にぽたりぽたりと床へ吸い込まれていく。

「ごめんね、違うの」中願寺先輩は無理に笑うと、首を横に振った。「部室にいたら色々なことが蘇ってきて、ちょっとわからなくなっちゃったの。情緒不安定な先輩でごめんね」

中願寺先輩は元の位置に座ると、そのまましばらく目にハンカチをあてたまま泣き続けた。どうしたものかと動揺した俺がおろおろとしているうちに、先輩は顔を上げた。泣いていた時間は五分程度だっただろうか。

「変なとこ見せちゃってごめんね」

「……いえ。大丈夫ですか？」

「ありがとう」中願寺先輩はもう一度ハンカチで涙を拭うと、机の上に広がっていた俺の参考書とノートを見つめた。「受験勉強？」

「……はい」

「どこに行こうとしてるの？」

　俺が志望大学を告げると、中願寺先輩は深く頷いた。

「いいと思う。大学に行った方が絶対にいい。男子はほとんどあれだと思うけど、短大になんて行くべきじゃないから」先輩はどこか苦しそうに頷くと、自分の履いているスリッパをしげしげと見つめた。「もっと早くに気づくべきだったの。高校時代から、ちゃんと足元を見ておくべきだったのね」

「……足元？」

「そう」

　中願寺先輩は座ったまま足を伸ばした。たぶんスリッパを見せたかったのだと思うのだが、俺の視界でハイライトされたのはスカートの隙間から覗いた太ももであった。赤面しそうになり、慌てて視線をそらせる。

「わざわざ学年ごとに上履きの色を変えてるんだから、もっと早くにぴんときておくべきだったの。この国では年齢というものがとても重要なファクターです、ってことにね」

「……それはどういう」

「いまは青の上履きが三年生、緑が二年生、赤が一年生……であってる？」

俺は頷いた。

「こんなことする必要なんて、別にないと思わない？」

「……まあ」

「これは重要なメッセージだったの。暗に教師たちは、大人たちは、ひいてはこの国は、あなたの年齢によってあなたに対する態度を変えます――差別をしますよ、という宣言をしていたの。一種のプロパガンダ。学年ごとにそれぞれの身分を明かすよう色付きの上履きを強要し、教師たちはすべての権威の頂点に立つ者の象徴として市販の靴を履く。部外者には部外者の印としてスリッパを」

話の要点がなかなか見えてこなかったのだが、しばらく聞いてみるとどうやら中願寺先輩は短大卒であったがために希望の職種に就くことができなかったとのことだった。希望していたのがどんな仕事だったのかは尋ね損ねてしまったのだが、先輩の志望先は四年制大学を卒業した学生のみを採用対象としていた。

「きっと大学三年と四年の間に、人間は飛躍的な成長を遂げるのね。だから短大卒に大事な仕事は任せられない」

先輩らしくもないあけすけな皮肉に、俺は返す言葉を見つけられなかった。

「ごめんね。なんだか愚痴を言いに来たみたいになってる」

「……いえ」

「もし私が、仕事が嫌になって逃げ出しちゃったら、間瀬くん、私と結婚してくれる？」

もちろんです、と迷いなく答えればよかったのだと思う。さらに俺なんかでいいんですか、と添えることができたのなら完璧だ。先輩は本気で俺と結婚したいと思っていたわけではなく、ひとまず自分の心を支えてくれる優しい言葉を欲しがっていたのだ。それでも思春期の青年というのは変なところで誠実なもので、俺はどうしてもはいと答えることができなかった。そんなことを言ってしまえば、想いを寄せている二和美咲への不義理になってしまう。いま思うといったい誰に対して気を遣っているのかもわからない。それでも俺は絶対に浮気のような真似はすまいと、何も始まっていないうちから妙に堅物を気取っていた。内心、飛び上がりたくなるほどに嬉しかったことには、気づいていないふりをして。

「ごめんごめん。冗談だから、そんなに困った顔しないで」

「……すみません」

先輩は弱々しい笑顔を見せると、簡単な挨拶をくれてから部室を去っていった。じゃあねと手を振った後に見せた寂しげな背中と、部室から遠ざかっていくスリッパのぺたぺたとした足音が、いつまでも、心の片隅で新聞紙の燃えかすのよう、黒く残り続けた。

部外者の印であるスリッパをパタつかせながら向かった応接室で、教頭はすでに温かいほうじ茶を啜っていた。水筒はあの頃と同じもので、ところどころ往時より大きく凹《へこ》んでいる。髪の量が少しばかり減ったような気がするのと、皺の深度が増したような印象こそあるものの、基本的に容姿にこれといった変化は認められなかった。紛れもない芦田教頭だ。俺はなぜだか涙腺が緩みそうになり、ごまかすように慌てて頭を下げた。しばらく会っていない人間は記憶のなかで勝手に死人扱いになっていることがある。

「生きとったか、サニーよ」向こうも同じだったらしい。甚《はなは》だ失礼な話だ。「見違えるようじゃないか。いっちょ前にネクタイなんぞ締めおって」

「ご無沙汰してます。お時間頂いてしまってすみません」

「なにを大仰な口上を。こっちは暇人よ。気にする必要はない。まあ座れ」

教頭はしばらく記憶の点検でもするように、高校時代の俺についての印象を語り始めた。陰気なやつだっただの、覇気《はき》のないやつだっただの、反応の薄いやつだっただの、あまり肯定的な意見は出てこない。それでも語り口調が楽しげだったため、俺も不思議と悪い気持ちにはならなかった。そもそも教頭の言っていることはすべて事実なのだ。覚えてもらえていただけでも光栄というものだ。

「それで、今日は何だったか」

まだもう少し思い出話に花を咲かせたい気分ではあったが、本題を切り出すことにする。新聞部員と違い、印刷会社の営業マンにあまり時間の余裕はない。

「俺と同い年だった女子生徒が、まだ学校に通っていると思うんです。三年生の二和美咲という名前の生徒なんですけど、先生はご存じですか？」

「あぁ……知っとる。といっても何も知らんけどな。いるのは知っとる。それだけだ」

「彼女がどうして十八歳のままでいるのかが知りたいんです。そのためにいまの学校の様子について少しお話を聞かせていただければ、と」

「ほお」教頭はほうじ茶を飲み干すと、ため息をついた。「そりゃまたなんとも。思春期の女性の悩みとくれば千差万別にして複雑怪奇よ。簡単にわかることではあるまい。ただまあ、年齢というものは本当に理不尽よな。その気持ちはよくわかる」

「……わかりますか」

「当たり前よ。もし年齢さえ近ければ、俺だってオードリー・ヘップバーンと恋仲になれたかもしれない。悔やんでも悔やみきれんわ」

「……はい？」

「少なくとも妄想はできただろうが」教頭は真顔で言った。「それさえも許されんのが年齢の壁というものよ。サニーもいまから山口百恵あたりに夢中になってみるといい。向かう当てのない感情に身悶《みもだ》えするぞ」

「……はあ」

「とにかくあれよ。年齢というものは、その人間の性格よりも、能力よりも、本質よりもずっと手前に陣取っている憎いやつだということだ。年齢は何よりも優先的に物事の決定権を持つ。俺も好きにはなれん。まあいい。それでサニーは何が知りたい」

俺は手帳を広げてから質問を始めた。まず現在の国際交流部の様子について。国際交流部はやはり夏河理奈からも聞いていたとおり、いまとなってはほとんど活動らしい活動は行っていないとのことだった。理由は純粋に部員が入らなくなってしまったため。俺が二年生になったとき——つまり部活動の強制入部制度がなくなってから、部員は一人も入っていないそうだ。小田桐楓が退学し、幽霊部員の真鍋が卒業した後、国際交流部の部員は何年もずっと、二和美咲一人だけ。

「もう無理にひとつの部活にたくさんの仕事を押しつける必要もないだろうと、顧問の網沢先生が中心となって、活動を生徒会と各委員会とで分担することになった。これはあっち、あれはこっち、とな。それまでは部員が集まらないことに危機感を持って熱心に勧誘をしていたが、そのあたりから勧誘もやらなくなった。部員が入らんのも当然よ」

「でも、廃部にはならないんですね」

「歴史のある部活だから名前は残しておくそうだ。部員も一人いるからとな。アホらしいだろ？」

俺は苦笑いを浮かべた。教頭は不満げに歌舞伎揚げを口に放り込んだ。

続いて小田桐楓について尋ねた。彼女は俺が高校三年生だったときに退学しているのだが、その理由について何か情報はないか、と。予想はしていたが、教頭はそんな生徒は知らんと言い切った。おそらく資料を漁れば当時の連絡先くらいはわかるかもしれないが、それを教えるわけにはいかない。退学してしまった生徒なら、同窓会用の名簿作りという名目も通らない。

サニーには何も教えられん。

「ただ、そうだな。国際交流部の活動記録なら当時一般に配布していたものだから、サニーに渡しても問題なかろう。ひょっとしたらその子の連絡先も――書いてないだろうな。まあいい。部室にあるだろうから、一部プレゼントしてやろう。取りに行くぞ」

廊下を歩き始めてすぐに、教頭のシルエットが当時よりどことなく小さくなっていることに気づいた。それは俺の背筋が伸びたからなのか、あるいは実際に教頭の肩幅が狭くなってしまったからなのか。教頭はまだ老人という言葉が似合うような年ではないが、あれからそれなりの月日が経過しているのは事実だった。俺は一抹の寂しさを覚え、わずかばかり目を細めた。

「静かですね」

「授業中はこんなものよ。みな教室でつまらん勉強をしとる」

俺は小さく微笑んだ。「ひとつ訊いてもいいですか？」

「勉強以外のことならな」

「どうして俺がプラモデルを作るのを応援してくれたんですか。棚まで作ってもらいました」

「はっは」教頭は快活に笑った。笑いすぎて咳き込んだ。そして咳がおさまると、また少し笑った。「そんなこともあった」

「特に理由はない……ですか？」

「いや、なんだろうな。何やらよくわからんことをしている生徒を見ると放っておけなくなる性分でな。自分の後悔を若い子にさせたくないんだな。結局のところ自己満足よ」

「自分の後悔」

「つまらん家に生まれた」教頭は言った。「何をやろうとするよりまず、勉強しろ勉強しろと言われ続けた。俺もなにをしたらいいのかよくわからないものだから素直に勉強をした。親に勧められるまま教師にもなった。そして気づいたとき、自分には学力しかないことに気づいた。これではいかんと思い、なるべく色々なことに挑戦するようになったのが三十の頃。ようやく面白いと思えるものを見つけたのが四十の頃。しかしもう自分にはやりたいことを完遂させる若さがないと気づいたのが五十の頃。いまとなっては何もかもが遅い。せめてすべての行程を二十年早めておくべきだった。そういうのを、少なくとも自分の視界に入る生徒にはさせたくないんだな。もがく子供には存分にもがいてもらった方がいい。もがく環境を整えてやるのが大人の仕事よ。結局、誰も年齢には勝てんのだから」

教頭は空中廊下で立ち止まると窓の外を眺めた。校庭では男子生徒が体育の授業を受けていた。サッカーをしている。

「サニーのいた頃は、部活は強制だったか？」

「ええ。一年のときだけ」

「あれもアホな話よ。若いうちは好きなことにだけ時間を使わせたらいい。若さは何よりの財産。それを無駄に浪費させる権利は大人にもなかろうが」

ひとつ思い出した逸話がある。高校に入学して間もないころ、俺は一年生ながらちょっとした疑問を抱いていた。どうして学校は部活動を強制しながら、同時に旧校舎系というある種の逃げ道ともとれる奇妙な部活群を存在させているのだろう、と。どう考えても矛盾している。

そんななか、口が軽いともっぱらの噂のバレー部の顧問から漏れた情報だ——という枕がついて、ある話がまことしやかに教室内でささやかれた。部活動を強制させようとしているのは副校長であり、一方でそうするべきではないと主張しているのが教頭だ。副校長は校長を説得して数年前に強引に必ずどこかの部活に入部すべしという校則を定めてしまったのだが、それに対してのアンチテーゼとして、あるいは抜け道として、旧校舎系の部活を乱立させたのが教頭だという話だった。この逸話については最初こそ素直に受け入れていたのだが、教頭の人となりを理解していくに連れていつの間にか、やはりこれは嘘だなと断定してしまっていた。教頭がそんな面倒なことをするはずあるまい。

しかし今日になって思い直す。事実を確認するのは野暮に思えたので何も尋ねなかった。代わりに礼を述べておく。

「ありがとうございました」

「何が？　模型の棚か？」

「色々です」

教頭は小さく笑った。俺も笑った。

「ちなみに、先生が四十のときに見つけた面白いものって何だったんですか？」

教頭ははにかんだまま何も答えてくれなかった。意地悪で答えないというよりも、本心から答えたくないというような雰囲気だった。俺はそれ以上何も尋ねることができず、再び歩き出した教頭の後に黙って続いた。誰しも人には開かれたくない心の扉がある。

国際交流部室の前につくと、教頭は腰に下げていたマスターキーを取り出し解錠した。しかし扉が開かない。見れば扉の鍵とは別に、小さな南京錠がついているのがわかった。

「そうだ、国際交流部にはこれがあるんだった。ちょっと待っとれ。職員室から鍵を取ってくる」

教頭が行ってしまったので、俺は扉についている小さな窓から部室内を覗いてみた。あまりに変わり果てたその姿に、はっ、と声が出てしまいそうになる。俺が国際交流部の部室に入ったのは三年間の高校生活で二度だけだった。一度は部活紹介の紙を提出しに行った一年生のときで、二度目は騒音事件のときだ。いずれのときも部室のなかをまじまじと観察することはしなかったが、室内が書類と書籍でいっぱいになっていたことは記憶している。圧迫感があり、とにかく狭い部室だった。

それがいまは、ほとんど空き部屋のようになっていた。あるのは俺が固定したロッカーと、本棚、それに長机とパイプ椅子だけ。在りし日より遥かにがらんとしてしまった部室に、俺はたった一人で佇む二和美咲の姿を想像してみる。ため息がこぼれた。これでは新聞部でプラモデルを作っているのと何も変わらないじゃないか。

「鍵が見つからん」しばらくして戻ってきた教頭は、渋い表情で詫びた。「網沢先生も授業中でいなかった。悪いが鍵は開けられん」

「もう、あれはないんですね。職員室の入口横のキーボックスは」

「ん？　あるわ。だからそこに鍵がかかってないということよ」

俺は耳を疑った。「それは、一和が鍵をキーボックスに返してないってことですか？」

「そういうことになるわな。まあ、よくあることよ」

俺はいま一度窓から部室内を覗いてみた。もちろん室内の様子は先ほどから何も変わっていない。そこにはあるのは、魂を抜かれたように輝きを失ってしまった寂しげな空間だけ。

「そんなに欲しいか。活動記録が」

「……え？　あ、まあ」

教頭は、はてと言ってしばらく考えると、図書室に残部が置いてあるかもしれないと言い、また新校舎の方へと消えてしまった。教頭に何度も使い走りのような真似をさせるのは申しわけなかったのだが、部外者である俺が自分で取りに行くわけにもいかなかった。

手持ち無沙汰になってしまうと、俺は自分の足がゆっくりと動き始めていることに気づいた。廊下を戻り、いつの間にか階段を下りようとしている。目的は単純だった。俺はどうしても新聞部の様子を確認したかったのだ。高校を卒業したあの日からずっと、たまらなく気がかりだった、あのことを確認するために。

プラモデルの山は、どこへ行ったのだろう。

俺は結局、プラモデルを部室に放置したまま学校を去ってしまっていた。どうして自分で持って帰るなり処分するなりしなかったのかと言えば、それにはそれなりの理由があるのだが詳細を語るのは別の機会に譲る。いずれにしても俺はあの大量のプラモデルのその後を知らなかった。あれはいま、いったい——階段を下りながら、よくわからない期待と不安が交錯した。

結末はあっけないものだった。俺は一階に下りるとすぐに苦笑いを浮かべた。いまでも覚えているが、当時旧校舎一階には、階段側から数学研究部、新聞部、科学部、写真部と、四つの部室が並んでいた。予想していたことではあったが、いまではそのすべての部室のプレートが入れ替えられていた。新しく取りつけられていたのは吹奏楽部予備室Aから吹奏楽部予備室Dのプレートだった。何を期待していたのだろうと、肩の力が抜ける。

おもむろに元新聞部部室である吹奏楽部予備室Bの小窓を覗いてみると、なかにはぎっしりと楽器らしきケースが詰め込まれているのが確認できた。楽器には明るくないのでそれがどんな楽器であるのかは想像もつかない。いずれにしてもそこは俺の知る部室ではなくなっていた。長机もなければパイプ椅子もなく、教頭が作ってくれた棚もない。代わりに部室の左右には、それぞれ楽器をしまうための大きな棚が設置されていた。そしてその棚ですらすでに随分と汚れている。これならまだ国際交流部の方が当時の面影を残していると言えた。

ここは、さてどこなのだろう。俺はゆっくりと目を閉じた。胸の奥で何かがぎゅっと小さくなったような感覚がある。

「勝手に動き回る来客があるか」

感傷的になっていたせいか、近づいてきた教頭の気配に気づかなかった。

「どうだ、模型部はなくなってたか」

「ええ……すっかり。新聞部ですけどね」

「模型部よ、あんなもん。新聞なんか書いたこともないだろうが」

「書いてましたよ。一応毎年」

「どっちでも一緒よ」

教頭は淡い笑みを浮かべたまま小窓に顔を近づけると、やはり俺と同じようにしばらく室内を見つめた。そんな教頭の横顔が憂《うれ》いを帯びているように見えるのは、俺が郷愁に浸っていたゆえの錯覚だろうか。

「プラモデルは――」尋ねるべきではないような気がしたが、尋ねずにはいられなかった。

「プラモデルは、どうされました?」

「お前が模型を作ってるのを、しょっちゅう横で見ていた」教頭は室内を見つめたまま言った。「雨の日も、風の日も、雪の日もだ。冬は手を擦《こす》りながら、夏は汗を垂らしながら模型を作り続けるサニーの姿をずっと見ていた。何をそんなに必死になっているのか、何をそんなに焦っているのか、サニーは来る日も来る日も模型を作り続けた。俺はそれをぜーんぶ知っている。そんな俺が、だ。お前が手塩にかけて作った命の結晶とも言うべき模型たちを、さて、どうしたと思う?」

「……どうしたんですか?」

「アホ。捨てるしかなかろうが。ゴミ箱行きよ」

「……です、よね」

「サニーは本当にアホよ」教頭はわずかに顔を顰めた。「全部ほったらかしにしおって」

返す言葉がなかった。あははすみませんと軽い口調で誤魔化すのも、深々と頭を下げて謝罪をするのも、どちらも適切ではないように思えた。俺が謝るべきは学校でもなければ教頭でもない。おそらく高校時代の自分自身に対してなのだ。俺はどうにもばつが悪くなって、スーツに付いた糸くずを払いのけるふりをした。

「ほれ、三十部以上残ってた。それぞれ一部ずつくれてやろう。持っていけ」

教頭が手渡してくれたのは、俺が高校一年から三年の間に国際交流部より発行された活動記録、計三冊だった。さすがに学校を代表する部活の活動記録だ。映画のパンフレット程度の厚さがあり、製本もしっかりとしている。表紙は黄色のレザックでスミの単色刷りだった。部数にもよるが、これなら単価はだいたい――考える必要もないことが頭をよぎる。業務時間中に受け取る紙製品は、軒並みサンプル品に思えてくる。すっかり仕事に染まってしまったものだ。

「今日はありがとうございました」

「もう帰るか?」

「はい。久しぶりにお会いできてよかったです」

「サニーが来たのが今年でよかったわ」

「どういう意味ですか?」

「今年度で仕事はお終《しま》いということよ」

俺はその言葉の意味がわかると、口を開けたまま固まった。

「寄る年波には勝てず。ただの定年よ」

「それは……」どうにか言葉を紡ぎ出す。「本当に、お疲れ様でした」

「疲れとらんわ。ずっとサボってたからな」教頭はかっかと笑うと、胸を張ってみせた。「これからは趣味に打ち込む余生の始まりよ」

「何をされるんです？」

「まずはツーリング」

「……ご冗談を」

「失敬な。本気も本気だ」教頭は右手でアクセルを吹かす真似をした。「やってやれないことはあるまい。先の話とは矛盾するやもしれんが、年を取ったと後悔し、やれぬと絶望するのはあまりに容易。大事なのは現状からの跳躍力よ」

結局それが本当に本気も本気の発言だったのか、俺にはよくわからなかった。何年経っても摑みきれない人だ。俺は校門まで見送ってくれた教頭にいま一度頭を下げてから礼を言うと、駐車場に停めておいた営業車へと戻った。思い出の余韻が名残惜しかったのか、すぐに車を発進させる気にはなれず、しばし車内からぼんやりと空を眺めていた。

空を飛ぶ高速の彩雲は、やがて教頭がライディングするホンダのオートバイとなって雲の向こうへ消えていく――などと考えていたら思わず笑ってしまった。教頭といえば茶菓子とほうじ茶だ。時速三十キロ以上の乗り物を操る姿は、想像することすら難しい。

俺は教頭がくれた国際交流部の活動記録を手に取り、そのまま運転席でぱらぱらと開いてみた。俺が二年のときの活動記録だった。とあるページで手が止まってしまったのは、強烈なフラッシュバックに見舞われたからだ。

部員紹介と書かれたページには、先輩を含めた国際交流部員四名の個別写真が載っていた。もちろん二和の写真もある。写真のなかの二和は、窓から吹きつける風に髪を揺らしながら、窓の向こうを指差していた。笑顔はどこまでも爽やかで、明るく、未だに俺の胸を青く、熱く、焼く。彼女が指差しているものが何であるのか、俺は知っていた。おそらくはこの世界で俺だけが知っていた。彼女はかつて見たという大きなカラスのいた場所を俺に教えてくれようとしていたのだ。

なんてことだ。俺が撮った写真じゃないか。

俺は写真を見つめながら、一人きりの車内でつぶやいた。

「懐かしい」

思い出の旅を続けていると、さすがに口をついて出てくる回数が増えてくる。懐かしい。言葉にする度に胸を支配するのは、返らぬ日々への郷愁、過ぎ去ってしまった時間への絶望感というものもあるが、それ以上にささやかな快感と充足感が強い。自分たち以外には絶対にわからないものがこの世界にはあったのだという一種の優越感が、心を温めてくれる。

入社して間もないころ、多くの先輩社員に「お前らはもう中森明菜なんて知らないだろ?」「この曲も知らないんだろ?」などと尋ねられたことがあった。

俺はそういった質問に対しいつもちょっとばかり喜んでもらえるものだと思って「いえいえ

とんでもない」と答えていた。「高校時代によくアルバムを聞いていたんです。『北ウイング』に、『十戒』、『サザン・ウインド』。『スローモーション』に至っては、数百回は聞きました」と。

しかし先輩社員から返ってくる言葉は「なんてこった。お前は面白いやつだ！　中森明菜を知ってるなんて話がわかる！」というものではなく、せいぜい「へえ」というものだった。残念そうな表情をされたこともある。思うに、大事なのは中森明菜の曲を何回リピートしたことがあるかということではなかったのだ。中森明菜が世間を賑わせていた、あの空気感のなかで生きたことがあるか、ということだったのだ。だから俺はやっぱりどれだけ中森明菜のCDを聞いていようが、答えるべきはこうだった。

「全然知りません」

そうすればおそらく、「そうだろうそうだろう」と先輩は納得してくれたのだ。なにせ事実、そういった空気を俺は決して知らないのだから。

「あの頃はよかった。お前らにはきっとわからないだろうなぁ」

そのとおりなのだ。この世界から失われてしまったものは、自分の胸のなかにしか息づいていないからこそ意味があるのだ。誰しも懐かしいとつぶやく機会を求めている。懐かしさは、味のなくならないガムだ。噛んでも噛んでも、また噛みたくなる。噛み飽きることはないが、腹を満たしてくれることもない。たまに腹が緩くなる。自重《じちょう》しなければ。

二和美咲の写真の他には二人の上級生、そして目的の小田桐楓の写真も載っていた。真鍋の写真はなかった。小田桐楓は、東も認める美術の才能の持ち主らしく、絵筆を持ち、キャンバスに向かって何かを描き込んでいる最中の写真を載せていた。制服の上に、絵の具で汚れたエプロンを着用している。俺は彼女の顔を見てすぐに思い出した。

この子が、小田桐楓だったのか。

俺は彼女のことを知っていた——というのは少し言い過ぎかもしれない。というのも実際的には、俺はたった一度だけ、彼女に一方的に話しかけられたことがあるというだけなのだ。それではなぜそれだけの交流しかなかった彼女のことを覚えているのかといえば、それは彼女の言葉があまりにも刺激的で、強烈だったためとしか言いようがない。俺は彼女の言葉により大いに心をかき乱され、青春をシェイカーに入れてがしゃがしゃとかき混ぜられてしまった。新聞部の部室に入ろうとしていた俺はその言葉を聞いた瞬間、世界が止まってしまったのかと錯覚した。三年の秋頃だった。

「美咲、たぶん君のことが好きだよ」

震えた。

言葉とは、なんと強力なのだろう。俺は部室の扉に手をかけたまま、謎の女子生徒のことをただ呆然と見つめた。いま何か、とてつもなく非現実的にして、途方もなく衝撃的なことを言われたような気がする。聞き間違いかもしれない。いや、聞き間違いに違いない。

「美咲、知ってるでしょ。二和美咲。美咲は、君のこと好きみたいだよ」

俺は慌てて廊下を見回した。当然のことながら放課後の旧校舎一階に人などいない。俺はどう言葉を返したらいいのかわからずに、口を小さく開けてはすぐに閉じを繰り返した。そもそもこの女子は誰なのだろう。上履きを見るかぎり同学年のようだが、面識はない。小柄で目が大きく、一見すると愛らしい容貌をしているのだが、腕を組んでいるためどことなく高圧的な印象を覚える。話し方にも余裕が感じられない。おかげでとびきり嬉しい報告をされているはずなのに、何かしらの警告を受けているような気持ちになった。

「君、新聞部の間瀬くんでしょ？」

俺はおずおずと頷いた。

「美咲、いつも君の話をしてるの。今日は君とこんな話をしたとか、君がよく鶴を折ってくれるんだとか、楽しそうにずっとね。ちょっとこっちが呆れるくらい」

俺はただ黙って地球の自転を感じていた。何かが動いている。

「その間瀬くんっていうのがどんな人なのか知りたくて、君のこと待ってたの」彼女は俺の爪先から頭の天辺まで確認すると、小さく一度頷いた。「君にその気があるならさ、早く美咲のこと楽にしてあげてよ」

「……楽？」

「告白してあげて、ってこと」

ピストルで撃ち抜かれたような重たい衝撃が胸に走る。胸から血が流れていた。もちろん実際には流れていない。でも流れていた。

「恋患いも辛いだろうしさ。早いとこ楽にしてあげてよ。男ならさ。こっちも美咲の片思いを見ているのは辛いし」

「……テキトーなこと、言うなよ」

俺はどうにか言葉をひねり出すと、逃げるようにして部室のなかへと体を潜り込ませた。扉を閉めると息を止める。扉に耳を当て、先の女子生徒が階段を上っていったことを確認すると、ようやく大きく息を吐き出した。そしてそのまま胸の辺りでいまにも噴火しそうだった火山の活動を沈めるために、部室内をひたすらに歩き続けた。かなりの早足で、長机の周りをぐるぐると。連動するようにして思考もぐるぐると回る。あんな誰とも知らない人間の情報を鵜呑《うの》みにする馬鹿があるか。あんなものは何の意味もない妄言《もうげん》だ。でなければ俺のことを誰かと勘違いをしているのだ。そうに違いない。でもどうだ、折り鶴の件は信憑性が高くはなかろうか。あれは間違いなく俺のことだ。だとすれば二和は本当にまさか、俺のことを、本当に、まさか。まさか。

結局その日は、ベッドに入ってからも悶々と悩み続ける羽目になった。過去の二和のちょっとした言動を思い出しては一喜一憂を続ける。もちろん一睡もできなかった。

翌日の教室での二和の姿はいつもどおりであるようだったが、どことなく俺のことを意識しているようにも見えた。俺と目が合うと気まずそうに視線をそらせる。少し声をかけてみても、どことなく落ち着きがない。いや、何を自分に都合のいいように捉えているのだ。二和はいつも、誰に対してもこんなものだったではないか。この日も、一睡もできなかった。

ちなみにこれといって特筆すべきこともなかったので触れなかったが、当然のことながら三年次にも文化祭は開催され、新聞部は部室前に誰も読むはずもない壁新聞を掲載していた。余談だが俺は、ドラマ評論家に聞く、上半期面白かったドラマランキングを掲載した。ちなみにランキングの一位は木村拓哉主演の『華麗なる一族』で、ドラマ評論家とは姉と母親のことだった。

多くの文化部の三年生は文化祭の終了をもって卒部となる。よってこのときの俺は、すでに名簿上では新聞部員ではなくなっていた。それでも部室を手放すのはあまりに惜しい。

「ここの部室って、これまでどおり使ってても大丈夫ですか?」ある日、恐る恐る教頭に尋ねてみたところ、教頭は小さく唸りながら首を傾げた。

「知らん。好きにしたらいい」

お墨付きとは言いがたかったが、一応の許可はもらうことができた。夏休みから予備校に通い始めていたので、授業のある日は予備校へ向かったが、基本的には変わらず部室に足を運び続けた。まだしばらくは個室として使用できる。

そんななか、事件が起きてしまった。謎の女子生徒の発言に心を惑わされてから数日が経ったある日のことだった。

俺はその日も、部室で受験勉強に励んでいた。しかしどうにも上の階がうるさい。誰かが騒いでいるというのではなく、何かを引きずっているような重苦しい音が響いてくるのだ。それも十分も、二十分も、断続的に。明らかに新聞部の真上——国際交流部から響いている音だった。生来そんなに神経質な方ではないと思うのだが、さすがに勉強に支障をきたすレベルでうるさかった。耳栓代わりにイヤホンをはめてみても効果なし。重病に苦しむカバの唸り声のような音が、イヤホンの上からも鼓膜を震わせる。思えば、国際交流部は数日前からうるさかった。昨日までは何かをひたすら壁に打ちつけるような衝撃音が響いていたのだが、ひょっとすると大掛かりな模様替えでもしているのかもしれない。ここ三日間は予備校があったので早々に部室を後にしてしまったが、今日はこのまま部室で勉強を続けるつもりだった。天井を見つめたまま参考書を閉じると、そこから葛藤が始まった。

放っておけばいいじゃないか、どうせすぐに静かになるだろうと我慢するよう諭《さと》す弱気な自分と、いまこそクレームという体で国際交流部を訪問することができる絶好のチャンスではないかと鼓舞する自分が、絶妙なバランスでせめぎ合った。行けば二和に会える。行くべきか、行かざるべきか。

わかった。あと十分待っても静かにならなければクレームをつけに行こう。そう決意した途端に騒音が止んだのだから滑稽だった。俺は顔を顰める。するとこちらの無言のアンコールを聞き届けたのか、今度はまた別の音が響き始めた。何かしらモーターのようなものを回している音がする。俺は再びの静寂が訪れる前に部室を飛び出した。いや待てよ、二和もすでに国際交流部を卒部しているのではないか。だとすれば部室にいるのは別人なのでは。そんな考えに至ったのは、部室をノックした後だった。

「は、はい!」杞憂《きゆう》だった。室内から聞こえた声は、間違いなく二和のものだった。同時に騒音も止まる。

「間瀬だけど」俺は扉越しに声を出した。なるべく迷惑しているんだという声色と表情を意識しながら。

まもなく扉を開けた二和は、額に玉のような汗を浮かべていた。運動でもしていたみたいに軽く息を弾ませている。俺はそんな姿に寸刻どきりとしながらも、強気に出なければならないことを思い出し慌てて表情を整えた。

「……ちょっと、うるさいんだけど」

「あ、そうだよね……ごめん」二和はしばらくきょろきょろと廊下を見回すと、取り繕うよう申しわけなさそうに笑った。「ロッカーを移動させなきゃいけなくなっちゃって……はは」

「引きずってたのか、ロッカー」

「けっこう重たくて」

「一人でやらされてたのか」

「……まあ、そうだね」

俺は瞬間的にありったけの勇気を燃やし、あくまで迷惑しているからという体を崩さぬよう、ぶっきらぼうな声で言った。俺にしてはなかなか思い切った発言だったように思う。

「俺がやる」

「え……何を?」

「ロッカー、移動しなきゃいけないんだろ。このままじゃうるさくて仕方ないから」

「大丈夫大丈夫。もうロッカーの移動はどうにか終わったの。あとは耐震用の金具をドリルで固定するだけ。ちょっと苦戦中だったけど、もう静かになると思うから」

「なら、それをやる」

「いいよ、悪いもん」

「そのドリルもうるさかった」

二和は折れた。少々嫌味な言い方になってしまったのではないかと反省もしたが、二和と同じ空間にいられるチャンスを手中に収めるためには必要なことだったと自分に言い聞かせた。

俺は二和がどこからか借りてきたという電動ドリルと耐震用の金具を受け取ると、部室の右隅に移動されたロッカーの方へと向かった。随分と中途半端な位置に設置するのだなと思ったのだが、後日やってくる本棚との折り合いでこの位置になっているのだと二和は言った。やはり模様替えをしていたらしい。肌寒い季節ではあったが、二和が部屋を閉め切って作業していたせいか、部室内はほんのりとした暖かさに包まれていた。二人きりの空間という緊張感と相まって、自然と頬も火照《ほて》る。また同時に謎の女子からの密告が不意に強く思い出され、いよいよ二和のことを直視することができなくなってしまった。

L字形の固定具はコンクリート製の壁面に打ち込むためのものではなく、木製のフローリングに打ち込むもののようだった。地震の際、ロッカーが前面に転倒してしまうのを防ぐらしい。仕組みを理解すると、俺はネジを手に取った。床には二和が締め損ねて失敗したのか、小さな穴が空いていた。

「ロッカー、押さえとくね」近づいてきた二和に更に頬を赤くしながら、俺は一本目のネジを締めた。作業自体はどうというものではなかったが、視界の隅でちらちらと揺れる二和のスカートがとてつもない動揺を誘った。

「ありがと……上手だね」

いつもプラモデルを作ってるから、器用なんだ。このくらい楽勝だよ。どれだけ言ってしまおうかと思ったが、すんでのところでどうしても言葉にならなかった。電動ドリルとプラモデルを作る技術との相関性が、自分のなかでうまく説明できなかったのだ。おかしなところで理屈っぽくなる。

「間瀬、まだ部室にいたんだね。卒部じゃないの？」

「あぁ……色々あって、まだ」

「いつまで活動はあるの？」

「……たぶん、卒業するまで。二和こそ、卒部じゃないのか」

「国際交流部は、鶴を送るまでが活動期間だから」

「……あぁ、そうか」

固定具は全部で四つあった。俺は赤い顔を見られないよう下を向いたまま黙々と作業を続け、二つの固定具を滞りなく装着した。しかし三つめの固定具を受け取るときに、二和の様子が明らかに平生《へいぜい》とは異なっていることに気づいた。俺と同じく顔が赤いのは室温のせいだとして、目が泳いでいるのはどうしてだろう。ロッカーを押さえながらも髪を触ったり耳たぶを触ったりと、どうにも落ち着きが感じられない。さすがに気のせいではない。これは明らかに動揺している。

ひょっとすると、もしかして、本当に二和も俺のことを意識して――そんな考えが頭をよぎりながらも、この時点ではまだ懐疑的な自分の方がやや優勢であった。すべてをひっくり返したのは、二和の次の言葉だ。

「……ね、ねえ間瀬」二和は遠慮がちに尋ねた。

俺はあえて無関心を装って、ネジと固定具だけを見つめながら返事をした。「ん？」

「何かさ……あの」

「何？」

「何か、聞いてない？」

初めてネジを締め損ねた。俺は飛んでいったネジを慌てて押さえると、二和のことを見上げ、そしてすぐに視線をそらせる。

「……な、何か？　何かって何？」

「それは、その――何も心当たりはない？　何か変なこと、聞いてたりしない？」

「何が？　何の？」さすがに動揺しすぎていることを自覚し、俺は左手で顔を拭った。努めて声のトーンを低く落とす。「何も、わからないけど？」

「本当？」

俺は白々しく頷いた。

「そっか……なら、いいんだけどさ。はは、ごめんごめん、いまの忘れて」

それからうまくネジが締められなくなった俺を、誰が責められるだろう。俺は震える手を無理やり理性で押さえつけながら、ネジを一本、また一本と、先ほどまでより何倍もの神経を使いながら締めていった。さすがに慎重で疑り深い俺でも、ここまで条件が揃えば予感しないわけにはいかなかった。これは、脈があるのではないか。そう自覚してしまえば、続いて聞こえてくるのはあの女子生徒の言葉だった。

――告白してあげて、ってこと――

考えただけで、世界が真っ白に燃え尽きたような感覚になる。室温は体感で三十度を突破した。俺は二和に告白をする自分の姿を想像し、それがいかに困難な作業であるのかを実感する。ラブレターを書こう。そう決意する。手紙の方が自分の性分に合っている。きっと書こう。すぐに書こう。おそらく――いや、間違いなく――悪い返事は返ってこないに違いない。

俺は自分の決意が間違っても緩まぬよう、ぎゅっと、最後の一本のネジを力強く食い込ませた。木製の床がわずかばかりめくれ上がるほどに、強く、深く、執拗に。

その日の夕方、俺はさっそく書店へと向かうと、二冊の参考書の間に挟んで恋愛教本を購入した。プラモデルのときと一緒で、未知の領域へと足を踏み入れる際には参考文献を求めてしまうのが俺の常だった。いまほどネット環境が整備されていなかったというのもある。

告白をする際、相手が断りにくいと感じる雰囲気を演出してはいけません。常に相手には逃げ道と選択肢を与え、あなたが余裕のある男性であることをアピールしましょう。そんな教本のアドバイスを参考に、便箋四枚にも及んだラブレターの最後を俺は以下の文言で締めくくった。

——最後まで読んでくれてありがとうございます。返事は急がなくて結構です。卒業するまでにお返事をもらえればそれで大丈夫です——

10

過去を思い出す作業には、ささやかな快感と充足感が伴う。そんなことを書いておきながら矛盾してしまうが、やはり思い出の旅が終盤に近づいてくると、痛みの方がずっと強くなってくる。終わってしまった過去のこととはいえ、間違っても他人の話ではないのだ。歴史書を眺めているのとは訳が違う。痛みは未だに、確かな記憶として体内に巣食い続けている。簡単に風化してはくれない。

この日も向かいのプラットホームに二和の姿を見つけた。俺は半ば自動的に携帯を取り出す。しかし教頭に会ったことを報告するのは色々と面倒な問題を孕んでいるような気がして躊躇われた。第一、教頭と俺の関係を二和は知らない。何から何まで朝の短い時間で説明するのは簡単でなかった。俺は諦めて携帯をしまうと、やはり空を見上げた。やや厚い雲のなかに、彩雲が吸い込まれていく。

すると、にわかに向かいのプラットホームが騒がしくなった。

何が起きたのだろうと目をやると、俺は青ざめる。いつかのように慌てて待機列から抜け出すと、エスカレーターを駆け上がり向かいのプラットホームへと急いだ。たどり着いたとき、すでに二和の周囲には人だかりができていた。二和はプラットホームの上に倒れ込んだまま、ぴくりとも動かない。何人かの人々が彼女に声をかけていた。俺も人混みに割って入るようにして近づくと声をかける。何度か名前を呼ぶと、二和はようやくゆっくりと上体を起こした。しかし呼吸は荒く、表情も険しい。それでもどうにか右手を振って問題がないことをアピールすると、弱々しい足取りで立ち上がった。ベンチへと向かおうとしていたので、俺も手を貸して座らせてやる。

「……あれ、間瀬？」

「どうしたんだ。大丈夫か」

「貧血、貧血」二和は無理に笑うと、ぎゅっと両目を閉じた。「大したことないから。いつも、少し待てばすぐによくなるの」

「い、いつも？」

騒ぎを聞きつけたのか、二人の駅員がやってきた。駅員は俺に対し小さく会釈をすると、膝をついてからベンチに座る二和に向かって尋ねた。

「また、駅員室で少し休む？」

「……大丈夫です。ありがとうございます」

「本当に?」

「はい……軽いやつなんで、ごめんなさい」

駅員は心配そうにしながらも小さく頷くと、立ち上がって俺の方を向いた。

「お知り合いの方ですか?」

「……ええ」

「おまかせしても大丈夫ですか?」

「ひょっとして、割と頻繁にこんなことになってるんですか?」

「頻繁というか……まあ、そうですね。月に一度か二度くらいはありますかね」

俺は駅員を見送ると、先ほどまでよりわずかに呼吸が整ってきた二和のことを見つめた。二和はハンカチを口に当てながら、じっと何かに耐えるよう目を閉じている。

「いつからなんだ」

「……覚えてないよ」

「昔はこんなことなかっただろ?」

二和は何も答えなかった。

「年齢のせいなのか?」

やはり何も答えない。

「ずっと十八歳のままでいようとしてるから、こんなことになってるのか?」

「わからないって、お医者さんじゃないんだから」二和は目を閉じたまま笑った。「もういいから間瀬も会社に行きなよ。油売ってると、部長とか課長とかに怒られるよ。私は本当に大丈夫だから」

「……大丈夫なもんか」言ってやりたいことはたくさんあったはずなのだが、結局俺はそれ以上、言葉を見つけることができなかった。いったい俺の言葉にどれほどの力があるというのだろう。彼女はいまも抗《あらが》っている。苦しみに、痛みに、そして時の流れに。彼女がそうまでして十八歳にしがみつき続ける原因は、きっとあれなのだ。それはなんとなく俺にもわかっている。もちろんその詳細はわからないが、教頭がくれた活動記録のなかに俺はすでにひとつの回答を見出していた。ただしそれを言葉にしてしまうのは、俺にとってもあまりに辛く、そして、痛かった。

「もし――」

二和は小さな声で言った。あるいは二和は俺の耳に届かなければいいと思ってつぶやいたのかもしれない。実にか細い、吐息混じりのかすれた声であった。いっそ聞き逃してしまえばよかった。しかし後悔してもどうにもならない。二和は祈りを込めたように、小さく言葉をこぼした。

「もし、間瀬じゃなかったら、お願いできたのかもしれないね。色々なことをさ」

俺は静かに目を閉じた。

もう間もなく十一月になろうとしていた。夏河理奈は、二和に十九歳になる決心をさせるタイムリミットは、今年いっぱいだと言っていた。俺もそのつもりで動いていたのだが考えを改める必要があった。タイムリミットとは関係なく、可能なかぎり早く二和に適切な時の流れを取り戻してやらなければならない。

　その週の土曜日、俺は夏河理奈と例の公園で落ち合った。やはり彼女は以前と同じベンチに座っていた。恰好は前回と同様よそゆきのもので化粧も施しているようだったが、俺の忠告を聞き届けたのかメガネはかけていた。やはり午後から出かける予定があるのだろう。短めのグレーのスカートが、この時期にしてはやや肌寒そうな印象を与える。

「この間の木曜日、二和はどうだった？」俺は気になって尋ねてみる。「駅で具合が悪そうにしているのを見たんだ」

「木曜日……遅刻してきた日ですね」

「大丈夫そうだったか？」

「そうですね……。見た感じはいつもどおりでした」

　ひとまず安心する。あまり長話をしてはかわいそうだと思い、早速用件を切り出した。

　俺が夏河理奈に依頼したかったことは実にシンプルだった。どうか二和には見つからないように、国際交流部の部室のなかを覗いてはくれないだろうか。それだけだった。部室の鍵は適当な理由をつけて網沢教諭に借りるか、もしくはそれが難しそうなら俺の名前を出して教頭に頼み込んでもらっても構わない。おそらくは後者の方が確実だ。とにかくなかに入って欲しい。たぶんそこには何かしら二和が人には見られたくないと思っているものがあるはずだ。そしてそれは、年齢に繋がるものである可能性を十分に秘めている、と。

夏河理奈はあまり気乗りがしない様子で頷いた。もちろん俺だってこのようなことを依頼するのは気が進まなかった。いまの二和にとって国際交流部の部室がどういう意味を持っているのかはわからないが、少なくとも高校時代の俺にとって新聞部の部室と言えば自室と同義だった。それを勝手に覗こうとしているのだから、それなりの罪悪感もある。だからこそせめてもの配慮として、同性の友人である夏河理奈に頼みたいのだ。何もガサ入れよろしく室内を徹底的に漁ってもらう必要はない。備品のチェックでもするように、簡単に点検をしてもらえればそれでいいのだ。幾つかの言葉を用いて説得し、どうにか了承してもらう。

「もし俺から何か追加の連絡があった場合には、なるべく早く行動に移してもらえると嬉しい。俺は訪問しなきゃならない場所を見つけた。小田桐楓の連絡先は――」

「まだ、見つかってません」

「なら、それも引き続き頼む。大変だと思う、申しわけない」

段々と俺の態度がへりくだり気味になっていったのは、夏河理奈の機嫌が悪くなっている気配を感じたからだ。圧倒的に女性の権力が強い家庭で育った結果、父と一緒になって女性の顔色を窺うのが癖となってしまっていた。あまり自慢できる特性ではない。

「あくまで俺の勘だが、二和の問題については確実に核心に近づいてきていると思う。たぶんもう一息だ」

「……本当にそう思ってますか」

俺は地雷を踏まぬよう慎重に頷いた。ここまではよかった。しかし手早く話をまとめてその場を後にしようとしたのがよくなかった。

「……どうしていつもすぐに帰りたがるんですか?」

彼女は地面を睨みながら言った。眉間に寄った深い皺を見て、俺は浮かせていた腰を再びゆっくりとベンチへ戻した。

「私といるのは、そんなに——そんなに面白くありませんか?」

「……そんなことはないよ。すまなかった」

「ひとつ、言わせてもらっていいですか」夏河理奈は俺の返事を待たずに続けた。声には微かに力がこもる。「私は間瀬さんが美咲についてどんな記憶を元に、どんな仮説を組み上げているのかわかりません。間瀬さんは昔のことを全然私に話してくれないですから、わかりようがありません。ひょっとしたら間瀬さんが出そうとしている答えが正しいという可能性もあるのかもしれません。でも、きっと——きっとそんなことないと思います。答えはもっと単純なんです」

彼女は膝の上に置いた両手をぎゅっと握ると、俺の方を向いた。

「部活も部室も、小田桐楓さんも、全部まったく関係ないんですよ。そんなこと、間瀬さん、とっくにわかってるんじゃないですか? わかってて気づいていないふりをしているんじゃないですか?」

「……そんなことないさ」

「嘘ですよ。なら、言っていいんですか? 言いますよ?」

俺は口を挟むことができなかった。彼女はかつてないほどに強い口調で、矢継ぎ早に言葉を吐き出していった。そして時折熱くなりすぎた自分を恥じるように間をとると、ペースを調整してから再び言葉を選ぶ。しかしまた熱くなり——そんなことを繰り返した。すべての言葉が焼け石のように熱く、俺の胸の中心に重い砲弾となってぶつかってきた。俺はただ、すべての言葉を受け止め続けた。

「美咲は恋愛絡みの問題で年齢を患い、いまも十八歳に、高校三年生に留まり続けています。年齢を患ってしまったのは間瀬さんと同級生だった頃の何かがきっかけです。間瀬さんは美咲に恋を……恋をして、美咲にラブレターを書きました。でも返事はもらえなかった。そしてこのあいだ、美咲は久しぶりに校門の前で間瀬さんを見つけてひどく動揺していました。……もう、それがすべてなんじゃないんですか？　それがほとんど答えなんじゃないんですか？　美咲の心残りは、美咲を十八歳に留めているのは、美咲を高校から卒業させないでいるのは、他の誰でもない、間瀬さん自身なんじゃないんですか？　美咲はまだ間瀬さんの告白に対する返事を迷っている。間瀬さんと同級生だった頃から、ずっと、ずっと。間瀬さん、ラブレターを渡すとき卒業するまでには絶対に返事をして欲しいとか、そういうことを言ったんじゃないんですか？　だからこそ美咲は高校を卒業できない。そしてだからこそ——美咲を十八歳に留める原因をつくってしまった張本人だからこそ——間瀬さんだけが、美咲が十八歳であり続けることに、ただならない違和感を覚え続けている。違いますか？　違うって否定できますか？」

冷たい風が、公園の木々を揺らした。

どこか遠い世界がざわめいているような、静かで儚げな音がする。

俺は彼女が言葉を吐き出し終えたのを確認すると、時間をたっぷりと使って沈黙をつくった。おそらくは俺自身にとっても、また夏河理奈にとっても、必要な沈黙であったように思う。彼女は気持ちを落ち着ける必要があったし、俺は自分の思い出に真摯《しんし》に向き合う必要に迫られていた。どちらも簡単な作業ではない。

やがて沈黙が十分に体に馴染んだことを確認すると、俺はゆっくりと口を開いた。人生のなかで最も辛い思い出を、生まれて初めて言葉にすることに決める。心の傷痕は熱湯をかけられたように大きく疼《うず》いたが、躊躇うわけにはいかなかった。

「違う」

まっすぐに彼女の目を見つめながら言った。でなければ、言葉が適切に彼女の心に届かないような気がした。

「違う。それは絶対にないんだ」

夏河理奈もやはり俺のことをまっすぐに見つめていた。言葉を積み重ねすぎた反動で、少し疲れているようだった。俺は反論がないことを確認すると、ゆっくりと続けた。

「嘘をつこうと思っていたつもりはない。誤魔化していられるなら誤魔化していようと思っていただけなんだ。謝るよ。申しわけなかった。やっぱり惨めな思い出を人に語るのは、この年になっても辛いものがあったんだ。情けなくてすまない」大きな深呼吸を挟んでから、俺は言葉を紡いだ。なるべく優しく、明るい表情で。「俺は二和のことが好きだった。そしてラブレターを書いた。でも、それだけなんだ」

心臓がきゅっと小さくなる。

「書いたけど、渡せなかった」

夏河理奈は大きく目を見開いた。

「ある日、二和に彼氏がいることを知ってしまったんだ。二和が廊下で見知らぬ男性と抱き合っているところを、目撃してしまったことがある。だからラブレターは、捨てたんだ」

もう一度、風が吹いた。夏河理奈のスカートが苦しそうに揺れる。

「真鍋も東も知らなかったみたいだが、俺はずっとその彼氏の存在を探していた。君の言うとおり、二和が十八歳に留まっている原因が恋愛絡みのものであるとすれば、その原因は彼がつくったものである可能性が高い。彼は同級生ではなかった。そんな彼の手がかりが、ようやく見つかりそうなんだ。だから変わらず、小田桐楓と、部室の件を頼むよ」


二和との関係に確かな手応えを感じていた俺は、ラブレターを書き上げるとそれをいつ渡すべきなのか慎重に吟味し始めた。いまとなってはその詳細を思い出すことはできないが、様々な条件を鑑みた結果、十一月の末日が最も都合がよさそうだと結論づけた。そうやって日付を決めておかないと、弱気な自分が勝ってしまうような気もしていた。ラブレターは部室の本棚のなかに隠しておいた。あそこなら教頭も触らない。俺はその日を待ちながら、部室で受験勉強に励み続けた。大丈夫、絶対にいい返事がもらえるはずだ。不安になる必要はない、と。

ある日、どうにも勉強に集中できずに、気晴らしにプラモデルの塗装を始めたことがあった。さすがにこの頃には、プラモデル作りからはだいぶ遠ざかっていた。飽きていたということはなかったが、受験勉強を疎かにしてまで打ち込む情熱はなかった。棚にはすでに教頭が目標として提示していた五十のプラモデルが完成している。我ながら壮観だ。これ以上は無理をして作り続ける必要もあるまい。

塗装を終えたパーツは、自らの定めたルールに則《のっと》って屋上へと持っていく。誰かに――二和に――プラモデルのパーツを持っているところを見てもらいたい。そんな幼稚な願望から始まった意味のない習慣が、とてつもない悲劇をもたらした。

「私、嫌だよ！」

二階に上る途中、国際交流部の方から聞こえた二和の声に、俺は足を止めた。ただならぬ声色だ。そこから慌てて駆け上がり廊下の方を見ると、今度は慌てて体を引っ込めた。どん、と、心が石になった。瞬間的に内臓が二つ三つ腐敗してしまったような絶望感があり、体中の血液が青色に変わった。同時に胸の奥から、命が砕け散る音が聞こえてきた。

二和は国際交流部の部室の前で、私服姿の男性に抱きしめられていた。

そして泣いていた。

二和が男性に抱きしめられていることを不快に思って泣いているわけではないということは、男性の背中にしっかりと回された二和の腕を見れば明らかだった。二人は互いの体が分離してしまうことを拒むように、しっかりと抱き合っていた。とても、強く、強く、強く。二和の背中に回された男性の右手には包帯が巻かれているようにも見えたが、はっきりとは確認できなかった。ただ単に白い布切れを持っていただけかもしれないし、あるいは白いものなど端から存在していなかったのかもしれない。俺は混乱していた。

「本当にごめん」男性の小さな声が、廊下に反響する。

「約束は……どうなるの？」二和は洟を啜りながら言った。

「ごめん」

「私、なんでもするよ？　力になるから……だから、お願い」

「ありがとう。ごめんね」

男性が三度目の謝罪をしたとき、衣擦《きぬず》れの音で二人の抱擁《ほうよう》が終わったことがわかった。そして同時に男性の足音がこちらに近づいてくることに気づいた。逃げなければ。俺は慌てて階段を下りようとするも、間抜けにも躓《つまず》いてしまい踊り場に派手に体を打ちつけた。無慈悲にも持っていたパーツが四方に散らばる。背後を確認することもできず夢中になってかき集めて、そのまま新聞部の部室へと転がるようにして逃げ込んだ。

扉を閉めると、鍵もかける。

かちゃりという音を最後に、静寂が訪れる。

部室は静かだった。そして先ほどまでの光景が嘘だったのではないかと錯覚するほどに、様様なものから見事に隔離されていた。あまりにも静かだったので、自分の荒い呼吸音ばかりが無駄に大きく響いた。段々と踊り場で打ちつけた箇所が鈍い痛みを主張し始める。思い出したようにずきずきと、青臭く、心の奥から痛み出した。俺はいよいよ惨めな気持ちになる。

とんだ道化ではないか。

勝手に人のことを好きになって、数年にわたり無意味な努力を積み重ね、つまらないことで一喜一憂して、一人で舞い上がって、勝手に崩壊したのだ。なんて無様なのだろう。

ただ息を吐き出そうとしたつもりが、おかしな声も一緒になって漏れた。興奮した野犬のように喉が震えていた。俺は行き場のない感情の排出先を探すように、ひとまず持っていたプラモデルのパーツをすべてゴミ箱へと乱暴に押し込んだ。もう必要のないものだ。そして本棚の引き出しからラブレターを取り出し、雑巾《ぞうきん》の要領で強くねじり上げた。これも必要のないもの——意味のない紙だったのだ。一度、二度、三度と、可能なかぎりきつくねじり上げると、最後にはやはり思い切りゴミ箱へと投げ入れた。すると足は、自然とプラモデルの飾ってある棚の方へと向かった。あれももう、必要のないものであるはずだ。足も震えていた。

俺はひとまず目についた巡洋艦のプラモデルを迷いなく摑み上げると、それを頭上高く持ち上げた。そして勢いをつけると、そのまま床に叩きつける——ことはできなかった。すんでのところで体の力が抜け、口から細長い息が漏れた。

強く摑んだせいでプラモデルからはいくつものパーツが取れてしまい、雨のようになって俺の頭上へとぱらぱらと降り注いだ。機銃が、艦載機が、主砲が、電探が、脆弱なセメダインの接着から解き放たれ、俺の頭を撫でていく。どれだけ綺麗に、丁寧に、本物のように塗装し組み立てようが、所詮プラモデルはプラスチック製の偽物だった。俺はそんなことをいまになって実感すると、プラモデルを元の位置へと戻した。胸が焼けるように痛かった。捨てられない。でも、見ていたくもない。

俺は先輩の代からずっとロッカーに押し込まれていた一枚の遮光カーテンの存在を思い出すと、それをすっぽりと棚の上に覆いかぶせることにした。五十以上もあった完成品を、すべて暗い闇のなかへと隠してしまう。これでいい。俺は自分に言い聞かせた。これでいいのだ。すべて忘れよう。すべて意味のない行いだったのだ。千羽鶴と一緒だ。教頭は言った。紙切れに何ひとつ意味などない、と。実際のところ、プラモデルも一緒だったのだ。自分のために作っているふりをしていながら、俺は結局、人に振り向いてもらうためにプラモデルを作り続けていたのだ。不純な動機で作り上げたプラモデルは、誰の目にも触れることがない分、千羽鶴よりずっと意味がない。もう意味のないものに夢中にはなるまい。千羽鶴にも、プラモデルにも、そしてもちろん、二和美咲にも。

俺はそのまま何時間も、部室でうなだれ続けた。

翌日、俺が相当数を折った千羽鶴が、清掃業者の手違いによりすべて廃棄された。プラモデルは闇のなかに消え、千羽鶴もついにアメリカへ飛び立つことはできなかった。

## 11

——永苦流転——

こういう繋がり方をしてくるのかと、自然と口角が上がってしまった。書道教室の玄関に堂堂と飾られた掛け軸に、俺はしばし目を奪われる。業務時間中だったのであくまで営業マンとして振る舞おうと考えていたのだが、面倒な考えは吹き飛んだ。事情をきちんと説明し、筋を通してから話を聞こう。まもなく一人の女性が現れた。年の頃は七十前後だろうか。頭には白髪が、顔には小皺が目立ったが、くるりとした大きな瞳のおかげで華やかな印象のする女性だった。

「はいはい、どちら様でしょう」

「突然すみません」俺は頭を下げると、国際交流部の活動記録を取り出した。そしてそのなかの一枚の写真を指差した。「ここって、こちらの教室ですよね?」

女性は首に下げていた老眼鏡をかけると、ええ、ええ、確かに確かにと言って頷いた。

「この男性なんですけど、ご存じですか?」

「……あぁ、木之本《きのもと》くん」

俺は頷いた。ようやくわかった。二和の恋人の名前が。

結論から言うとこの書道教室を訪れたことにより、二和美咲と、彼女の当時の交際相手であった木之本羊司《ようじ》との間に起こった一連の事件について、そのほとんどが詳《つまび》らかになってしまった。高校時代の煩悶《はんもん》した日々をあざ笑うかのように、あまりにあっけなく、何の障壁もなく。

果たして高校時代にこれだけの悲劇が起こっていたというのに、その事件の気配にすら気づくことができなかったというのは、俺が鈍感だったからなのか、あるいは二和が気丈に立ち振る舞っていたからなのか。たぶんどちらも違う。俺は鋭い男でこそなかったと思うが、二和も名女優ではなかったはずだ。気づこうと思えば、気づくチャンスはいくらでもあったはず。

しかしそうならなかった理由は思うに単純で、当時はただひたすらに自分のことで手一杯だったのだ。新聞を読むことに、プラモデルを作ることに、アイデンティティを確立することに、好きな人に思いを巡らすことに、すべてのエネルギーを全力で注ぐ必要があった。周りを見る余裕はない。おそらくは俺も、二和美咲も、真鍋も、東も、思春期の人間は誰も彼も、方向性こそ違えどみな同じだ。だからこそ高校時代を懐かしいと思える頃になって、ようやく様々なことに気づくのだ。

あぁ、そうだったのか、と。

内省はこのくらいにしておく。嘆いても懐かしんでも何も生まれやしないのだ。

教頭がくれた国際交流部の活動記録のなかには、一枚の写真が載っていた。書道教室で撮られた集合写真で、そこには国際交流部の面々と書道教室の関係者らしき人々が一緒になって写っていた。どうやら国際交流部は、日本の文化を海外に紹介する活動の一環として書を海外に送付していたらしい。その際に、この書道教室に協力をしてもらっていたようだ。写真には小田桐楓、二和美咲はもちろん、顧問である網沢教諭と、二和のことを抱きしめていた例の男性の姿が一緒に写っていた。何にしてもよく男性の顔を覚えていたものだと、我ながら感心した。写真のなかにくだんの男性の姿を見つけたとき、瘡蓋がぱっくり割れたような痛みが走った。

具体的に顔の特徴がどうこうと照合を始めるよりも先に、本能が確信した。彼だ、間違いない、と。悔しいが改めて見てみると、彼は精悍《せいかん》な顔立ちをしていた。髪は短く切り揃えられており清潔感もある。笑顔は柔和で優しい。身長も高かった。少なくとも写真を見るかぎりでは、難癖をつけるのは難しそうな人物だった。

活動記録には丁寧に書道教室の名前まで記載されていたため、探すのに手間はかからなかった。書道教室は高校から歩いて二十分ほどの住宅街に位置しており、そうと知らなければただの古民家と勘違いして素通りしてしまうような外観をしていた。表札の横に小さく教室名と電話番号とが記されている。おそらく元々は住居だったものを教室用に作り直したのだろう。室内には濃い墨の香りと、真新しい畳の青々とした匂いが共存していた。別に田舎暮らしをしていた経験があるわけでもないのに、どことなく懐かしい気持ちになるのはどうしてなのだろうか。

玄関に現れた女性は、皆川《みながわ》という名前の職員だった。もう三十年近くこの書道教室で働いているということだった。初めこそただ木之本氏について話を聞きたがっている俺に警戒している様子もあったが、二和美咲の名前を出すと表情が変わった。俺は皆川さんの反応を探るように、二和は未だに高校生——十八歳のままでいるのだという事実をそれとなく口にしてみた。するとと彼女は神妙な面持ちでゆっくりと頷いた。

「あら……そうだったのね」

「ずっと十八歳——という言葉の意味、わかりますか？」

「ええ、ええ。わかりますよ。加齢が止まってしまったのね」

「ちなみに、年齢が止まってしまってからの二和に会ったことはありますか？」

「さあ……どうだったかしらね。ないような気がするけど」

高校の近くにある書道教室だ。おそらくはイゾウと同じように、無自覚のうちにどこかで二和のことを見かけたことがあるのだろう。話が早くて助かった。俺は彼女の年齢に纏わる問題を解決したい旨を伝えると、皆川さんはいま一度深々と頷いてくれた。申しわけなかったので断ろうとしたのだが、とにかくこの時間は暇だから大丈夫、話し相手が欲しかったからむしろ嬉しいのと、笑みさえ浮かべながら俺のことを客間に招き入れてくれた。俺は皆川さんと向かい合うようにして、座布団の上に座った。

「木之本くんについては、本当によく覚えています。ものすごく印象的な子でしたから。なんでも訊いてください。それにしても、あなたも田島《たじま》さんの日じゃなくて、私のいる日に来てもらって本当によかったわ。田島さんだと、たぶん何も知らなかったんじゃないかしら」

皆川さんは彼女の自己評価どおり、なかなかにおしゃべりな人だった。必要でないものも含め様々な情報を提供してくれたのだが、時折話が大きく前後し、時系列がわからなくなってしまう場面もあった。よって失礼ながら、話は再構成した上で以下に記す。たぶん俺が実際に耳にした情報よりは、いくらか整理されてわかりやすいものになっているはずだ。

国際交流部は毎年、書道教室と協力しながら、何枚かの書を海外に送っていた。

「アメリカ、カンボジア、フィリピン、あとどこだったかしらね。初めの頃は主に王羲之《おうぎし》の臨《りん》書《しょ》を送っていたんです。臨書っておわかりになるかしら？」

「すみません」

「お手本を写した書のことね。言ってしまえばモノマネです。王羲之は中国の書家の名前。ただやっぱり、どうせ日本の文化を紹介するなら日本特有のものじゃなきゃってことで、かな書も送るようになったのね。かな混じりの書です。たっぷりの余白に流れるような連綿。国際交流部員さんは毎年女性が多かったから、そっちの方がたおやかな雰囲気もあっていいんじゃないかって。ほら、うちはそういう流派だから」

木之本羊司は書道教室に通っていた生徒の一人だった。北海道の出身だそうだ。正確な年齢は割り出せなかったが、話を聞くかぎり俺よりも二つか三つ年上のようだった。彼は幼い頃から書の世界に興味を持っていたものの、残念ながら自らの理想とする会派の先生が近くにはいなかった。そこで姉を頼ってここの書道教室を紹介してもらった。千葉へとやってくる。

「お姉さんはやっぱりここの書道教室の関係者だったんですか」

「というよりあれよ。ご存じなんじゃないかしら。国際交流部の顧問の先生だったの」

これにには驚いた。網沢教諭の旧姓は木之本だったらしい。木之本羊司は姉である網沢教諭のつてで、高校卒業と同時に書道教室の門を叩いた。彼はいくつかのアルバイトを並行しながら教室の先生に師事し、日々腕を磨いた。大学には通っていなかったらしい。屍《しかばね》になろうと構わぬ。きっと書の世界に骨を埋めるのだ。そんな覚悟を感じたと、皆川さんは時代劇のワンシーンでも演じるような口調で言った。

「真面目な子だったのよ、本当に」

彼は誰もが目を瞠《みは》る速度で力をつけていった。まもなく先生からいくつかの展覧会への推薦をもらうことになったらしいのだが、その若さにしては異例のことだったと皆川さんは讃えた。とにかく非凡な才能の持ち主だった。そんな彼は、やがて国際交流部との企画の取りまとめ役を任されるようになる。

ここからの話は俺にとってあまり面白くないものに終始した。しかし皆川さんの話し方があまりに楽しそうだったので、俺はついに何も口出しできなかった。俺はただただ、二和美咲と木之本羊司の馴れ初《そ》めについて耳を傾け続けた。二人がどのように惹かれ合い、どのようにして恋人関係になったのかを。いったいどうして皆川さんがそこまで二人の関係に詳しかったのかはよくわからない。記憶力がよかったのか、あるいはその都度適当な補完と脚色とをしていたのか。いずれにしても木之本羊司は二和との間に起こった様々なことを、かなりあけすけに皆川さんにも伝えていたようだ。口の軽いやつめと頭のなかで罵《のの》り、すぐに自分の狭量さに嫌気がした。まったく、俺はどれだけ惨めなのだろう。俺の話はいい。

とにかくそんななか、二人はちょっとした約束を交わしたのだという。

「可愛らしい話だったのよ、本当に」と皆川さんは笑顔で言った。「高校三年生だった彼女さんが、学校を卒業する記念に何かプレゼントをして欲しいと頼んだの。そしたら木之本くんは、オリジナルの卒業証書を書いてあげると約束したのね。仮にも書道家でしたから。素敵な話よ」

ええ、まったく。心にもないことを言いながら、俺は頷いた。

「それがどうしてだったのかしらね。いつの間にか大きな話になっちゃって顧問の先生を巻き込んで、どうせなら本当に木之本くんに高校の卒業証書を書いてはもらえないかって話になったのよ。ようは筆耕《ひっこう》ね。ごめんなさい筆耕はおわかりになるかしら?」

「一応、印刷会社の人間なんで」

皆川さんは頷いた。「一度動き出しちゃったら、あっという間ね。高校、印刷会社、下請けの筆耕業社。みんなに話をつけて、木之本くんは彼女さんの代の卒業生、全員分の卒業証書の名入れをすることになったの。すごいと思わない? 彼の名誉のために断っておくけど、当時の彼の実力を考えたらあまりに事務的で簡単すぎる仕事でした。若輩とはいえ、彼はれっきとした芸術家だったわけですから。それでも木之本くんは彼女さんのためってこともあったし、仕事には前向きだったのね」

しかし不幸な事件が起こる。

「ある日、夜中の教室に電話が入ったの」

電話は病院からのものだったという。緊急の呼び出しに皆川さんが慌てて病院へと向かうと、待合室には色を失った二和の姿があった。網沢教諭もいた。網沢教諭もやはり青い顔をしていたのだが、しかしそれ以上に激しい怒りに支配されているようだった。その証拠に肩を大きく上下させていた。物々しい空気に、皆川さんはすぐには何を尋ねることもできなかったという。

「私は後で知ったんですけど、木之本くん。右手の人差し指と中指を切ってしまったのね」

「怪我を、したんですか」

「というより。根元から――」皆川さんは人差し指と中指の第三関節を左手でとんとんと叩いてみせた。「綺麗になくしてしまったの」

その日、二和は国際交流部の活動の一環として、一人で屋外の写真を撮ることになっていた。正直に言ってこの辺は皆川さんからの間接的な情報なのでどこまで正確な話なのかはわからない。いずれにしても皆川さん曰《いわ》く、二和は夜の川で写真を撮ろうとしていたそうだ。そして撮影にあたって、二和は網沢教諭から学校の備品であるＬＥＤの懐中電灯を借りていた。二和が何を照らしたかったのかはわからない。被写体なのか、あるいは自分の手元なのか。俺は皆川さんから二和が向かった川の名前を聞くと、ぼんやりとした景色を思い浮かべることができた。おそらくここからも近い。車でしか通ったことはないが、確かにあの辺りは街灯が少なかった記憶がある。

そんな暗い川を二和が撮影していると、たまたま橋の上を一人の青年が自転車で通りかかった。木之本羊司であった。二和は声をかけたが、彼は橋の下にいる二和の存在には気づいてくれなかった。二和は彼に気づいてもらおうと、反射的に懐中電灯を彼に向けて振ってしまった。

「とても強力なライトだから人に向けてはいけないって、私、何度も言ったわよね――顧問の先生が病院の待合室で木之本くんの彼女さんを怒鳴っていたのをよく覚えてるわ。一度だけ頬もぶったわね。振りかぶってこう、ぱんって」

木之本羊司は突然の強い光に驚き、自転車のハンドル操作を誤った。視界が完全に奪われる。その場に倒れ込んでいればせいぜい打撲で済んだかもしれない。しかし彼はどうにか体勢を立て直そうと、右手でガードレールに掴まろうとした。それが間違いだった。

「私もきちんとその後の情報を追っていたわけじゃなかったからわからないんだけど、あれは自治体でも相当問題になったらしいわね。数年前からずっとガードレールの状態が悪いから補修して欲しいって、町内会から要望が出ていたらしいの。橋の上を通学路にしてる小学生が、肩口に傷を作ってしまう事故が何度かあったそうなの。金属が曲がって、錆《さ》びて、ぎざぎざに尖ってた」

「それだけで、指が切れてしまうものなんですか」

「こうやって――」皆川さんは右手を胸で押しつぶすような真似をした。「体重が乗っちゃったのね。思い切り」

木之本羊司は指先の感覚でガードレールを見つけると、自転車から倒れるようにして全体重を預けた。指はすっぱりと綺麗にというより、重さによって無理やり彼の手からむしり取られた。不幸にも指は見つからなかった。川の下に落ちてしまったそうだ。

「こういう言い方は冷たいかもしれない。でも事実としてうちの先生は、絶対に電車以外の乗り物には乗らないのね。バイクはもちろん、自動車にも、自転車にも乗らない。自分の右手が、自分の体が、何よりも貴重なものだということを誰よりも理解しているから。そういった意味では、木之本くんはアマチュアだったのかもしれない。先生は退院した木之本くんのことを、涙を浮かべながらひたすらに叱り続けたわ。一言も、彼女のことを責めはしなかった。お前が馬鹿だ、すべてお前が悪い、ってね」

右手を失ってもまだ左手がとはならないのが書の世界だ。左手で書く書道家もいないことはないがちょっとしたアウトサイダー扱いだそうだ。正当な評価は得られない。しかしそれでも木之本羊司は、まだくじけなかった。退院するとすぐに筆耕の仕事をまっとうしようと筆を執った。だが当然のことながら、残った三本の指だけでは満足に文字を書くことすらままならなかった。走るのは筆ではなく激痛だ。彼は納期のぎりぎりまでもがいたが、結局は仕事を放棄するしかなかった。その結果、なるほど。俺たちの代の卒業証書は卒業太郎という名前が入ったダミー品を使わざるを得なかったわけだ。

事件が起こってから高校と書道教室の関係はどちらからともなく疎遠なものとなり、共同での活動はなくなった。木之本羊司はようやく自らの再起を諦めると、北海道へと帰っていったそうだ。

「だからもし――」と皆川さんは自らの推測で話を締めた。「その彼女さんが未だに高校生のままなのだというのなら、それは木之本くんの卒業証書を待っているからなのかもしれないわね。あの子も純粋で優しそうな子だったから、きっとそうよ。自分のことを責めているの。何年もずっとね」

皆川さんは目を赤らめながら言った。

「もしできるなら、その子のことを助けてあげてね」

「木之本さんの現在の居場所は、おわかりになりますか？」

「ごめんなさいね。詳しくはわからないわ。ただ北海道、だとしか」

皆川さんは突然の訪問客であった俺のことを、最後まで丁重にもてなしてくれた。こちらが何度もお礼を言うと彼女は、本当に暇だったから、と、あの件は私にとってもずっと心残りだったから、を繰り返した。俺は昔話をすることによって——例えば真鍋や東のように——皆川さんの魂をも解放させてあげることができたのかどうかはわからない。ただ皆川さんが悪い気分にはなっていないようで安心した。過去のことをほじくり返して嫌な気持ちになるのは、俺だけで十分だ。

「この永苔流転の掛け軸は先生が？」俺は玄関で靴を履きながら尋ねた。

「ええ、そうですそうです。造語なのによく読めましたね。苔を、たい、って、なかなか読まないでしょ？」

いえ、この言葉、知ってたんです。とはなぜだか言いたくなかった。

「舌に苔で舌苔《ぜったい》と読むのを、高校のとき新聞で読んで覚えていたんで」これは本当だ。知識はいつも唐突に蘇る。「これは、先生が作った言葉なんですよね？」

「あぁ……実は違うの」皆川さんは楽しそうに肩を揺らしながら言った。「これも、思えば笑える話ね。永字八法ってご存じかしら？」

「いえ」

「永の字には、書に必要な八つの技法がすべて含まれているんです。即《そく》、勒《ろく》、努《ど》、趯《てき》、策《さく》、掠《りやく》、啄《たく》、磔《たく》。とにかく練習するにはうってつけな文字なわけ。そこで先生は何か永の字を使った名言を考えようとしたの。それを生徒に練習させようって。でも思いつかなかったのね。先生、頭固いから」

そこまで言うと、皆川さんは掛け軸を見つめながら寂しげに微笑んだ。

「この言葉を考えたのは、実は木之本くんなの。彼が先生にこれはどうですかと進言したのね。先生はそれを甚《いた》く気に入って、さっそく書道教室のキャッチコピーにすることに決めちゃったの。さも自分が考えたようなふりをしてね。ちゃっかりした人でしょ？　まったく」

なるほど、と答えながら、俺は二和に聞かせてもらった英語のスピーチのことを思い出していた。これは私に多大な影響を与えた人物が教えてくれた言葉で、また、その人が考えた言葉でもあります。皮肉なものだ。

「木之本くんに、何か欠点ってありましたか？」

「……欠点？」

「ええ、小さなものでも」

「そうね……特にこれというのはなかったわね。本当にいい子だったわ。明るくて真面目で、時折冗談も言って笑わせてくれて。顔もよかったしねぇ。それがどうかしました？」

「いや、別に」情けない質問をしてしまったものだと、深く反省した。

俺は営業車へと戻ると、しばらく咳き込んだ。やっぱりハンカチに血がついているものだから嫌になってくる。先日、ようやく時間をつくれたので呼吸器内科に行ってみたのだが、ストレスによる一過性の症状でしょうと一蹴《いっしゅう》されてしまった。そこまでストレスを抱えているつもりはないのだが、医者がそう言うのだからそうなのだろう。少し嫌な思い出をほじくり返しただけで、簡単に血を出してしまう。我ながら脆弱なつくりをしている精神だ。

俺は空を見上げ、遠き日の失恋に思いを馳せる。彩雲が、どこまでも遠くに飛んでくれることを願いながら。

夏河理奈とは二週連続で会うこととなった。ベンチに座る彼女がどことなく気まずそうにしているのは、前回取り乱してしまったことを恥じているからなのだろうか。意地悪をするつもりはなかったので、俺はこれまでどおりの態度で接した。服装は例によって洒落《しゃれ》っ気のあるものであったが、モノトーンで統一されていたため、いままでよりは大人しい印象に仕上がっていた。彼女は遠慮がちに会釈をすると、網沢教諭と話してきたことを教えてくれた。

「……間瀬さんが書道教室で聞いたとおりでした」

俺は書道教室で皆川さんから話を聞いた日の夜に、夏河理奈に電話を入れていた。彼女は俺の話を聞くと次の日早速、放課後の職員室で事務仕事をしていた網沢教諭に質問をしてみたという。なるべくなんてことのないような、それこそ世間話でもするような口調で。

「木之本羊司さんって、先生の弟さんなんですか」

網沢教諭は大いに驚くと、どこでその話を聞いたのかと逆に質問してきた。夏河理奈が書道教室の知り合いから聞きましたと答えると、納得したように頷きながらも唐突に不機嫌になり始めたという。この辺の態度の変わり方は容易に想像ができた。黒ひげが飛んでいったのだ。夏河理奈はさすがに怯《ひる》んだという。無理もない。本来はもっと色々なことを訊こうと思っていたのだが、結局、無知を装って以下の質問をすることしかできなかった。

「木之本さん。ものすごく有望な書家だったと聞きました」

「……そうですね」それから網沢教諭はたった一言だけぶっきらぼうに答えると、そのまま立ち上がって職員室を出て行ったという。「すべて失われてしまいましたけど。誰かの不注意のせいで」

それ以上は何も訊くまいと夏河理奈は判断した。俺が同じ立場だったとしても同様の判断をしたと思う。裏付けとしては十分だし、それ以上言葉を重ねたところで互いに不愉快な思いをするだけに違いない。

「網沢先生の美咲に対する冷たい態度の理由が、ようやくわかりました」

それから夏河理奈は国際交流部の部室のなかも見てきたと言った。

「部室の鍵は網沢先生に借りたのか？」

「いいえ、網沢先生は部室の鍵はもう持っていないそうです」

「そうなのか……なら、教頭に？」

「いいえ。直接、美咲に頼みました」

驚いた。

「昨日、美咲が部室の掃除をすると言っていたので、私にも手伝わせて欲しいと頼んだんです。掃除が終わったら一緒に帰ろうって」

「それで、二和は了承したのか？」

「はい。部室に入れてくれました」

夏河理奈は部室に入ると、しばらく二和とともに箒《ほうき》で掃き掃除をしたそうだ。狭い部室なので時間はかからない。作業中、夏河理奈はちらちらと室内を確認してみたがこれといって怪しいものは見つけられなかった。しかし二和がトイレに消えたときにふと開けたロッカーのなかに、一冊のノートを見つける。夏河理奈はスマートフォンで撮ったというノートの一ページを見せてくれた。

「本当に一冊だけ、このノートが入ってたんです」

古いノートだったという。写真からはノートの状態まではわからなかったが、全体的に紙が茶色く変色していたそうだ。表紙には油性ペンで日報と書かれてあり、なかには二和と、小田桐楓が交互に書いた日々の活動記録と雑感が記されていた。

「後半のページは乱暴に切り取られていて、最後の記述がこれでした」

画像は小さく見にくかったのだが、拡大してみれば鮮明に文字が読み取れた。ノートは二和の記述で終わっていた。見るからに弱々しい筆致で、簡潔に言葉が記されている。

十月二十四日
とんでもないことをしてしまいました。取り返しがつきません。
もう何もいりません。彼に再び、適切な光を与えてください。
そのためなら、どんなことでもします。ごめんなさい。

二和美咲

俺は目を閉じて、言葉を全身に染み込ませた。

出揃った情報を元に、いま一度夏河理奈と共に仮説の整理を行った。というより、実際的には皆川さんの話の再確認だ。

二和には恋人がいた。名前は木之本羊司で、彼は国際交流部と交流のある書道教室の生徒であった。彼は二和が高校を卒業するにあたって、卒業証書を書いてあげるという約束をした。しかし二和の過失による事故で、彼は右手の指を二本失ってしまう。書道家としての道を絶たれた彼は、故郷である北海道へと帰った。おそらくその別れの挨拶こそが、俺が目撃した――そして実は非常階段の方からイゾウも目撃していたという――あの国際交流部前、廊下での出来事だったのだろう。

「約束は……どうなるの?」

「ごめん」

俺の記憶のなかでの会話の内容とも、辻褄が合うことには合う。

夏河理奈曰く、二和が十八歳に留まり続けている理由は恋愛絡みのものである可能性が高い。そうなると、二和はやはり木之本羊司の卒業証書をこそ、待っているのではないだろうか。

「そう考えるのが、いまのところ最も論理的だと思います」と夏河理奈もこの説を支持した。

木之本羊司の書道家としての道を絶ってしまったのは他でもない二和自身だ。二和が木之本羊司の卒業証書を受け取ることなく高校を卒業してしまえば、それはすなわち彼の再起を諦めたということにもなる。二和は信じているのだ。未だに木之本羊司が筆を執ることを、書道家としての道を再び歩み出すことを。でなければ二和美咲自身も、他人の夢を壊してしまったことを認めたことになる。そうなれば、二和はいよいよ永遠に許される日を迎えることができないのだ。一応のところ話の筋は通っているように思える。

真鍋、東、教頭と、様々な人から情報をかき集めたが、結局最も真実に近い可能性を口にしていたのは、あろうことかイゾウだったということだ。イゾウの言葉を借りれば少々通俗的な表現にはなるが、つまるところ二和はもう少しまともな卒業証書で、卒業したかったのだ。

夏河理奈はスマートフォンを鞄にしまうと、話を締めるように言った。

「……どうするべきだと思いますか？」

俺は何も答えなかった。

「仮に卒業証書が問題ではないとしても、木之本さんが原因であることは間違いないと思います。こうなったら、やっぱり木之本さんの居場所を探して連絡を取って——何か不満ですか？」

彼女の言葉が尖った。俺は組んでいた腕を解く。「……どうして？」

「不服そうな顔をしています」

「いや、そういうわけじゃない。ただ——」

「ただ？」

「少し、腑に落ちない」

「……何がです？」

「うまくは説明できない」俺は前置きしてから、自らの考えを語った。

そもそも卒業証書というものがそこまで重要なファクターなのかということが、俺にとって第一の疑問だった。価値観は人それぞれだ。俺は教頭の門下であるがゆえに、ただの紙切れと価値を不当に低く見積もってしまっているのかもしれないが、それにしても言い知れぬ違和感がある。二和が大事にするべきなのは、本当に卒業証書なのだろうか。彼女が木之本羊司の再起を心の底から願っていたのだとしたら、むしろ彼女は木之本羊司の支えとなるべく、高校を卒業してから北海道に同伴することだって――というのは未成年に対して少々無理のある注文かもしれないが、いずれにしても卒業をしてから彼を支える方法は十分にあったはずだ。わざわざ自分を高校という檻に縛り続け、彼にプレッシャーを与えるような真似をする必要があるだろうか。

「それに俺の記憶のなかにある二人の会話とも、微妙に噛み合わない気がするんだ。極めて感覚的な話だが、あまり二和らしくないとも思う」

「美咲らしくない？」

「個人的な感想なんだ」

「……本当に、美咲のことが好きなんですね」

皮肉なのだろうとは思ったが、彼女の意図するところは正確に摑めなかった。夏河理奈は俺とは目を合わせず、どこか遠くを見つめていた。眼差しは冷たい。

「……もういいじゃないですか」声が震えていた。「他にどんな可能性を考えているんですか？」

「それはまだわからない。でも――」

「美咲には、彼氏がいたんですよ」

話が見えなかった。

「まだ、考えてるんじゃないんですか？　木之本さんは美咲の彼氏じゃなかった、って。自分は失恋していたわけじゃない、って」

なぜそんなことを言われなければならないのだろう。あまりにも会話が嚙み合わない。俺は慎重に言葉を選びながら、そういう可能性を考えているわけではないということをなるたけ丁寧に説明してみる。しかし彼女の返答は要領を得ない。さすがに混乱した。

「ずっと美咲の話ばっかり」

「……それは、二和の問題を解決しようとしているんだ。必然的にそうなるだろ」

「心のどこかでまだ期待してるんですよ。だから、そうやっておかしな方向へと考えを巡らせようとするんです」

「どうしてそんなことを言うんだ？」

「それは――」

彼女はそこまで言うと、何かを抑えきれなくなったように、涙をこぼした。彼女はメガネを取ると右手で涙を拭う。未熟な技術で施されたアイシャドウが、手の動きにそって乱れた。俺がハンカチを手渡そうとすると、彼女は喉の奥から声を出した。

「間瀬さんのことが、好きだからですよ」

俺はハンカチを持ったまま固まった。

まったく想定していない言葉だったので、ニュアンスを正確に理解するまで少々時間がかかった。そうなんだ、ありがとう、と簡単に受け流していい種類の告白でないと気づく頃には、すでに彼女は顔を真っ赤に染め上げていた。

「好きになっちゃったんですよ」

彼女はメガネを強く握りしめたまま言った。

「優しいこと言われて、肌が綺麗とか言われて、メガネが似合うとか言われて、君の気持ちはよくわかるとか言われて、その気になっちゃったんですよ。単純だから、学校の男子には言い寄られたことなんてないから、変人扱いばっかりされてたから、その気になっちゃったんですよ！」

木の上で休んでいた鳥がどっと飛び立った。人間、本当に面食らうとどんな言葉も出てこない。確かに青年期は口下手だった。しかし社会人になってからは、一度だって得意先の前で沈黙をつくったことはなかった。しかしいまばかりは、どんな言葉も不適切であるような気がして声にならなかった。声を出そうとする度に、空気が抜けたように言葉が消えていく。

「何とか……言ってくださいよ」夏河理奈は更に強くメガネを握った。いまにもレンズが弾け飛んでいきそうだ。「私、馬鹿みたいじゃないですか」

「……驚いた」急《せ》かされてようやく口を開く。なるべく当たり障りのない言葉を探している自分が情けなかった。「でも、嬉しかったよ」

「なら、付き合ってくれますか？」

　また声が出ない。

「美咲のことがまだ好きなんですか」

「……だから、そうじゃないさ」

「私のこと嫌いですか？」

「そうじゃない。君は素敵な子だと思うよ」

「私の見た目が、気に入らないですか？」

「違う」

「なら、本当はメガネとか服装がおかしかったですか？」

「やめてくれ。本当に似合ってる」

「じゃあ、性格が気に入らないですか？」

「君には何も問題はない、ただ――」

「ただ？」

「俺はもう――」そこまで口に出したところで、はっと、魂を引き裂かれたような感覚がある。その先が言葉にならなかった。いや、絶対に言葉にしてはならないと直感的にわかった。

「適当なことばっかりなんですよ！　ずっと！」

　彼女は自分のバッグを大きく持ち上げると、そのままそれを俺の肩口へと勢いよくぶつけてきた。硬いものが入っていたらしく、想像していたよりもずっと強烈な衝撃が走った。同時に押し出されるようにしてバッグのなかに入っていた一冊の書籍がぽとりと地面に落ちる。ヴィクトル・ユーゴーの『ああ無情』だった。図書館の管理ラベルがついている。彼女は慌ててそれをバッグのなかに押し込むと、涙を浮かべながら公園の出口へと向かって走り出した。

「絶対に追いかけてこないでください！」

彼女の言葉を額面どおりに受け取るつもりはなかった。追いかけた方がいいと思ったし、追いかけようとも思った。しかし足が動かなかった。ベンチから腰を浮かせるも、すぐ重力に負けたように腰が落ちてしまう。彼女の背中が緑の陰に隠れてしまうのを、じっと見つめることしかできなかった。風が冷たく吹き抜ける。

教頭の言葉はいつもすぐにはその真意がわからない。ただあるときになって突然、ぱっと花開くようにすべてが理解できる瞬間というのが訪れる。問題はその瞬間というのが、往々にして遅すぎるということだ。教頭は言った。もし年齢さえ近ければ、俺だってオードリー・ヘップバーンと恋仲になれたかもしれない。つまり逆を言えば、年齢が異なっているからこそオードリー・ヘップバーンとは永遠に、絶対に、何があっても恋仲になれないということなのだ。他のどのような障壁をクリアしてみたところで、年齢の壁は越えられない。

夏河理奈は不美人ではない。やや無愛想なところもあるが、綺麗な女性だ。メガネだって服装だって彼女自身によく似合っていた。彼女の性格を果たして俺がどれほど理解できていたかは別にして、決して話をしていて退屈してしまうような子でもなかった。夏河理奈に問題はない。ならば何が問題なのか。理由はあまりに単純なのだが、だからこそ絶望的なのだ。誰にもどうすることができないことだからこそ、決して口にするべきではない。

——俺はもうそろそろ三十で、君はまだ十八じゃないか——

ただ一方で思うのは、実際的に彼女と俺が同い年だったとすれば、きっと彼女は俺に魅力を感じてはくれなかっただろうということだ。高校時代の俺は、夏河理奈の隣を歩けるような青年ではなかった。年が離れているからこそ、きっと彼女は俺に惹かれてくれたのだ。年齢を重ねたことにより獲得した余裕や落ち着きのようなものを、その人、生来のものだと錯覚してしまう。すべては年齢が見せたまぼろしに違いない。

しかし何より俺の心に衝撃を与えていたのは、以下の事実だった。

どうして俺は二和が十八歳のままで留まり続けていることを承服できなかったのか、その理由がわかってしまったということだ。するり、硬い結び目が解けるよう、様々な疑問が美しい一本の紐となった。そうだ、そうではないか。あの日、俺は向かいのプラットホームに向かって走り出し、二和に十九歳になるべきだと告げた。それは何も彼女の体を心配していたからでも、困っている彼女を放っておけなかったからでもなかったのだ。

二和美咲がオードリー・ヘップバーンになってしまったのを、受け入れたくなかった。

ただ、それだけだったのだ。

## 12

二和には彼氏がいた。

そんな事実がわかってからも、高校三年生である俺の実際的な生活パターンに変化はなかった。当然といえば当然だ。それまで彼女の何かが俺の行動を制限していたわけではないのだ。強いて言えばプラモデルを作ることを完全に放棄したというのは変化と言えたかも知れないが、前述のとおりすでにほとんどやらなくなっていた作業だった。変化らしい変化とは言い難い。俺はそれまでの様々な思いをすべて焼却炉にでも投げ込んだように、ただひたすらに新聞部部室で受験勉強に勤《いそ》しんだ。

恋心を邪念と呼ぶことが適切なのかはわからないが、余計なことを考える必要がなくなった分、勉強の効率が飛躍的に上がったのは事実だった。偏差値が全教科平均して五程度は上がった。予備校の職員も驚いていた。第一志望校がいつの間にか安全圏に入っている。もうワンランク上の大学も射程内だ。もちろん勉強が楽しくなってきていたわけでも、学歴に特別大きな意味を見出し始めていたわけでもない。単純に、勉強以外にやることを見つけられなかったのだ。頼まれたって二度とプラモデルは作りたくなかったし、いまにも折れそうになっていた自我を支える新たな何かを探す体力もなかった。孤独は悲しいほどに、勉学の味方であった。

十二月になる。さすがに卒部した身でストーブを支給してもらうのはどうかと思っていたのだが、教頭が問題ないと言って設置してくれた。教頭はプラモデルの上にかかった遮光カーテンを訝《いぶか》しそうに見つめると、あれはなんだと尋ねてきた。俺は説明することができなかった。

「気が散るか。視界に入ると」

そんなところです、と答えたと思う。教頭はそれ以上何も言わなかった。そしてどうやら俺が在学中にプラモデルを作ることは二度となさそうだと察すると、以降はプラモデルの話題を持ち出すことすらしなかった。いま思えば、俺の様子がおかしいことを見て気を遣ってくれていたのかもしれない。本人に訊いてみればよかった。プラモデル作りを楽しみにしてくれていた教頭には申しわけなかったが、だからといって俺には何をどうすることもできなかった。棚に飾ってあるプラモデルの山は、いまとなっては負の遺産になってしまったのだ。可能なかぎり、記憶の外側に置いておきたい。

二和美咲とは、二度と言葉を交わすつもりもなかった——というと少々嫌味で攻撃的なニュアンスがつきまとってしまうのだが、別に二和のことを嫌いになったわけではなかった。憎悪も軽蔑もなかった。強がりではなく、彼女のことをいきなり敵とみなして激しく恨んでしまうような気持ちはなかった。我ながら自分勝手な手のひら返しをしなかったのは、十代にしては立派だったように思う。俺が心を痛めている原因は二和美咲にはない。自らの空回りにこそあるのだ。そこはわかっていた。わかっていたがそれでも、彼女といままでどおりに接しろというのも酷な話だ。教室では目を合わせることすらできなくなった。もう言葉を交わすこともないだろう。どうせすぐに卒業だ。

そんな、ある日のことだった。

雨が降っていたことを、いまでも覚えている。おかげで校舎内は命を失ってしまったように冷たくなっていた。雨はしとしとと降り、地上からあらゆるものを奪い去っていく。予備校の授業がない日だった。放課後になると俺は部室へと入り、白い息で両手を温めながら石油ストーブのスイッチを入れた。故障かと思うような危うい音を出した後、独特の煙たい臭いとともに着火する。参考書を広げる。部屋が暖まりきらないうちに、コートを着たまま勉強を開始した。勉強以外のことは何ひとつとして視界に入らない。他にやることなどないのだ。

そんな、いつもの放課後になるはずだった。

勉強を始めてから一時間ほどが経過した頃に、部室の扉がノックされた。控えめな音であった。

ノックをするということは教頭ではない。だとすると珍しくも顧問の三浦教諭か、でなければ中願寺先輩の再訪か。そのくらいしか俺には候補が思いつかなかった。扉を開ける気配がないので返事をしてやると、扉は本当にゆっくりと開かれた。あまりにも遅いので、猫が前足で開けているのではないかと思ったほどだ。しかし扉を開けたのはもちろん猫ではなかった。そこには一人の人間が立っている。

幻覚でも見ているのだろうか。でなければこれは何の嫌がらせだろう。にわかには信じがたいが、何度瞬きをしても目の前の光景は変わらなかった。扉を開けたのは二和美咲であった。

「……ごめん、突然」

　俺は口を開けたまま彼女のことを見つめていた。どことなく笑顔が疲れているように見えたのは、いまになって考えれば気のせいではなかったのだと思う。この頃の二和は木之本羊司に纏わる問題で大きく心を消耗していたはずなのだ。もちろんこのときの俺は何を知ることもない。ただ彼女の突然の来訪に、動揺するだけ。

「ねぇ、間瀬。少しだけ時間もらってもいい？」

「……あぁ、うん」言葉というよりは、唸り声だった。寝言と大差ない。「まあ……」

　正直に言うと断りたかった。しかし断る方法や適当な理由が見つからなかった。二和はありがとうと言ってはにかむと、後ろ手で扉を閉めてから俺の正面のパイプ椅子にゆっくりと腰かけた。教頭や中願寺先輩も座っていた椅子だが、二和が座るとまただいぶ意味合いが変わってきた。俺は意味もなく何度か参考書を閉じては開いた。手が震えていたのは寒さのせいではない。室内は十分すぎるほどに暖まっていた。すでにコートも脱いでいる。

　働かない頭で想像していたのは、二和は何か備品を借りに来たのではないかということだった。ガムテームでなければビニールテープか、あるいはステープラーか。いずれにしても用件を切り出したらすぐに部室を去ってくれるものだと思っていたので、彼女が椅子に座ったまま五分も沈黙を続けたのはまったくもって解せなかった。彼女は俺の正面の席で、ただ自分の手元だけを見つめていた。納得のいく座り方を探すように何度か小さく腰を浮かせてはまた座り直す。指先で髪先と耳たぶをいじる。話を切り出したいのだが、どうにも切り出せない。そんな雰囲気を感じることはできていた。しかし、どうしたのと尋ねる余裕が俺にはなかった。こちらも精神的に限界だったのだ。俺はただひたすらに受験勉強に励むふりを続けた。
考えてみれば俺にとって二和が部室を訪ねてきてくれるというのは、待望し続けた最高のシチュエーションであったはずだ。プラモデルを作り続けながら、俺は日々二和が部室に現れた際のシミュレーションを重ねてきた。まず、かのプラモデルの山を見せつける——というよりも、あれだけの数と存在感があるのだ。自ずと気づいてもらえるだろう。俺はプラモデルに驚嘆する二和に対し、教頭から仕入れた情報を提供する。中願寺先輩で一種の予行練習は済んでいた——と言ってしまうと先輩に対し失礼な話になるのだが、いずれにしてもきっとスムースに説明できるはずだ。俺はひとつひとつの情報をさもなんでもないことのように紹介し、いかに自分が没頭している人間かを見せつけるのだ。そうすればきっと、いや間違いなく、二和は俺のことを——

思い出すほどに肺が腐っていくような苦しみがあった。どうしてプラモデルにそこまでの全能性を感じることができたのだろうか。たかが、プラモデルに。二和の前で叫び出すわけにはいかなかった。代わりに俺は持っていたシャーペンを、折れそうなほど強く握りしめる。むしろいまとなっては、まったく逆のことばかりが頭をよぎった。遮光カーテンの向こうにあるプラモデルが、どうか二和には見つかりませんように。あんな惨めなものを作り続けていた愚か者だとは思われたくないんです。

互いに何をするでもなく、時間だけが緩慢に侵食されていった。ストーブの稼働音がやたらとうるさく感じられる。時折、雨が窓を叩く音がまじる。体感では二和が部室に来てからすでに三時間は経過していたが、時計を見ると、実に十五分しか経っていなかった。二和が話を切り出そうとする気配はない。彼女はいったい何をしに来たのだろう。俺に何を語りに来たのだろう。

あぁ、と気づいたとき、胸のあたりにある太い血管がぷつんと切れた。

考えれば考えるほど、自分の仮説に矛盾がないことに気づき、いよいよ黒々とした絶望が体中に広がっていく。そうだ、そうじゃないか。真実はいつも残酷だ。

二和は口止めをしに来たのだ。

彼氏と抱き合っていたことを、誰にも言わないで欲しい、と。

二和と男性の逢瀬《おうせ》を目撃した俺は、慌てて逃げる途中、大きな音を立てて階段の踊り場に倒れ込んでしまった。プラモデルのパーツもぶちまけた。冷静に考えて二人が俺の存在に気づいていないわけがないのだ。仮に俺の姿が見えていなかったとしても、放課後の旧校舎一階を利用している生徒は俺しかいない。目撃者候補は俺しかいないことになる。

なるほど、だからこそ二和はこうも切り出しにくそうにしているのだ。わかってしまえば地獄だった。部室は拷問部屋と化す。何が悲しくて、そんなことを言われなければいけないのだろう。彼氏と抱き合っていたこと、みんなには内緒にしておいてくれない？　そんなことを言われた日には、俺はもう二度と立ち直れないだろうという確固たる予感があった。それはあんまりだ。もうこれ以上、俺の心を痛めつけようとはしないでください。どうか許してください。

俺は跳ねるように立ち上がると、学生鞄のなかに乱暴に参考書を押し込んだ。折れようが曲がろうが気にもしない。いち早くこの場を離れるため力任せに詰め込んだ。背もたれにかけていたコートを掴みそのまま扉へと向かう。

「もう帰る」自分のものとは思えないような細い声が出た。二和の目は見られなかったが、二和が動揺しているのはわかった。「鍵はそこにあるから、帰るときかけて職員室に返しておいて。ストーブも切って……じゃあ」

二和は何かを言いかけたが、俺はその上から言葉を被せた。

「大丈夫、誰にも言わないから」

扉を閉めると走った。暗い廊下を、誰もいない廊下を、いつか二和と一緒に歩いた廊下を、走り続けた。闇は黒煙のようにもやもやと渦巻き、俺の体をぬるりと舐めていった。

初めて二和美咲と出会ったあの日から、三年近くにわたって空回りし続けた俺のロータリーエンジンは、いよいよその回転を止める。俺と二和美咲に纏わる物語は――というより俺の高校時代は――この瞬間に音もなく閉幕した。よってこれ以上に語るべきことは何もない。

俺はまもなく高校を卒業し、当初予定していたところよりやや偏差値の高い四年制大学へと進んだ。卒業式で二和美咲は、花岡の『卒業生代表、卒業太郎』の答辞をどう受け止めたのだろう。みなが無邪気に笑う体育館で、ひとりぐっと歯を食いしばっていたのだろうか。泣いたのか、それとも同調するように無理に笑ってみせたのか。そもそも二和が卒業式に出席していたのかどうかすら、俺は正確に記憶していない。この頃の俺はオートパイロットで航行中の飛行機のように、自我や意思といったものをすっかりと失っていた。ただ漫然と日々を過ごす。やはり俺の高校時代は、新聞部の部室から逃げ出したあの瞬間に終わっていたのだ。

大学では特に面白いこともなかった。謙遜ではない。本当に何もなかった。ただ講義を受けては指定された課題を提出し、単位をもらう。それだけ。友人はできたが親友はできなかった。時間を潰す技術は身につけたがそれらが趣味へと昇華することはなかった。三年の後期になると就職活動を始め、印刷会社へと入った。いまに至る。特筆すべきことは何もない。

俺が再び二和美咲の姿を目撃するのは、とある日の通勤途中、プラットホームでのことになる。二度と会いたくないと強く願い、しかしもう一度会ってみたいとも願っていた二和美咲と、邂逅《かいこう》する。胸のなかで何かが、また動いた。

俺はようやく夏河理奈と別れた公園を出ると、ふらふらとした足取りで近くのファミリーレストランに入った。簡単に昼食を済ませ、しばらくソファに身を沈める。窓の外に見える車の流れを、見るともなく見つめていた。やがて陽が傾いてくると、木之本羊司が指を失ったという橋の上へと向かうことにした。歩くにしてはそれなりの距離があったが、タクシーを使う気にはなれなかった。一時間以上かけて目的地にたどり着く。到着する頃には、とっくに陽は落ちていた。

橋の上には濃密な夜の匂いが漂っていた。たしかに暗い。街灯もほとんどなく、交通量も少ない。俺は目を凝らして該当箇所と思われるガードレールを観察してみた。しかし錆びついている箇所も、曲がっている箇所もなかった。おそらくはあの事件のあと整備したのだろう。見たところペンキも剝がれていない。今度は翻《ひるがえ》って川の方を見つめてみる。川といっても水遊びができるような川ではない。おそらく生活排水を流すための川なのだろう。夜なので見にくいが、水の色は極めて緑に近い。川の横には舗装された歩道が平行するように延びている。二和が立っていたのはあの辺りだろうか。

俺は歩道の適当な位置に、カメラを構える二和の姿を思い浮かべてみた。そして彼女がこちらに向かって懐中電灯を向ける姿を想像してみる。橋の上を自転車で走っていると、唐突にきらり、強烈な光線が視界を奪う。それがどれだけ眩しいものであるのか——どうしてだろう、俺はその眩しさをありありと想像することができた。妙に腑に落ちる。

闇のなかにいる人間にとって本当に怖いのは、さらに深い闇ではなく、突発的で強力な光なのだ。例えば暗闇を自転車で走る青年を襲った強力なライトのように、例えば闇夜を飛ぶ彩雲を襲う探照灯のように、例えば暗い場所を歩み続けていた俺の前に現れた、二和美咲のように。

いつでも、誰に対しても、光は幻想を見せる。

そして幻想は、その強烈さ故に現実を見失わせる。

最後には根こそぎ、あらゆるものを奪い去っていく。指を、命を、希望を、夢を。

——闇のなかに光を当てるようなことをしちゃいけないんだよ。闇は闇のままに。それが誰にとっても幸せなことなの——

俺は道中の自動販売機で買った缶コーヒーの存在を思い出し、タブを開けた。口をつけると、砂糖の甘さのなかに溶けた酸味と苦味を嚙みしめる。俺は静かに揺れてはちらちらと小さくきらめく水面を見つめながら、そっとため息をついた。

ひょっとすると夏河理奈の言うとおりなのかもしれない。俺は皆川さんから聞いた話を潜在的な部分で拒絶したいと願っているだけで、実際のところはすべて納得済みなのだ。木之本羊司のことも、事件の詳細も、二和が十八歳に留まり続けている理由も。

果たして本当にそうなのだろうか。

俺は改めて考える。そして違和感のひとつひとつを精査していくことにした。部室の鍵について、二和と木之本羊司があの日交わしていた言葉について、そして懐中電灯を人に向けるという二和美咲の不用意さについて。俺はいま一度、写真を撮る二和美咲の姿を思い浮かべた。するとある一点で歯車が嚙み合ったような感覚があった。様々なことに合点《がてん》がいく。

そうか。そういうことか。

13

入れ違いになるのが嫌だったのでいつもより一時間早く駅へと向かったのだが、実に無用な心配だった。二和はいつもどおりの時間に現れると、鈍行のプラットホームのベンチに座る俺の姿に目を丸くした。

「……どうしたの？」

「二和が十八歳のままでいる理由がわかった」

二和は途端に表情を消し、俺の言葉を吟味するように黙り込む。しばらく互いに見つめ合ったまま、時間だけが流れていった。鈍行の遅れを告げるアナウンスが響き、その間に快速が一本到着する。プラットホームの上を歩く人々が何人も俺たちの前を通り過ぎ、また鈍行の遅れを詫びるアナウンスが響いた。そうして長い無言の時間を作った後に、二和はようやく口を開いた。俺の言葉に嘘がないようだと察したのかもしれない。開き直ったように微笑んでみせる。

「それで？」

「先に謝らせて欲しい」俺は二和の目を見て言った。「以前ここで、二和が十八歳のままでいる理由を調べようと思うと言ったとき、二和は好きにしたらいいと言ってくれた。俺はそれを真に受けて二和に関する情報を集めた。調べている間は夢中でどこか感覚が麻痺《まひ》していたが、冷静になれば最低な行いだった。いくら二和のためだと言ってみたところで、人のプライバシーに勝手に光を当てたことに違いない。本当に申しわけないと思っている。許して欲しい」

徐々に絞られていく映画館の照明のように、二和はゆっくりと笑みを弱くしていった。俺は続けた。

「俺の立てた仮説を話したい。ただもちろん、いまは時間的に無理だ。可能ならどこか別の日に改めて会いたい。そしてもし俺の話す仮説が当たっているようだったら、一緒に十九歳になるための行動を起こすと約束して欲しい。協力は惜しまない」

「嫌だ、って言ったら？」

寂しそうな目つきだったが、どこか得意げな口元が往時を思わせる。意地悪なのに、妙に親しみやすい。二和特有の表情だ。これに、かつての俺は幾度となく自らのペースを崩されてきた。慌てふためき、情けないほどに言葉を詰まらせた。しかしだからこそ、俺は落ち着いた態度で言葉を返す必要があった。いまここにいる俺は、かつての俺ではないのだということを証明するために。

「言わせないさ」

予想外の反応だったらしい。二和は目を見開いたまま固まった。

「すでに二和は月に何度も倒れるような状態なんだ。拒否はさせないし猶予も与えない。あまりにも二和が言うことを聞いてくれないようなら、体調の悪そうな日を狙って拷問でもするかもしれない」

「……本気で言ってるの？」

「もちろん冗談だ」

二和は安心したように笑った。それから本当に面白そうに笑った。

「でも冗談じゃない」

「間瀬がそんなことを言うなんて思わなかった」

「年を取ったんだ」俺はあえて笑顔は見せずに言った。「年を取ればボキャブラリーも増える。多少はウィットにも富むし、背筋も伸びる。オレンジレンジを歌うようになるし、野球観戦をするようになる。ツーリングだって始める」

「……何を言ってるの？」

「二和も、元のレールに戻るべきだと言ってるんだ。俺に時間をくれ、頼む」

二和はしばらく俺の目を見つめると、やがて口を真一文字に結んだ。躊躇うように自らのローファーに視線を落とし、今度は思い出したように電光表示を見つめる。またローファーを見つめ、最終的には諦めたように俺の目を見た。

「……わかった。とりあえず聞くだけ聞いてあげる」二和は言った。「今度の日曜日でいい？」

「構わない。ありがとう」

「詳細はメールするね」

喫茶店、でなければ夏河理奈のときのように公園で話ができればそれで構わない。そんなふうに考えていたので、二和がハイキングをしに渓谷に連れて行って欲しいと提案してきたときには大いに驚いた。紅葉が見頃らしいから、と。俺にアウトドアの趣味はない。というより行楽に行くつもりがない。別のプランを提案したかったのだが、へそを曲げられて約束自体を取りやめにされてはかなわない。提案された渓谷は県内でこそあったが、車でも一時間以上はかかる場所にあった。慌ててレンタカーの予約をいれた。必要もないのに少々ランクの高いSUVを予約してしまうと、情けなくなってしばし自己嫌悪に陥った。

当日は多少の厚着を心がけたものの、基本的には平時の外出とさほど変わらない服装を選んだ。こちらの目的はあくまで年齢に纏わる諸問題の解決だ。ハイキングに向けて気合いを入れる必要もあるまい。しかしそんな俺の考えを戒《いまし》めるように、駅のロータリーに現れた二和は完全にアウトドア仕様のファッションに身を包んでいた。真っ赤なウインドブレーカーに、頭にはベージュの帽子、足元にはスニーカーを履き、大きめのリュックを背負っている。

「間瀬、なにそのやる気のない恰好は」

「……そういう恰好じゃないとまずいのか？」

「さあ。私も行ったことないからわからない」ははは、と笑った。「ちょっと張り切っちゃった」

ひとまず元気そうだったので安心した。二和を助手席に乗せると車を出す。まもなく高速に乗った。

「同級生の運転する車に乗るの初めてだ」

高校生らしい反応に笑ってしまう。十八歳は本当に、まだまだ子供だ。

さすがに快適な車だった。営業車とは車格も値段も大きく異なるので比べるのは不適当だが、確かな力強さと見事な静音性の両立には惚れ惚れするものがあった。もう少ししたら、店員に聞いたクルーズコントロールも試してみよう。自動車はすっかり作るものから、乗るものに変わってしまっていた。この手はニッパーではなく、いまとなってはハンドルを握る。両手がやや汗ばむのは、さてどうしてか。なるべく考えないようにしながら、運転に集中する。

笑顔で車外の景色を眺める二和を見ていると、すぐに本題を切り出す気にはなれなかった。二和の気が済むまでしばらく付き合おう。話はそれからでも遅くない。

最も初心者向けのハイキングコースでも全長四キロあると聞いて反省した。舐めていた。晴れてはいたが、気温は想像していたよりずっと低い。二和の恰好が正解だ。靴だけは幸いにして動きやすいものを選んでいたが、運動不足の身には応《こた》えた。歩き始めてすぐにペースが落ち始めた俺のことを、二和はからかうように笑った。

「おじさん、大丈夫？」

二和とて運動が得意な人間ではなかったはずだ。それなのにこうも差がついてしまうというのは、いったいどういうことだろう。体育の授業も思いのほか偉大なのかもしれない。あるいはやはり年齢の問題なのだろうか。とは言えこちらもまだ二十代だ。先日のゴルフコンペでも、スポーツ選手なら一番脂が乗る時期だぞと本部長に発破をかけられたばかりだ。途中しばらく咳き込んだが、ハンカチに血はついていなかった。無駄な心配はかけたくなかったので安心する。

景色を楽しむ余裕はほどほどにしかなかったが、確かに悪いものではなかった。空気も心地よく澄んでいる。木々の匂いも悪くない。呼吸の度に肺が浄化されていくような感覚があった。ところどころ葉が色づいているところもあったが、あれはあくまでオマケのようなものにすぎない。最奥部の滝こそが目的地にして絶景らしい——というのが二和の話だった。落ち葉を踏みならし、いくつかの川を越え、息を弾ませながら歩数を重ね続けた。

確かに絶景だった。

滝という言葉から自然に連想してしまうような、豪快で勢いのある滝ではなかった。しかし幅が広く、実に雄大だった。サッカー場一面はあろうかという大きくなだらかな傾斜を、絹のように白く光る水が、爽やかな速度で流れてゆく。水の音には得も言われぬ品がある。さながらコンサートホールいっぱい、大観衆の拍手と評しておこう。間断なく盛大に、しかし心地よく響き続ける。またその上には、トンネルのように滝を覆う真っ赤な紅葉が、焼けるような鮮やかさで輝いていた。俺も二和も、しばし釘付けになった。言葉を失い、ただ瞳を輝かせる。

しばらく景色を堪能すると、俺たちは適当な岩を見つけて腰かけることにした。滝からはかなり離れた位置に座ったにもかかわらず、どこからともなく微細な水の粒が顔を撫でていった。それがまた心地よい。昼食はハイキングコース入口の売店で購入していた。なんてことのない幕の内弁当だったが妙に美味しく感じられたのは、空気のおかげか、景色のおかげか、はたまた体を動かしたおかげか、それとも、そこに二和美咲がいるからか。

「体は大丈夫なのか？」

「ええ？　それ間瀬が言うの？」

「俺は運動不足で疲れてるだけだ。でも二和はそうじゃないだろ」

「大げさ」二和は笑った。「たまにちょっと、くらっとすることがあるだけ。それ以上のことなんて何もないんだから」

それが強がりなのか本当のことなのかは、俺にはうまく判断できなかった。

休日ということもあって、滝の周りにはぱらぱらとハイキング客の姿が見えた。そんななか一組の男女がこちらに向かって歩いてくる。外国人だった。どうやら写真を撮って欲しいらしい。俺が差し出されたカメラを受け取ろうとすると、二和が明るい声で女性に話しかけた。もちろん英語だ。彼女の懐かしい発音に俺も思わず頬が綻ぶ。そのまま二和が女性と楽しげに会話を始めたので、俺は今一度岩の上に腰を落ち着けて静観することに決めた。餅は餅屋だ。

二和はやがて滝をバックに男女が肩を組む写真を撮ってあげると、もう二三、言葉を交わしてから手を振って別れた。声はすべて聞こえていたが、無論のこと俺は何を聞き取ることもできなかった。ピクチャーという単語が聞こえたような気もしたが、それが俺の限界だ。戻ってきた二和に、さすが未来の通訳だというようなことを告げようとしたが、それが少しばかり皮肉めいたニュアンスを孕んでいることに気づくと何も言えなかった。彼女は年齢を患っているのだ。

二和は話をしている最中こそ楽しげだったのだが、俺の隣に戻ってくるとどことなく寂しげな表情を作った。理由はわからなくもない。

「どうして、ここに来たかったんだ?」

二和は何を今更といった様子で首を傾げた。「それは景色がすごいって聞いたから」

「そうじゃない。どうして俺をここに連れて来ようと思ったのかってことだ」

「そんなの、間瀬じゃなきゃ車の運転ができないからに決まってるでしょ」

一理あると思ってしまったが、やはり論点はそこではない。こちらの心中をすべて察し、巧みに話の主導権を握るのが彼女の特技だ。手玉に取られてはいけない。俺がもう一度、同じ質問を繰り返そうとすると、二和は諦めたように首を横に振った。

「ごめん。自分でもよくわからない」滝の音が響く。「でもひょっとしたら、絶対に逃げられないところまで行きたかったのかもしれないね。じゃないと逃げ出しちゃうかもしれないから」

「二和が？」

「二人とも」

滝の音が、いつかのストーブの音と重なった。清々しい空気のなかにわずか、石油の煙たい臭いが混じる。俺は心を落ち着けるように大きく息を吸うと、また大きく吐き出した。

「話してもいいか？」

「いいよ」

俺は、俺が夏河理奈とともにたどり着いた仮説を、なるべく丁寧に話すことにした。話の公平性を保つために、あるいは二和に対するせめてもの贖罪《しょくざい》の気持ちとして、情報源はすべて詳らかにした。ただし夏河理奈のことだけは最後まで秘匿しておいた。あれからいくら連絡をしてみても、夏河理奈からの返事はない。これ以上、彼女に迷惑はかけたくはなかった。

二和は黙って俺の話を聞いていた。時折、痛みに耐えるように目を細めることはあったが、基本的には無表情を意識しているようだった。木之本羊司という男性がいたこと、二和は彼と交際をしていたこと、卒業証書を書いてもらう約束を交わしていたこと、しかし彼は二和の過失により指を失ってしまったこと、そして二和は彼の再起を願っているからこそ、高校に留まり続けているのだということ——俺は自分のなかに蓄えられていたすべての情報を吐き出した。

二和は俺の話が終わったことを確認すると、滝の方を見つめたまま小さく頷いた。

「隠しごとはできないね」二和はうっすらと、淡い笑みを浮かべた。半紙一枚分程度の、本当に薄い笑みだった。「全部、間瀬の言ったとおりだよ。だから私はずっと十八歳のままでいることに決めたの。高校生のままで、羊司くんがまた筆を執ることを期待して――」

「大丈夫だ、二和」

「……何が？」

「違うんだろ」

二和は一瞬だけ一時停止でもしたように固まり、すぐに何事もなかったかのように俺の方を向いた。「……何が？」

「ここまでは二和が最悪、俺に――あるいは誰に――バレてしまっても仕方がないと思っていた情報だ。たぶん問題はその更に奥にある」

「……何それ？」

「とぼけなくていい。大丈夫なんだ」

二和は口を結んだ。何ひとつ情報を漏らすまいと、心のなかに籠城しているようにも見えた。表情から余裕が消えていく。

「安心して欲しい。このことは誰にも言ってない。俺はただ心の底から二和に十九歳になって欲しいと願っているだけなんだ」

「何を――」そこから先は、言葉にならなかった。

俺は間を取るように地面を見つめる。しっとりとした土の上にはいくつかの小石が転がっていた。俺はそのなかのひとつを拾い上げると、手の上で転がしてみる。側面には苔が生えていた。おそらくは長い年月をこの場所で過ごした石なのだろう。俺はそれを目の前の川へと投げ入れる。ぽしゃんという音が響き、石と苔とが、大きな川の流れのなかに解き放たれる。二和はじっと、俺の一連の動作を観察していた。

「二和は――」手についた土を払いながら、俺は言う。「二和はあるものを、ある人の目から遠ざけておきたかった。そうだろ？　そしてたぶん、俺も共犯なんだ」

二和はダムの決壊を防ぐように、じっと口を結んで何かに耐えているようだった。しかし数十秒に及ぶ沈黙の末に、とうとう一粒の涙をこぼした。一粒こぼれてしまえば、連鎖が始まる。表情だけは崩さぬようこらえていたため、次々にこぼれ落ちていく涙だけが余計に目立った。音もなく涙だけが積み重なる。

「高校生のときならどうにもならなかった。でも俺も、いまとなっては大人の端くれだ。きっと二和を助けてやることができる」

二和はまだ何も言わない。

「俺にとってひとつだけわからないのは、以前二和が言っていた、間瀬じゃなければお願いできたのかもしれないという言葉だ。この部分に関しては、俺も二和の真意が読めない。何か俺じゃ不都合があるのか？　もしないなら、すべてを俺に託して欲しい。きっとうまくやってみせる」

「……ごめん」二和はようやく涙を流していることを認めたように、指の腹で目元を拭った。「正直、自分でもよくわからないの。間瀬は違うのかな？」

「よくわからないが、頼ってくれて構わない。たぶん悪いことにはならない」

「本当に？」

「営業マンは顔が広いんだ。こう見えて色々な知り合いがいる。どうとでもなる」

「書いてあったんじゃないよ？　すごく深く――」

「想定内だ。問題ない」

「絶対に誰にも、特に――」

「わかってる」

俺は右手を差し出した。

「全部、俺が解決する。だから鍵を俺に預けてくれ」

「間瀬に全部押しつけて、それで……それで本当にいいの？」

「子供の力になるのが、大人の務めだ。それに――」俺は笑ってみせた。「俺は真鍋の命令で、みんなの魂を解放させる旅をしているんだ。遠慮なく頼ってくれ」

14

「また会うことになるとはな、サニーよ」

俺は一人の営業マンとして教頭に頭を下げた。この人には結局、生涯を通じて頭が上がりそうにない。

　俺が母校を訪れたのは、午後二時のことだった。どうしても外せないアポが午後一であったので、少々遅めの到着となった。すでに国際交流部の部室前では、複数の作業員が慌ただしそうに作業に取りかかっている。

「間瀬さんですよね？」

　作業員の一人に声をかけられ挨拶をする。名刺交換をすると、作業員は愉快そうに笑ってみせた。

「いやぁ、本当にありがとうございます。社長も喜んでましたよ。ようやく間瀬ちゃんがリフォームしてくれる、って。本当は社長も来たがってたんですけど」

「とんでもない。お忙しいでしょうから」

「私立校の修繕となれば、施工実績としてもちょっとばかり箔《はく》がつくんですよ。本当に間瀬さんには感謝感謝です」

「うちも頭に入れてもらいましたんで、売上にはなりますから」

「サニーのくせにちゃっかりしとるわ」教頭が笑う。

　それから十分ほどかけて、作業員たちは着工の準備を完了させた。部室内の机や椅子を廊下へと運び出し、薬剤の跳ねが懸念される箇所にビニールを張る。少しだけ見学させてもらってもいいですかと尋ねると、笑顔で了承してくれた。俺は部室の壁に背を預け、作業の一部始終を目に焼きつけることにする。

一方の教頭は俺に挨拶をくれると、旧校舎から立ち去っていった。

「俺は見たらいかんのだろう?」

「すみません。無理ばかり言って」

「無理なものか。別に興味もないわ」かっかと笑い飛ばし、こちらに背を向けた。

作業員たちは電動ドリルを手に、それぞれロッカーの固定具を外し始める。当然のことながら、ドリルは俺が締めたときとは逆方向に回転した。時を巻き戻すように、あるいは二和の年齢の絡まりを正していくように。四つの固定具が外れると、作業員たちはロッカーを壁から引き剝がす。ロッカーがあった箇所だけ壁が若い。俺がこの部室を訪れたあの日と、まったく同じ色をしている。

そしてそこには、俺が想像していたよりもずっと深く、荒々しい文字がびっしりと刻まれていた。何かの呪縛のように、あまりに強烈に。


懐中電灯で木之本さんのことを照らしたのは、美咲ではありません。私です。

私が、木之本さんの指と、夢を奪いました。

真実を伝えることにより、いま美咲に向けられている網沢先生の憎悪がすべて私の元に向かうのだと考えると、あまりに恐ろしく、ついに言葉にできませんでした。

網沢先生、そして美咲。本当にごめんなさい。

混乱した私は、落ち込む美咲にせめて新しい恋をして欲しいと願い、適当な男子数人に対して、美咲があなたのことを好きだと言っていたと、焚きつけるような嘘を言ったりもしました。私はあまりに愚かな人間です。無責任にも、ここに言葉だけを残し、逃げ出してしまう私を、どうか罵り、心のかぎり恨み、呪ってください。

小田桐楓

二和は何度か文字を消そうと試みたのだろう。ところどころ茶色いパテで埋まっている箇所があったり、別の角度から傷が入ったりしている部分があった。しかし文字は読めた。難なく、するすると読めた。何たる深さと、執念で彫られた文字だろうか。

このメッセージを見たとき、二和はどれほど動揺しただろう。消さねば、隠さねば。しかしどうにもならなかった。二和にできたのは、どうにかして真実を網沢教諭に知られないようにするために、ロッカーで封をしておくことだけだった。それが友情によるものなのか、あるいは別の感情による行動なのかはわからない。詳しい動機についてはまだ何も聞けていない。何にしても、どれだけ自己犠牲的なのだろう。

それにしても、と、俺は首筋が痒《かゆ》くなってネクタイを緩める。俺を何よりも驚かせたのは、予測できていなかった以下の文言だ。『適当な男子数人に対して、美咲があなたのことを好きだと言っていたと、焚きつけるような嘘を言ったりもしました』これがあったからなるほど、二和は俺に協力を要請するのを躊躇っていたわけだ。つまるところ、小田桐楓から密告を受けて以降の俺の動揺は、二和にばればれだったということになる。まったく、本当に未熟で不器用な青年期を過ごしたものだ。

だが二和も二和ではないか。あれからどれだけの年月が経ったと思っているのだろう。こんなメッセージを読んだところで、俺が動揺するとでも思ったのだろうか。二和には彼氏がいることを、俺は高校時代のうちから知っていた。それでなくとも、こちらは三十を間近に控えたいい年の大人だ。あの日の小田桐楓の密告が、何の根拠もないでたらめだったと気づいたところでなんだというのだろう。それがいったい——ため息がこぼれる。おかしなものだ。

それなりに傷つくではないか。

夏河理奈に謝らなければならない。やっぱり俺は、何年経っても俺だった。割り切ったようなふりをしながら、横目でちらちらとおこぼれに与《あずか》ろうと必死の、情けない、垢抜けない、永遠の子供だった。君の言うとおりだ。あの密告が本当であったらいいなと、心のどこかで願っていた。何年経っても愚直に信じていたのだ。木之本羊司と交際していたのは何かの間違いで、あの情報こそが真実だったのではないか。噴飯ものだ。

作業員たちは小田桐楓のメッセージを見つけると、手早く修復作業に取りかかった。何かしらメッセージに対する反応があるものと思っていたのだが、彼らにとってはあくまで修復すべき破損箇所でしかなかったようだ。作業員はさっそく壁面の窪みに補修材を流し込む。

俺は目を閉じた。

補修材は俺の心にも染み込んだ。補修材は何度も治っては開いてを繰り返していた俺の心の傷痕の上に、頑丈な蓋をする。思い出に封をする。しかしそれだけでは、まだこの旅は終わらない。二和の心残りを、俺は根こそぎ成仏させなければならないのだ。あの日の詳細を聞くのは、それからだ。

飛行機のチケットを購入するのは、生まれて初めてのことだった。誰に相談するべきか迷った挙句、年中奥さんと旅行しているイメージが強いカブに相談することにした。これで大丈夫と太鼓判を押されても、実際に飛行機に乗り込むまでは何か不備があるのではと度々不安になった。土曜日、午後一時五十分羽田《はねだ》発の便に乗り、午後三時三十五分に新千歳《しんちとせ》に降り立つ。そのまま午後九時の便での日帰りを予定していた。かなりの強行日程となったが、日付を跨《また》いで女子高生を預かるわけにはいかなかった。三連休というわけでもない。俺ものんびりはできなかった。

飛行機に乗るのは実に高校の修学旅行以来であった。二和はどうなのだろうと思って尋ねてみると、やはり修学旅行で乗ったきりだと言っていた。俺と同じだと思ってすぐに、そうではないことに気づく。彼女は毎年修学旅行に行っているのだ。

飛行機に乗った瞬間から――いや、もっと言えば、待ち合わせ場所に現れたときから、二和の表情は硬かった。無理もない。新千歳に到着するといよいよ深呼吸の回数が増える。約束の時刻まではしばらく時間があったので、二人して空港の喫茶店に入った。二和の緊張が伝染したのか、あるいは俺も端から緊張していたのか、注文したサンドイッチがうまく喉を通らなかった。

木之本羊司は現在、北海道は江別《えべつ》というところにある製紙工場で働いているとのことだった。住所はわからなかったが、教頭が網沢教諭から彼の勤務先をそれとなく聞き出してくれた。本当に何から何まで教頭頼みだ。感謝の言葉もない。

あまり気は進まなかったのだが連絡先を手に入れてすぐ、彼の勤務先に電話を入れることにした。ひとまず電話は俺がかけ、木之本羊司に繋いでもらってからは二和に受話器を渡した。二和が直接話した方がスムースに話が進むから。そう言ってみせたものの、実際のところは俺が木之本羊司と言葉を交わしたくなかっただけなのかもしれない。二和は久しぶりと言ってぼそぼそと話を始めると、どうしても話がしたいとだけ伝えて木之本羊司との約束を取りつけた。電話口で多くを語るのは得策ではないと判断したのか、彼女は自らの年齢の問題については一切口に出さなかった。どうせ実際に二和に会ってもらうことができれば、年齢が止まっているという現象についてはすぐに納得してもらえる。正しい判断だったと思う。木之本羊司は、工場での仕事が午後五時まであるので午後六時集合でお願いしたいと言った。集合場所は、工場近くのファミリーレストランで、と。

時間になり空港を出る。雪こそ降っていなかったが、さすがに十一月も終わりの北海道だ。屋外に出ると寒さが身にしみた。俺は両手をコートのポケットに入れ、二和はマフラーを鼻の辺りまで持ち上げた。タクシーに乗り込み一時間弱走る。勝手にひどく鄙《ひな》びた場所を想像していたのだが、目的地付近の景色は俺の地元とほとんど変わらないものであった。約束の十分前にファミリーレストランに着く。俺が同席する必要がどれほどあるのか疑問ではあったのだが

――そして可能なら同席したくなかったのだが――二和は俺にもいて欲しいと言った。ボックス席のソファに二人並んで座ったまま、彼の到着を待った。

結論から言う。俺はついに彼のことを嫌いになることができなかった。木之本羊司は人間として魅力的であり、何より完成されていた。右手をポケットに入れたまま現れたときはなかなかの態度じゃないかと思ったのだが、それが彼なりの気遣いだと気づくと心のなかで謝罪せざるを得なかった。俺よりも年上のはずだが、まだまだ好青年という言葉がよく似合う爽やかさがあった。笑うと目が線のように細くなるのが、何とも言えない誠実さを感じさせた。こう言っては失礼だが、あの黒ひげ危機一発、網沢教諭の弟とは思えない。彼は何よりもまず、よくぞ遠いところまで来てくれましたと心の底から俺たちのことをねぎらい、歓迎してくれた。短い時間しかとれなくて本当に申しわけないとも添えて。

「久しぶり」

「……久しぶり」

二人がつかのま見つめ合い、短い言葉で空白の時間を埋めると、俺はやっぱり惨めな気持ちになった。顔には出さないよう努める。

「初めまして、木之本と言います」

「初めまして、間瀬と言います。二和さんの同級生で、今日は付き添いに」

「間瀬、さん？」

「ええ……何か？」

「以前お会いしたことありましたっけ？」

「……ないと思いますよ」ひょっとすると、階段の踊り場で大の字になっていた私の背中を見たことはあるかもしれませんが。

「いやぁ……以前、お伺いしたことがあるお名前だと思うんですけど……どこでだったかな」

ひょっとすると当時、二和が何かしら俺の話題を持ち出したことがあるのかもしれない。仮にそうだとしたら、それは俺にとってなかなか面白くない事実だった。なにせそれは、当時の二和にとって俺という存在は恋人に秘匿したくなるようなそれではなかったという証拠となるのだから——と、いい加減未練がましい。俺はそこからは沈黙を貫き、背景となることに徹した。

二和にとっても、木之本羊司に会うのはあの国際交流部の前での逢瀬以来だそうだ。あれはやはり木之本羊司が北海道へ帰ることを告げに来た、いわゆる別れ話であったわけだ。ちなみに木之本羊司は、未だにあの日、自分に懐中電灯の光を向けてきたのは二和だと誤解したままであるらしい。真実を告げた方がいいのではないかとも思ったのだが、二和はそれだけは絶対にしないで欲しいと強く懇願した。仮に木之本羊司に真実が伝われば、彼の姉である網沢教諭に真実が伝わるのも時間の問題だ。それだけは絶対に阻止したい、と。

頼んでいた料理が届くと、木之本羊司は近況を教えてくれた。俺も二和も料理を頼むことには頼んだが、ほとんど箸はつけられなかった。

彼は明るい口調で語った。

北海道に帰ってきてしばらくは何をすることもない日々が続いた。しかし数カ月が経ち患部の状態が安定すると、父方の伯父が運送会社の事務仕事を紹介してくれたという。主に伝票の処理や電話対応、その他雑務が与えられることになった。パソコンのキーボード入力には苦労したが、それもすぐに慣れた。基本的には業務上、想像を上回るハンディキャップは感じずに済んだという。しかし単純に仕事が面白く感じられなかった。

「やっぱり、黙々と作業している方が性に合うって気づいたんだ。根が職人気質なんだよ——なんていうと、ちょっと恰好つけすぎだけどさ」

ネットで情報を集めると、すぐに製紙工場での仕事が見つかった。いまの仕事よりはましだろうか。その程度の感覚で飛びついた。しかしこの仕事は彼の性分に合っていた。規模の大きい製紙工場と聞いて、初めは巨大なタンクやらロボットアームがそこかしこで動き回る無機質な空間を想像していたが、その実、多くの作業が人の手で行われていた。彼は現在、できあがった紙を裁断する工程を担当しているという。

「もちろん小さい頃から望んでいた道ではなかった。でもこれはこれで、結構楽しいんだ。工場のなかでは意外なほど人の手が必要とされるシーンがある。僕じゃなきゃできない仕事というのもいくつかある。指を失わなければ永遠に見ることができない世界だった。強がりじゃなく、いまは本当に毎日充実してるんだ」

彼は再三、指がないことなどほんの些細な問題だと言ってのけた。その証拠とばかりに左手でなに不自由なく食事を平らげてみせる。彼の二和に対する配慮に水を差すつもりはないが、指を失うことが些細な問題であるはずがない。彼がなくしたのは利き手の人差し指と中指なのだ。日常生活のほとんどすべてのシーンにおいて変化を求められただろう。果たしてどれだけの苦悩を味わい、どれだけの努力を重ねたのか。何より彼は自らの夢を絶たれている。皆川さんの言葉を借りれば、屍になろうと構わぬ。きっと書の世界に骨を埋めるのだというほどの覚悟を持った夢を、だ。しかし彼はそんな暗い部分はちらりとも見せようとはしない。

本当に、できた人だ。

終始沈黙を保ってきた二和だったが、彼の話が区切りを迎えるとようやく訥々《とつとつ》と言葉を紡いでいった。本題に入る決心がついたようだった。二和はまず、自らの現状について説明した。彼とは目を合わせず、テーブルの上を見つめたまま。

私は羊司くんと別れたあの年から、ずっと高校生を——十八歳を続けている。でも、いよいよ卒業しなければいけないと思っている。羊司くんに直接的な原因はないのだが、どうしても羊司くんに会って気持ちの整理をしたいと考えていた。だから今日、私はここにいる。

「あのときは、本当に申しわけないことをしたと思う」木之本羊司は謝罪した。「あの頃は、僕もいっぱいいっぱいだったんだ。それでも突然、あんな形で強引に君と別れてしまうべきではなかったと思う。反省してる。君の心に穴を開けてしまった」

二和は黙って首を横に振った。同時に涙がこぼれた。俺は目をそらし、窓の外を見つめた。

「実は、電話をもらってから久しぶりにひとつ、認《したた》めてみたんだ」

彼は言うと、持っていた鞄のなかから一本の筒を取り出した。そしてそれを、二和に差し出した。もはやそれが何であるのかなどということは、尋ねる必要もない。二和は嗚咽《おえつ》をこらえながらそれを受け取ると、筒のなかから一枚の紙を取り出した。

「それがいまの僕の限界なんだ。でも、受け取ってもらえると嬉しい」

木之本羊司は、そこで初めて右手を出した。もちろん、彼の右手に人差し指と中指はなかった。人差し指はほんのわずかだけ、さながら生えかけのように一部だけ残っていたが、中指は根元から完全になくなっていた。それまで人には見られないよう気を遣っていたのだから、おそらくは積極的に他人に見せたいものではないのだろう。それでも右手を出したのは、それがこの場での礼儀だと判断したからに違いない。

「この右手で書いた。約束、随分と遅くなってしまって本当にごめんよ」

二和は涙でシミになってしまうことを嫌がったのか、彼の認めた卒業証書を顔の高さまで持ち上げたまま見つめていた。必然的に俺の視界にも入る。なかなか達筆だった。少なくとも不自由な右手で書いたとは思えない。それでもやはり、なかなか達筆でしかなかった。素人目にも、部分部分で筆の弱さが目につく。楷書を書き損ねたような行書だ。それでも、それが何だというのだろうか。それは立派な卒業証書だった。卒業者名は卒業太郎ではない。

——卒業証書　二和美咲——

誰も文句はつけられない。誰ひとり、文句をつけるはずがない。

二和は目を閉じ、深々と頭を下げた。

「こっちに来てから、実は何度か書こうとしたんだよ、卒業証書。約束は守らなきゃって。でもなかなかうまくいかなくてね。人に見せられるレベルのものができあがることはなかった。でもそれは間違いなく最高傑作だ。卒業おめでとう」

ありがとう、という二和の言葉は、涙のなかに埋もれて言葉にならなかった。

「僕のことはこれ以上気に病まないで欲しい。若いからちょっと評価されていただけの二流だったんだ。三十を目前に控えたいまになると、それが痛いほどよくわかる。失われたものは決して大きなものじゃない。美咲は、もっと大きなものを追い続けた方がいい」

「ありがとう」今度は言葉になった。

二和は丁寧にそれを丸めると、ゆっくりと筒のなかへと戻した。そしてそれを抱きしめるようにして、またしばらく泣き続けた。俺は二和の泣き声を、ただただ心に刻み続けた。二和の心がわずかばかり軽くなり、その分俺の心が重たくなった。

時刻は午後七時を過ぎ、辺りはすでに暗くなっていた。近くのショッピングモールまで行くとタクシーが拾えるというので、彼にはそこまでついてきてもらうことになった。二和の足取りが重いせいで、俺と彼とが並んで歩くことになってしまう。何を話すべきかと悩んでいると、木之本羊司は唐突に大きな声を出した。

「あぁ、そうだ。間瀬さんだ」

「……はい？」

「思い出したんです。プラモデルの間瀬さんだ」

俺は固まる。彼が何を言っているのか、にわかには理解できなかった。

「あれ、違いますか？　プラモデルに小さくサインが入ってるんですよ。赤いアルファベットで、maze.って」

「いや……」どうにか言葉を絞り出す。「たぶん、その間瀬で合ってると思いますけど……」

「ですよね。いやぁ、実は僕、間瀬さんのプラモデル持ってるんですよ」

ある意味では、向かいのプラットホームに二和を見つけたとき以上の衝撃だった。口座の暗証番号を言い当てられたような不気味さが心に細波《さざなみ》を立てる。しかし蓋を開けてみればなんてことはない。俺は驚きとともに笑い続けることしかできなかった。

「姉経由でもらったんです。プラモデル。僕も姉から又聞きした情報なんで、どこまで正確な話かはわからないんですけどね」彼はそう前置きしてから話してくれた。

俺が卒業して間もなく教頭は、網沢教諭はもちろん、すべての教職員に声をかけてまわったそうだ。模型があるんだが、引き取ってくれないか。出来がよく、捨てるにはあまりに惜しい、と。断る人もいれば、引き取ってくれる人もいた。網沢教諭は後者だった。弟が喜ぶかもしれない。網沢教諭はいくつかのプラモデルを引き取ると、それをすでに北海道に越していた木之本羊司に宅配便でプレゼントした。いらなかったら捨てていいから——しかし木之本羊司はそれを喜んで引き取った。彼は、プラモデルはひとつひとつプラスチックのケースに入っていたと言っていたのだが、俺はそんなもの用意していない。おそらくは教頭が入れてくれたのだろう。網沢教諭は、弟がこれほど喜ぶならと、もう二三、追加で模型をもらってもいいかと考えた。教頭に尋ねる。まだ、模型は余っていますか、と。

「全部、配り終わってしまったと言われたそうです。追加分はもらい損ねてしまいましたよ」

「……まったく、あの人は」

俺は教頭の横顔を思い出す。

――捨てるしかなかろうが。ゴミ箱行きよ――

とんだ嘘つきだ。嘘つきで、本当に、最高の先生だ。

「しかし見事なプラモデルですよ、あれ」木之本羊司は深く頷きながら言った。「僕も昔はよくプラモデル作ったんですけどね、きれいに処理したつもりになってもどうしてもゲートの残りが目立ってしまうんです。でも、いただいた間瀬さんのプラモデルはどこにゲートがついていたのかすらわからない。本当に見事ですよ。あと、塗装のムラのなさ、あれもすごいですよ。筆の乗り方を見ちゃうのはやっぱり性ですかね。綺麗に一方向だけに、均一に筆が走ってて、しばらく見ていても飽きないんですよ。本当に、惚れ惚れする技術です」

「はは」俺は胸がいっぱいだった。口から溢れる白い息は、ひょっとすると俺の心から解放されたわだかまりだったのかもしれない。笑いながら胸が熱くなる。「ありがとうございます。高校生のときに聞きたい言葉でした」もしあのとき聞くことができていたら、俺の魂はもう少し救われていたかもしれない。

「全部で三つもらったんです、空母蒼龍《そうりゅう》と、R34、それから――彩雲」

俺は足を止めた。

「どうかしました？」

「彩雲って、偵察機の彩雲ですか?」

「ええ、たぶん。細長い飛行機ですよ。銀色の」

「それ——」

自分でも驚いた。言葉は咄嗟に、それこそ反射的に機銃を放つように、無意識のうちに口から飛び出していた。

「彩雲だけ、返してもらうことってできますか?」

タクシーは木之本羊司の自宅を経由してから、新千歳へと向かうこととなった。彼の家はショッピングモールから数分のところにあった。実家だったのでまだ独身なのではないだろうかと予想したが、詳細は尋ねなかった。尋ねても俺には何ひとつメリットがない。二和はもう一度たっぷりと涙を流してから、木之本羊司と別れの挨拶を交わした。彩雲はプラスチックケースごと紙袋に入れてもらった。なかに彩雲と一緒になってペットボトルの緑茶が二本入っていることに気づいたのは、再びタクシーに乗り込んだ後だった。よかったら飲んでください。今日は遠いところまでありがとうございました、と、走り書きのメモが添えてある。お礼を言い損ねてしまった。一本を二和に渡す。

高校時代の恋愛など、そのほとんどが錯覚や、未熟な感情の暴走に違いない。消しゴムを拾ってもらっただけで運命を感じ、クラスが離れただけで途端に絶望し諦める。そんなことを高校時代に恋を成就させることができなかった俺が語るのは適切ではないのかもしれない。それでも遠からずだろう。年収や社会的地位を勘案しない分、ある程度純粋な心の交際ができるともいえるかもしれないが、かといって高校生が相手のパーソナリティを徹底的に吟味しているとも考えにくい。

何が言いたいのかというと、高校生の頃からあれほどまでに立派な男性に恋をした二和美咲は、大した判断能力の持ち主だという、何やら年寄りくさい負け惜しみだ。俺が好きになった人は、男を見る目がある女性だった。よって俺の審美眼も大したものである。そうとでも考えないと、高校生の俺も浮かばれなかった。

ただ、少しばかりひねくれた見方を許してもらえるのなら、ときとして完璧な存在というのは我々のような凡人に否応なく内省を促してしまうという点において、逆説的に不完全な存在だ。今回の件に関して言うならば、二和は真犯人ではなかった。だからこそ彼の対応は二和にとって純然たる救いになったはずだ。しかし仮に小田桐楓が真実を吐露し、彼に謝罪をしたとしたらどうだろう。きっと彼の完璧な対応に、打ちのめされたに違いない。被害者側に何ひとつ葛藤がないのであれば、加害者側の一世一代の謝罪も深い谷に投げ込まれた悲しい礫《つぶて》だ。小さな反響音も立てないまま、深すぎる闇のなかへと吸い込まれてしまう。などという一連の考察はやはり、彼への嫉妬心から生まれたものなのかもしれない。やめよう。もう彼については何も考えまい。

タクシーがもう間もなく空港に着くという頃になって、二和は少し外の空気が吸いたいと言い始めた。おそらくいきなり明るいところに出て、泣き顔を見られるのが嫌だったのだろう。時間にはまだ多少余裕があった。運転手に尋ねると、近くに空港公園というのがあるのだがそこでいいかと尋ねられた。どこでもよかったので了承する。

敷地も広く綺麗な公園であった。よく整備されている。時間もあってか人の姿はない。奥の広場へと進むとベンチがあったのでそこに腰かけることにする。何の因果か、広場の中央にはプロペラ機の石像が飾られていた。説明書きには、北海一号と書いてある。どうやら一〇式艦上偵察機の民間改造機らしい。第二次大戦前には退役しているとのことだったので、さすがにプラモデルにはなっていない。教頭の親父さんも乗ってはいないだろう。

俺は木之本羊司がくれたお茶を口に含んだ。二和はようやく気持ちが落ち着いたことを確認したのか、そっと口を開いた。

「……ありがとう」

夜の公園は静かな闇のなかに落ちていた。二和の声だけが白い息となってぽつりとこぼれる。

「これで十八歳に対する未練はなくなったか?」

「……先に訊いてもいい?」

「何を?」

「どうして間瀬は、羊司くんに懐中電灯を向けたのが私じゃないってわかったの?」

「色々思い出したんだ。そして違和感に気づいた」俺は言った。「まず暗いところが苦手な二和が、あんな暗い川に一人で行くはずがないと思った。なら誰かと一緒にいたはずだ。仮にも国際交流部の活動を行っていたのだとしたら、それは小田桐楓である可能性が高い。でも写真を撮るのが好きだと言っていた二和が撮影を彼女に任せるとは思えなかった。なら懐中電灯を持っていたのは、彼女の方かもしれない、って。それにそもそも、二和は人に向けてはいけないと言われた懐中電灯を——たとえどんなに動揺していたとしても——人に向けてしまうような人間ではない。そう思えた」

「……私、暗いところ苦手なんて言ったことあったっけ？」

「あった。誰かと一緒なら大丈夫とも言っていた。たぶん二和は覚えてないさ。俺がずっと覚えていただけ」君のことが好きだったから。

「……そっか」

ロッカーの向こうに文字が刻まれていることに気づいたのは、自らの記憶だけでなく、東の情報に依るところも大きいのだが、訊かれていないのに答える必要もあるまい。いずれにしても、よくも悪くも俺でなければ気づくことのできない問題だったに違いない。高校時代の記憶は何の意味もない失恋の歴史でしかないと思っていたのだが、彼女を救うことに繋がったのだと考えればあながち無意味でもなかった。ポジティブに考える。

「あの日は、文化祭に使う写真を撮ることになってたの」

二和の声は、もうほとんど掠《かす》れていなかった。辺りが暗いこともあって目の赤さも気にならない。いつもの二和美咲に戻っていた。俺は正面を向いたまま二和の言葉に耳を傾けた。

「川の側面のコンクリートがおかしな形に削れていて、なんだかお地蔵さんみたいに見える箇所があったの。楓と、そこを撮ろうって話になった。お地蔵さんなんていかにも日本のものって感じがするし、海外の人に見てもらうにはちょうどいいねって。お昼だと明るすぎてわかりにくいから、夜に強めの光を当てて濃い陰影を作ろうと決めた。そっちの方が、お地蔵さんの輪郭がよく見えるって、楓が提案してくれたの」

　二和は網沢教諭に懐中電灯を借りた。人に向けてはいけないという注意を添えられて。

「誰が好き好んでライトを人に向けたりするんだろうって思ったけど、私はそれを一応、懐中電灯を渡すときに楓にも伝えた。楓もたぶんおんなじことを思ったんだと思う。そんなことするわけないじゃん、って。でも人間、咄嗟のことになると頭が真っ白になっちゃうことがある」

　木之本羊司が自転車で橋の上を通りかかった。小田桐楓は突然のことに大きくはしゃぎ、何度も木之本さんと大声を出してみせた。二和も彼の名を呼んだ。しかし彼は気づかない。やがて小田桐楓は手を振るようなつもりで、悪気もなく、それが悲劇を生む可能性があることをすっかり失念し、懐中電灯を彼に向けてしまった。彼が大きな音を立てて転倒すると、二人は慌てて橋の上へと駆けて行った。そして絶句した。しかし二和の方がまだ冷静だった。小田桐楓がただ両手を口に当てて硬直するなか、二和はすぐに彼の傷口を確認し、救急車を呼んだ。

「本当の激痛が走ったとき、人は、うぅ、なんて低い唸り声をあげると思うでしょ？　でもそうじゃないの。羊司くんは左手で傷口を押さえながら、痛い痛い、って言うの。まるでどこかに足の指を思い切りぶつけてしまったときと同じような感じで。それがなんでだろう――なんだか生々しくて、今でも忘れられない」

　人通りの少ない道だったが、それでも徐々に人が集まってくる。たまたま通りかかった女性が持っていたハンカチで止血《しけつ》を試みてくれた。救急車がやってくると、二和は木之本羊司と一緒に病院へと向かうことにした。しかし小田桐楓は動けなかった。目の前の光景に衝撃を受け、自分の引き起こしてしまった事態の大きさに言葉を失う。

「止血しようとしてくれた女の人が、楓のことを家まで送ってあげると言ってくれたの。優しそうな人だったから、その人に任せることにしちゃった。楓に、一緒に病院まで来てなんて言えないし、来てもらう必要があるとも思えなかったから」

病院に着くと、まもなく病院から事情を説明された網沢教諭がやってきた。そして二和の頬を思い切り叩いた。二和は叩かれて初めて、誤解が生まれていることに気づいた。

「それはそうだよね。その場にいたのは私だけで、先生が懐中電灯を貸したのも私だったわけだから。誤解されても仕方がない。でもそこですぐに先生に対して――違います。懐中電灯を羊司くんに向けたのは私じゃありません。楓です――なんて、言えなくて。でもいま思うと、言うべきだったんだね。変なところでいい子を演じようとしたのが、すべてを悪い方向へと動かしていった」

小田桐楓は事故のショックから、しばらく学校を休んだという。彼女が再び登校する頃には、懐中電灯を木之本羊司に向けた犯人はすっかり二和だということになっていた。当然小田桐楓は狼狽した。

「いつかは真実を言わなきゃいけない。でもいまは言うべきじゃない。私は楓と話し合って決めたの。そのときちょうど楓の絵をフランスの展覧会に出展する話が動いてた。網沢先生のことだから、真実が露呈してしまったときには、怒って出展を取りやめにしてしまうかもしれない。でも楓も相当力を入れた作品を仕上げていたから、それだけはどうしても避けたかった。楓は納得してくれた。もちろん私も納得した」

二和は言葉を濁したが、そこからしばらく網沢教諭による二和に対する嫌がらせが続いたそうだ。嫌がらせ、という言葉が正確にそのニュアンスを表現しているとは思い難い。しかし二和はその詳細を語ろうとはしなかった。

「先生にとっては実の弟を、不注意で殺されたも同然だからね。小さなことから大きなことまで、色々された」

「……色々」

「そう、色々」二和はベンチに座り直した。「いまだから言うけど、私ものすごく辛かった。部活は毎日のようにある。運営は私と楓と先生の三人だけで行う。先生に会わないわけにはいかない。楓も私と網沢先生のやり取りを見ないわけにはいかない。楓も私と同じくらい、あるいはそれ以上に辛かったんだと思う」

「いまでも何かされるのか?」

「ううん」微笑んで首を横に振る。「二、三年もしたら何もなくなった。でもそれは別に私を許してくれたってわけじゃなくて、恨むことに疲れちゃっただけなんだと思う。人を恨み続けるにも限度があるし、体力がいる」

小田桐楓はついに良心の呵責《かしゃく》に耐えかねた。展覧会はまだ先だったが先生に真実を伝えたい。二和に相談をしたが、二和は反対をした。もう少しの辛抱じゃないか、私は大丈夫だからもう少し我慢をしよう。絵さえ出展できれば、楓の夢はぐっと現実に近づく。この機会をふいにするなんて絶対にもったいない、と。

　しかし小田桐楓は限界だった。真実を白日のもとに晒すことに決める。ただし、ついに網沢教諭に直接伝えることはできなかった。壁に文字を残し、逃げるようにして学校を去る。

「たぶん、簡単に消せてしまうメッセージなら、私がすぐに隠しちゃうと思ったんだろうね。そして自分のことをもう一度、説得しに来ると思った。だからあれだけ深く、数日にわたって壁に文字を、刻み込んだ。あの頃はちょうど市の交流会との共同作業があったから、何日間か放課後の部室を空けてたの。楓は具合が悪いと言って活動には参加しなかったんだけど、まさかあんなことをしてたなんて。実はあの日は、もっとそこかしこに楓の残したメッセージがちりばめられていたの。机の上には紙が置かれていて、日報にもびっしりとメモが残されていた。全部、破って捨ててしまったけど」

「こういう言い方をすると、二和は気を悪くするかもしれない」俺は尋ねた。「小田桐が学校をやめてしまったのなら、別に網沢先生に真実を伝えてしまってもよかったんじゃないか？　もう小田桐が、網沢先生に色々なことをされる心配はない。それに二和も網沢先生との関係を良好なものに戻すことができる。誰も傷つかない」

　二和はゆっくりと、首を横に振った。

「意外かもしれないけど、私、いまでも網沢先生のこと好きなの」二和は笑った。「よく網沢先生のことがわからないっていう人がいるけど、私にはわかる。先生はとにかく正義の塊なの。

先生のなかには太い一本の境界線があって、手前側は絶対に許すし、反対に向こう側は絶対に許さない。もし線を越えてしまったのなら、それが親友であっても、家族であっても、年上の教師であっても、例外なく断固たる態度で制裁を加える。その反対もまた然り。それが網沢先生。線引の仕方に少し特徴があるというだけで、筋がぶれるようなことは絶対にない人だった。それが恰好いい人だった」

二和は一度空を見上げると、また正面を向いた。

「何度も考えた。もし私が本当のことを話したら、先生はどうするだろうって。先生はきっと、私に謝ると思う。誤魔化したり、あなたにも責任があるなんてことは絶対に言ったりしない。とにかく徹底的に謝り続ける。そして先生は――」

自分自身を、境界線の向こう側の人間になってしまったと判断するだろう。

網沢教諭が自分にどれほどの罰を下すのか、二和には想像もできなかった。しかしそれが決して生温いものでないことは漠然と予測できた。二和はあろうことか網沢教諭を守るためにもメッセージを隠し続けていたのだ。なんとお人好しな話だろう。しかしそれこそが、二和美咲らしいということなのかもしれない。

部員がいなくなれば廃部になる。廃部になれば、かつての新聞部部室のように、国際交流部部室が音楽予備室Eにされてしまうかもしれない。必然的にメッセージは明るみに出てしまう。網沢教諭の目にも入る。

「だから二和は、壁のメッセージを誰にも見られないために、高校に留まり続けなければならなくなってしまった」

「……そう」

「だから卒業できなかった」

「そう。だけど――違う」

俺は二和の方を向いた。二和は目を閉じ、ベンチの背もたれに体を預けた。

「ぜんぜん違うの」

俺は黙ってしばらく二和の表情を窺った。ここまできて、すべてをひっくり返すような真似をされては堪《たま》らなかった。二和はゆっくりと目を開いた。視線は再び空へと向けられている。

「卒業証書も、壁のメッセージも、理由のほんの一部」

「……何を言ってるんだ？」

「最初に言ったでしょ？」

「何を？」

「朝の駅で、間瀬にどうして十八歳のままなんだって訊かれたとき、正直にさ」

二和は俺の目を見た。そして疲れたように笑ってみせた。

「大人になるのが怖くなっちゃった、って」

言葉はあまりにもあっけらかんと、軽々しく放たれる。しかしだからこそ、逆説的に奇妙な説得力を伴っていた。俺は言葉を返せない。

「最初の数年間は、たしかにメッセージを先生の目から隠すためだけに学校に留まり続けた。

でも途中からは違う。前に進むのがただただ怖くなったの。実は何度目かの高校三年生のときに、楓に会う機会があった。幕張《まくはり》に買い物に行ったときに、本当に偶然見かけたの。髪を茶色に染めてて、化粧ものすごくうまくなってた。でもそれが楓だって、私はすぐに気がついた。そのまま声をかけて、二人で喫茶店に入った。何に驚いたって、楓がすでに結婚して子供を授かっていたこと。たぶん高校を退学してすぐに産んだんじゃないかな。そのくらいじゃないと計算が合わない。かわいい男の子だった。私は心配をかけたくなかったから、自分がまだ高校生を続けていることは黙っておいた。でも成長して家庭を持っている楓を見て、羨ましいなって考えている自分がいることに気づいた」

視界の隅で何かが揺れた。風に吹かれて、遊具のプロペラが回り出したようだった。

「私は本心から素敵だねって言ったの。そしたら楓、こう言ったの。そんなことない。人生大失敗だ、って自虐的に笑いながら。芸術に未練はないけど、結婚する相手を間違えた、って。私、正直に言って、その瞬間に楓のことを軽蔑した。結婚する相手を間違える、ってなんだろうって真剣に思った。その言葉の意味が私にはまったく理解できなかった。人はみな、運命の相手と結婚するんじゃないの、って本気で疑問に思ったの」

徐々に言葉が熱を帯びる。

「何年か前、間瀬のひとつ下の代が、私のことを同窓会に呼んでくれたことがあった——もちろん私がまだ十八歳だということを知った上でね。あのとき、私は生まれて初めて居酒屋に入った。騒がしい雰囲気だったけど、でも楽しそうだなと思った。あの代の同級生も、すでに社会人として働き始めている人がほとんどだった。みんなびしっと恰好よくスーツを着ていたり、女の子もお洒落を楽しんでたりして、本当に羨ましく思った。あぁいいな、って心の底から思った。でも口を開いてみれば、合言葉のように出てくるのは仕事の愚痴ばかり。みんな夢があったはずなのに、理想があったはずなのに、誰ひとりとして希望の仕事には就いていなかった。どうしてやりたいことをやらなかったの？　それとなく訊いてみた。みんなゲラゲラ笑って、私のことを若い若いって言って指差した。最後にはこう。こんなもんなんだよ。生きていられるだけで十分満足。大人になればわかるよ、って……。最初は普通にしゃべっていたのに、お酒のせいで段々とみんな呂律《ろれつ》が回らなくなっていった。そこで私は気づいたの。この人たちは、私の知っている同級生じゃなくなっちゃったんだ、って。みんな死んじゃったんだ、って」

「三和。それは——」

「何も言わないで」

エネルギーを蓄えるように大きく息を吸い込み、再び言葉を吐き出していく。

「なんでみんな、自分の理想が破綻《はたん》してしまったのに、平気な顔をして生きていられるの？　私それが本当に信じられない。どうして笑顔で、これでいいなんて言えるの？　桂子だってそうだよ。バンドでメジャーデビューするって言ってたのに、いまはデパートのＣＤ売り場の店員をやってるって。それなのにどうしてなかなか楽しい仕事なんて言っていられるの？　東くんだってそう。画家になるって言ってたのに、いまは野球観戦が楽しくて満足って、本気でそんなこと言ってるの？　そんなものが……そんなものが大人なのだとすれば、私は絶対にそんなものになりたくないっ」

「聞いてくれ、二和。みんな年を取るにつれて、現実に直面する。夢ばっかり見ていられなくなっていくのは仕方ないことだ。誰も望んで希望や夢を放棄しているわけじゃ――」

「間瀬まで紋切り型のつまらないこと言わないでよ！」

「二和だって、そんな子供みたいなこと言うな」

「子供だよ！」二和は自分の胸を手のひらで叩いた。「十八歳は子供だよ！　子供なんだから言いたいことを言うし、夢だって見るの！　あのね、間瀬。私は別に夢が叶わないことが怖いんじゃないの。夢が叶わないことを受容する大人になってしまうことが怖いの。そうなってしまった私はたぶん、私の知る私ではない。そうなってしまったら私は、死んだも同然。そんなものには絶対になりたくないの。駅のホームで貧血になって毎日倒れるようになるより、ずっと、ずっと。だから私は、十八歳のままで待ち続けた。例えば羊司くんが奇跡的な回復を見せて、再び書の世界の第一線で活躍する日を。あるいは楓がまた世界に目を向けて芸術の道をひた走ってくれる日を。もしくは他の誰でもいい。何年も高校に通っていたから、同級生はたくさんいる。同級生の誰かが、大人になって圧倒的な実績を引っさげて、私の目の前に大人の底力を見せつけてくれる日を。ずっと待ってた。……でもそんな日は、いくら待っても来なかった。みな夢を諦めることが得意になっていくばかり。誰も私に夢の完成を見せてはくれなかった。間瀬だってきっとそうでしょ？　間瀬の夢は何だった？　もうとっくに叶えることを諦めた？」

二和の声は公園の空気に吸い込まれていった。

あまりに青々しく、汚れなく美しい二和の心に、俺はかけるべき言葉を見つけることができなかった。そもそも俺の場合は、夢を叶えた叶えられなかったの問題ではない。俺にははじめから、夢などなかったのだ。夢がないからこそがむしゃらに何者かになろうともがいた。新聞を読んだし、プラモデルを作った。だから俺には夢なんて——そこまで考えたところで、足元の紙袋の存在に思い当たる。打電を受け取ったのだ。我に追いつく敵機なし。誰も追いつけない速度で空を飛ぶ彩雲には——そうじゃないか。

巡り巡って再び俺の元へと帰還してきた偵察機が、いまここにある。偵察機の任務は玉砕にあらず、生還にこそあり。いつでも正しい情報をもたらすために高速で飛び続ける。三二九ノットの夢が、ここには存在しているのだ。俺は深呼吸した。

「……待ってろ」

二和に向けた言葉というより、高校時代の自分自身に向けた言葉だったのかもしれない。俺は言ってから、かじかみ始めていた両手をさすった。黙り込んだ二和を尻目に、慎重に紙袋からプラスチックケースを取り出す。銀色のボディが闇のなかでもきらりと輝いていた。ケースを取り外す。教頭の親父さんに感化されて紙を忍ばせた場所は、たしか腹の部分だ。両手でそっと機体を持ち上げると、パーツの継ぎ目を探す。我ながらよくできていた。簡単には爪の入る隙間もない。それでもどうにか本体上部と下部の継ぎ目に爪の先を差し込むと、唾を飲み込んだ。紙にどんなことを書いたのかは、まったく思い出すことができなかった。立派なことを書いたのかもしれないし、つまらないことを書いたかもしれない。具体的な目標が綴《つづ》られている可能性もあれば、漠とした抽象的な言葉が並べられている可能性もある。このまま力を入れれば、開くのだろうか。そしてわかるのだろうか。あの頃の——夢が。

しかし次の瞬間だった。

ふっ、と力が抜ける。

腹のあたりから笑いがこみあげてきた。そのまま機体を元の位置へと戻すと、ケースの蓋をする。俺は、何をしようとしていたのだ。

なぜ俺が、高校時代の俺の夢に従わなければならないのだ。

「……やめだ」

二和は怪訝そうな表情でこちらを見ていた。俺は背筋を伸ばし、胸を張る。なるたけ大人らしく。

「俺の夢は高校生の頃からずっと、印刷会社の営業マンとして出世に出世を重ねることだった。どうだ、反論できるか？」

「……なんでそんな適当なことを言うの？」

「適当だと証明できるものはどこにもない」俺は笑った。「先日、いよいよ本部に業務改善提案書を提出してきた。社内のモチベーション向上のため、インセンティブの付け方を工夫するよう独自の方式を提案した。先輩である小暮さんを始め、最終的には所長にもアドバイスを求めてブラッシュアップを重ねた。若手には個人単位で、キャリアを重ねるに連れてグループ単位での達成報酬に厚みをつけるようにした。計算方法も丁寧にまとめた。きっと営業活動の底上げに繋がる。ゴルフコンペでは百三十叩いたが、本部長に顔を覚えてもらうことはできた。多くの人に協力してもらい、提案書は徹底して高いクオリティに仕上げた。採用される可能性も低くはないんじゃないかと思っている。そうなれば、出世街道まっしぐら——というほど簡単な話ではないと思う。だが、二和に大人の底力を見せつけることはできるはずだ。俺はまだ、大人はまだ、二和の同級生はまだ、全員死んでしまったわけではない」

「……都合がよすぎる」

「お互い様だ。苔は同じ場所に生え続けちゃいけない。いつかは流転していかなくちゃいけないんだ。大事なのは夢が破れることを恐れることじゃない。昔の夢にこだわりつづけることでもない。どんな地点からも、最善の跳躍を決めることだ」

二和は黙り込んだ。納得しかけていたのか、あるいは新たな反論を考えていたのかはわからない。視線を俺の膝頭の辺りに向け、自らの内面と闘っているようだった。葛藤の摩擦音が、二和の胸から響いてくる。俺はそんな二和に、心のなかで告げてやる。もがいたらいい、と。もがく子供には存分にもがいてもらった方がいい。もがく環境を整えてやるのが大人の仕事なのだ——教頭の言葉を引用しながら。でもきっと君は、もがきながらも前に進まなくてはならない。子供とは、そんなにも長く続けるような身分ではないのだ。

俺は思い出すと、鞄のなかから小さく丸めておいたタワーレコードの紙袋を取り出した。二和はよくわからないままにそれを受け取ると、ゆっくりと中身を取り出した。

「真鍋が、遅れてすまんって言ってた。約束のMDだそうだ」

さすがに二和も吹き出した。「……どれだけ遅いんだろう」

「バンドマンは時間の概念には縛られないそうだ」

「桂子、言いそう」

俺も中身は聞いていない。勝手に聞いてしまうのは失礼に感じられた。紙袋には東からもらったプレーヤーも一緒に入れておいた。充電もしてある。二和はゆっくりとMDをプレーヤーへと挿入すると、イヤホンを自らの右耳に入れた。そして左耳は——強烈なフラッシュバックに見舞われる。

「間瀬も聞く？」

差し出された左耳のイヤホンを俺は受け取った。「中身に心当たりはあるのか？」

「たぶんね」

英語のスピーチではなかった。ノイズの多さから、それがすぐにステージ録音の音源だということがわかった。観客の意味のない大声が混じり、ドラムの試打音がばらばらと響く。やがて始まった曲に、俺は喉の奥から唸り声をあげた。思い出したと叫びたくなるのをこらえ、音楽に全神経を集中させる。俺を瞬間的にトリップさせたのは他でもない。MSP——真鍋サウンドプロジェクトのオリジナル曲だ。タイトルは知らない。でも、あまりにも——

懐かしい。懐かしいじゃないか。

見ちゃいけないものが見たい　見ちゃいけないものだけが見たい
夢が見たい　裸が見たい　酔っぱらいヤクザの喧嘩が見たい
見ちゃいけないものが見たい　見ちゃいけないものだけが見たい
でも見れない　誰かの期待　取っ払ってたくさん悪さをしたい
どうせ明日も学校に行く　行ったら最後　夢捨てるまで教育される
秋の星空に涙をこぼせ　今日も涙で我慢をしよう

俺は秋の星空に涙をこぼしそうになり、二和は秋の星空に実際に涙をこぼした。そこには俺が高校生だった頃のすべてが詰まっていた。青臭さが、頭の悪さが、まっすぐさが、極限まで尖った鋭利さが、だけどもいまにも崩れてしまいそうな危うさと脆《もろ》さが、すべて詰まっていた。鳴り止まないのは真鍋のシャウトか、それとも俺のロータリーエンジンか、あるいはかつて高校生だったすべての同級生の、永遠の狂騒か。

公園には風が吹く。あの頃と何ひとつ変わらない、青春の風が吹く。

曲が終わると二和は涙を拭って、イヤホンを耳から外した。

「わかってるの」洟を啜ると、立ち上がる。「もう卒業証書はもらった。壁のメッセージも消えてしまった。いつまでも自分の言いわけにしがみ続けることはできない」

くるりと振り返り、微笑んで見せる。

「前に、進めばいいんでしょ？」

「流転するんだ」

「跳躍しなくちゃいけない」

二和は目を閉じ、歪な深呼吸をした後に、明るい笑顔を見せた。

「間瀬。何から何まで、本当にありがとう、最後に私から二つだけいい？」

「二つ？」

「うん」

二和は俺を見つめたまま、ベンチから一歩後退してみせた。両手を後ろに組んでいる。

「ひとつは、どうして間瀬がそんなにも私の年齢について納得がいかないのか。そのことについて。たぶんそのことについて指摘してあげられるのは、世界中で私だけなんじゃないかと思うんだけど」

「それは……」俺は口を開きかけ、すぐに首を横に振った。「たぶん大丈夫だ。自分でも薄々気づきつつある」

「本当に？」

俺は頷いた。「どうして二和はそのことに気づいたんだ？」

「最初に校門で会ったときから違和感があったの。だから桂子にメールで訊いた」

なるほど、カラオケのときか。いずれにしても俺のことは俺の問題だ。俺が後で対処すればいいだけのこと。何も問題はない。

「なら、最後のひとつね」

二和は言うと、コートのポケットから紙切れを取り出した。そしてそれを俺に見せつける。

「もう、逃げないでね」

暗い公園では、それが何であるのかすぐにはわからなかった。ただ、漠然とした既視感だけはあった。目を凝らすと、白い封筒であることがわかる。封筒にはいくつもの皺が寄っている。二和がポケットのなかにずっといれていたからだろうか。そこまで考えたところで、そうではないということに気づく。

皺を寄せたのは——あの封筒を力強くねじったのは、俺じゃないか。

指先が痺れ、息が止まる。

「間瀬が高校三年生のとき、千羽鶴がお掃除の人の手違いで全部廃棄されちゃったことがあるの覚えてる？　国際交流部員は夜通し、学校中のゴミ箱を引っ掻き回させられたの。千羽鶴を探せ、って。そんな作業の途中、ゴミ山のなかに自分宛ての手紙を見つけたら、思わず拾って読んじゃうのも、無理はないでしょ？」

封筒には二和美咲様へと書かれている。間違いない。高校時代の俺の字だ。

俺の書いた、ラブレターだ。

俺は慌てて立ち上がって彼女の手から封筒を取り返してしまいたくなる。胸のあたりで気恥ずかしさの羽虫がばたばたと蠢き始める。でもそんなことをしても意味はない。俺のラブレターは、すでに二和の手に届いてしまっている。俺は何を馬鹿なことを考えているのだろうと、力なく笑うしかなかった。

「間瀬はもう忘れてるかもしれないけど、ラブレターのお返事をしようと思ったことがあるの。手紙を拾ってしばらくしてから、私は新聞部の間瀬を訪ねた」

「……覚えてるさ」

「私ひとり残して、勝手に部室を出ていっちゃったことも？」

「……覚えてる」

「私、あれからしばらく部室で待ってたんだからね。ひょっとしたら間瀬が戻ってきてくれるんじゃないかな、って。でも間瀬は何時間待っても戻ってこなかった」

俺は苦笑いを浮かべようと思ったのだが、うまく表情が作れずにただ唇を噛みしめた。思い出の暗がりに次々に明るい光が差し、何かが空気中に蒸発していく。

「カーテンで隠されてたけど、部室にいっぱい飾ってあったプラモデルも見た。ものすごい数があって私驚いちゃった。間瀬、器用だったもんね。折り鶴も得意だったし、あの日も簡単にロッカーの固定具を取りつけてくれた。プラモデルかっこよかったよ。打ち込めるものがあるって、素敵だなって思った」

「やめてくれ二和」それ以上言われたら、泣いてしまうじゃないか。

「……この手紙のお返事、いまからしてもいいかな？」

二和はしばし封筒を見つめてから、俺に向かってあの意地悪な笑みを浮かべてみせた。

「卒業するまでに返事をください――って書いてあったから、まだ期限切れではないよね？」

俺は――俺は気づくと、制服を着ていた。そして新聞部の部室で受験勉強に励んでいた。手にはシャーペンを握り、長机の上には参考書を広げている。部室ではストーブの稼動音がぼおぼおと響き、時折雨が窓を叩いていた。目の前のパイプ椅子には、二和が座っている。

そして二和はこちらに向かって、俺の書いたラブレターを見せつけていた。

「……ひとつだけ先に言わせてくれ」俺は参考書を閉じてから言った。

「何？」二和は温かく笑う。

「勘違いされたら悲しいから言っておくが、俺は何も小田桐に唆《そそのか》されたから二和に告白しようと思ったわけじゃないんだ。本当に二和のことが、ずっと好きだったんだ。たぶん高校一年生のときから、ずっと」

「知ってるよ。便箋四枚分もびっしり、そう書いてあったから」

「……そうか」そうだった。「ならいいんだ」

「あの日の私は、かなり混乱してたと思う」二和は目を閉じた。「羊司くんのこともあったし、先生のこともあったし、楓のこともあった。心が折れかけていた。そんななか、間瀬の手紙を見つけたの。だから……だから何かにすがるように、何かに助けを求めるように返事をしようとしていたのかもしれない。だからあの日の私の返事と、いまから私のする返事はおんなじかもしれないし、まったく違うかもしれない」

「やっぱりもうひとつだけ、訊いてもいいか？」

「はは。今度は何？」

「俺の書いたその手紙も……二和が十八歳のままで留まり続けた理由のひとつだったりするの

か？」

「はは。自惚れるなよ、間瀬」

二和はとびきり意地悪に微笑んだ。微笑んでから、ゆっくりと笑顔を薄くし、やっぱり意地悪に首を傾げてみせた。

「どうだったと思う？」

15

朝のプラットホームはいつでもどことない倦怠感《けんたいかん》を孕んでいる。

駅を利用する人々はこれから始まる一日がなるべく早く終わってくれることを願うように、一様にどことなく不機嫌そうな顔をしている。俺だって心が躍り出すほど晴れやかな気分とはいかない。それでも、以前よりも朝が心地よく感じられていたのは事実だった。

電車の時間を二本早いものに戻したのは、満平に遠慮する気がなくなったからだ。彼もいまでは一人の営業マンとして独立し、いくつもの得意先を任されている。こうなれば彼もまた、一人の仲間でありながら成績を争うライバルだ。早々に達成率を追い抜かされたのでは、先輩としての沽券《こけん》に関わる。

電車の時間をずらせば、必然的に向かいのプラットホームに二和の姿を見ることもなくなる

――というより、すでに三月になっていた。高校三年生であればほとんど学校には通わない時期なのではないだろうか。あるいはすでに卒業式を終えたのかもしれない。面白いのは、高校三年の十二月までの記憶はあれほど鮮明であるのに対し、年明け一月以降の記憶は笑えるほどモザイクだらけであることだ。断片的にしか思い出せない。

二和からは年明けのタイミングで一通のメールが入った。

「あけましておめでとうございます。今年は浪人することにしましたが、高校は卒業することになりましたので安心してください。その節は本当にお世話になりました。みんなに追いつくにはまだ時間がかかると思いますが、少しずつ色々なことを取り戻していきたいと思います。間瀬も早く営業マンとして出世に出世を重ねてください。期待しています。PS最後は網沢先生も、卒業おめでとうと言ってくださいました」

文面に目を通していると自然に笑みがこぼれた。これ以降のことは何も聞いていない。しかし心配はしていない。二和は聡明な女性だ。何が起ころうとも自分の力で乗り越えていけるに違いない。いつか通訳として世界に羽ばたく彼女の姿を、ひょんなところで見かけることになるかもしれない。期待して待っていよう。

ちなみにメールと言えば、もう一通、俺の心を救ってくれるメールがあった。届いたのは実に数日前のことである。あまりに愛想のない短い文章だったが、だからこそ俺はほっと胸を撫で下ろすことができた。差出人は夏河理奈だった。いったい何カ月ぶりの連絡だろう。

「彼氏ができました」

ちょっとした意趣返しのつもりだったのかもしれないが、俺は心の底から祝福した。さて、どう返事をするべきか。［おめでとう］という言葉はそこはかとなく嫌味なニュアンスを纏っているような気がしてためらわれた。散々悩んだ挙句、［ありがとう］とだけ返事をする。俺のメールを夏河理奈がどのように捉えたのかはわからなかったが、返事は送られてこなかった。俺は心のなかでもう一度彼女にありがとうと言った。夏河理奈の彼氏が素敵な男性であることを――例えば、木之本羊司のような男性であることを――祈るばかりだ。彼女を幸せにしてあげて欲しい。

出社するといくつかの事務処理を終えてから得意先へと向かう。俺よりも先に満平が営業所を飛び出していったのが印象的だった。朝のミーティングでは既存の得意先を三件回った後に、新規開拓としてさらに三件飛び込みをすると言っていた。応援しながらこちらも鉢巻を締める。負けてはいられない。

夕方になって営業所に戻ってくると、所長から一通のメールが転送されていることに気づいた。添付ファイルのタイトルを見ると、俺は思わず唾を飲み込んだ。

――業務改善提案：採用結果について

これを待っていた。深呼吸してからファイルを開く。向こう側のデスクに座る小暮さんが、俺の方をちらりと覗き見る姿が視界に入った。開いたファイルには提案内容と提案者の名前がずらり五十音順で並んでいた。俺は素早くスクロールし、カーソルをマ行まで持っていく。あった、と気づいた瞬間、命のコンセントを抜かれたような絶望がある。

――間瀬豊《ゆたか》：不採用

しばし固まった。見間違いが発生していないかしばらく画面を注視する。もちろん見間違いではなかった。俺は一度大きく体を反らせ、椅子の背もたれを軋《きし》ませる。胃がきりきりと痛み始めていることには目をつむり、再び画面を見つめた。寸評を確認する。

――一見して緻密に組み上げられているが、実際性は低い。いかにも若手らしい極端な暴論。採用には値しない。

極端な暴論――塩酸のような言葉だった。頭のなかで繰り返しているだけで、胸が焼けるように痛む。ならば、と、なかば不満をぶつけるような形で探したのは、実際に採用された提案だ。最高評価の本採用は該当者なし。しかし仮採用のなかで最も評価の高い、準採用にまでたどり着いたものがひとつだけあった。顔も見たことはないが、第一営業本部の倉平政光《くらひらまさみつ》という課長が提出した業務改善案だ。その内容に目を通すと、俺は鼻で笑ってしまった。

【朝方移行による売上増大案】
概要：全営業社員を現在よりも朝一時間早く出社させることにより、いつもより二件多くの得意先を訪問できるよう改善する。それにより売上、一・五倍を見込む。

言葉も出ない。課長なのだから、若くとも四十代前半であろう。社会人として二十年過ごした結果、業務改善として思いつくことが早起きときた。俺はむくむくと大きくなっていく不満をどこにぶつけるべきかわからず、ただ奥歯を噛みしめ続けた。

「……気にするな」いつの間にか俺の背後には小暮さんが立っていた。

「すみませんでした」と口にするのが精一杯だった。「協力していただいたのに」

「お前はよくやったよ。本当に」

「やっぱり、俺の提案は極端な暴論だったんですかね？」

「……そんなことない。本当によく練れていた。本採用は難しいにしても、仮採用ならもしかしたらとは思っていた。お前のいないところで所長も評価していた」

「早起きする方が効果的なんですかね」

「……言ってやるな」

「なら、どうして採用されなかったんでしょう」

「それは……」

「わかってます……すみません。小暮さんの言うとおりだったわけですよね」

俺は、若すぎたのだ。

意識した途端にまた咳き込む。ハンカチにはたっぷりの血がついていた。小暮さんは大いに慌て、救急車を呼ぶかと尋ねてきた。俺が無理に笑って問題ないことを告げるも、小暮さんはすでに内勤のオペレーターに救急車を呼ぶよう声をかけている。

「本当に大丈夫なんです。小暮さん」俺はオペレーターに電話を止めてもらうようお願いする。

「……そんなわけないだろ」

「極めて精神的なものなんです。病院に行ってもどうにもなりません。原因はわかってるんです」

「……原因？」

「彼女は乗り越えた。俺が逃げていい理由にはならない」

「何を言ってるんだ？」

「無意識のうちに抗ってしまっているんです。それを終わりにしなくちゃいけない」

俺は小暮さんに、先日提出したゴルフコンペの参加申込書を見せて欲しいとお願いした。前回参加したときのものではない。本部長に三月のコンペにも来いと言われたので、また新たに申込書を提出しておいたのだ。小暮さんは訝しげな表情を浮かべながらも、自らのデスクにしまってあった申込書を返してくれた。

俺は口元についた血を拭いながら、申込書に目を通す。見たいのは開催日でもゴルフ場の場所でもなければ、俺のベストスコアでもない。

年齢だ。

申込書の年齢の欄には、自分でも笑えるくらいの書き損じがあった。一度書いてはペンでこするようにして消した箇所が四つもある。そうして最終的に記されていた年齢は二十九歳だった。俺はこの時点では自分のことを二十九歳であると思っていた。数日前のことだ。

俺は続いてブラウザを立ち上げると、検索バーに文字を入力する。

極悪イソギンチャク。

間もなく検索結果が表示される。すぐにウィキペディアを開いた。

――極悪イソギンチャクは、花岡一人《かずと》とドリーミン重吉《しげよし》の二人による、日本のお笑いコンビである――プロフィール欄へと目を移す――メンバー：花岡一人（満二十六歳）――

俺は社内ネットワークを開くと、同期の木村《きむら》の電話番号を探した。社員寮時代は隣の部屋で、入社してから最も仲良くしていた同期だ。電話をかけると、まもなく電話口には木村が出た。

「なんだよ間瀬、久しぶりじゃねぇか。元気してるか？」

「悪いが、少し訊きたいことがあって電話したんだ。木村は明治大を出てこの会社に入った。一度も浪人も留年もしてない。だよな？」

「……そうだけど。それがどうかしたか？」

「俺もだ。俺も浪人も留年もしてない。それを確認した上で訊きたいんだが、木村はいま何歳だ？」

「はあ？」

「いいから答えてくれ」

「そんなの二十六に決まってるじゃんか」

俺はしばらく間を取ってから、ありがとうと言って電話を切った。それから机のなかから自分の年齢が記載されている書類を可能なかぎり取り出してみた。コンペの申込書と同様に二十九と書いてあるものもあれば、二十七や二十八と書いてあるものも見つかった。二十六と書いてあるものもあったが、これが最も数が少ない。

一部始終を見ていた小暮さんは、いったい何を確認しているのかと尋ねてきた。俺は開き直って、自らの年齢について正確な判断ができなくなっていることを説明した。いつだったか小暮さんは、俺が十八歳で加齢が止まってしまった二和の存在を説明したとき、しばらく俺のことを頭がおかしくなってしまったかというような目で見つめてきた。しかしいまは違った。小暮さんは眉間に皺を寄せたまま、俺の体調を気遣うような声色でぽつりとつぶやいた。

「大丈夫だよ。珍しいことでもない」

少し外の空気を吸ってきますと告げると、そのままエレベーターで屋上へとあがることにした。俺が窮地に立たされると、聞こえてくるのはいつもあの人の言葉だ。結局どこまでいっても、俺の人生は高校時代をひとつの起点にせざるを得ないらしい。

――年齢というものは、その人間の性格よりも、能力よりも、本質よりもずっと手前に陣取っている憎いやつだ。年齢は何よりも優先的に物事の決定権を持つ――

幸いにして屋上には誰もいなかった。俺はベンチに腰かけると、大きなため息をついた。午後六時の空は赤々と焼けていた。そのまま俺の体をも赤く染め上げる。

居酒屋で会った真鍋は、二和の年齢が止まってしまったということについて理解ができていない様子だった。一方で年齢が止まってしまった以降の二和に会ったことのあった東は、二和の年齢についておかしくはないという判断を下していた。ならば、イゾウはどうだっただろう。書道教室の皆川さんはどうだっただろう。彼らは二人とも、年齢が止まってしまってからの二和に会ったとは言っていなかった。なのに二和の年齢の問題についてはおかしさを認めなかった。俺はてっきりそれを、二人が無自覚のうちに二和の姿を街中のどこかで見かけたことがあったからだろうと判断していたのだがどうやら違ったようだ。彼らが出会っていたのは二和ではない。

年齢のずれた、俺だったのだ。

カラオケの会員証を作るときに年齢の欄で随分と戸惑った記憶がある。あの時点ですでに予兆があったのだ。もっと言えば、最初にプラットホームの上に二和の姿を認めたときには始まっていたのだろう。そしておそらくは喀血《かっけつ》が始まった頃から、俺も二和と同様、周囲に影響を与えるようになった。俺も二和と同じだったわけだ。だからこそ俺だけが彼女の存在をおかしいと認識していた。

——たぶんそのことについて指摘してあげられるのは、世界中で私だけなんじゃないかと思うんだけど——

同じ穴のムジナだからこそその異常さに気づくことができたというのなら、それはなんという皮肉だろうか。時間が不可逆的に進んでいくかぎり、若さの尊さは何ものにも代えがたい。しかしときに、ただの生存日数であるはずの年齢こそが、当人の評価に多大な影響を与えることがある。例えば会社での賃金、発言力、影響力、風格——年齢は実力よりもずっと手前の部分に陣取り、俺の評価の舵を取る。

「お疲れ様です」

振り返ると、そこには満平がいた。満平は夕焼けに顔を赤くしながらこちらに近づいてくると、俺のことをはにかみながら見つめた。

「どうしたんだ？」

「さっき営業所に戻ったら、間瀬さんが屋上で落ち込んでると思うから声をかけてきてやれって、小暮さんに言われたんで」

「……はは」俺は頭を掻いた。「あの人は本当に」

「間瀬さん。本当にすごいと思います」

「何を急に――」思わず笑ってしまう。「取ってつけたような褒め言葉を」

「いえ、本心です」

思いのほか満平の口調が真剣そのものだったので、俺も笑顔を薄くした。

「自分一人で得意先を回るようになって、強く実感したんです。いくつか新しい仕事は引っ張って来られましたけど、全部既存の得意先からでした。新規開拓はまだゼロ件です。今日も空振りでした」

「最初はそんなもんさ」

「でも間瀬さんは、俺の頃にはすでに三件は開拓してた、って、所長に聞きました」

「地方と都内じゃ話もまた違う」

「謙遜しないでください。こんなこと営業所のなかじゃ言えませんよ。でも正直に言って、間瀬さん以上の営業は少なくともうちの営業所にはいないと思います。色々な方の仕事ぶりを見させてもらいましたが、やっぱり圧倒的です。本当に間瀬さんは俺の憧れなんです」

　すると満平はこれ、と言って、左手を伸ばしてみせた。何をしているのかと思ったが、腕時計が巻かれているのを見て意図を理解した。

「とうとう手をつけたんです。初任給」

「……パイロットウォッチじゃないか」

「まずは形からです。間瀬さんが巻いてたのが恰好良かったんで、真似しちゃいました」

「機械式……IWCか。高かっただろ。初任給じゃ足が出たんじゃないか？」

「出ました」満平は少し気まずそうに笑って、それでも強く頷いた。「でも自分を奮い立たせるためには必要な投資だと判断しました」

　満平はいつもの自信に満ちた口調で言った。

「間瀬さんに追いつき、そして追い越すのがいまの俺の夢なんです。本当です。間瀬さんに何があったのかは正直よくわかってないですけど、このまま俺の前をかっこいい先輩として走り続けてくれると嬉しいです。きっと追いついてみせますから」

　俺は首を横に振ると気持ちを入れ替えるよう、はっと大きく息を吐きだした。そしてそのまゆっくり立ち上がると、満平の方を向く。

「ちょっと俺に、死ね、って言ってみてくれないか」

「え？」

「いいから、頼む」

「はぁ……」満平は遠慮がちにこぼす。「じゃあ……死ね」

「死ねねぇ」俺は胸を張る。夕焼けのなかで、俺は高らかに宣言した。「なぜなら、まだ夢を叶えてねぇからだ」

満平は突然のことに驚きながらも、極悪イソギンチャクですねと言って笑ってくれた。知っているのかと俺も驚けば、満平はもちろんだと頷いた。あいつら絶対に売れますよ。俺大好きなんです、と。それから俺が花岡と同級生だったことを教えてやると、満平は想像以上に興奮して当時のエピソードをいくつも求めてきた。俺は得意になっていくつかの小話を紹介した。ただし卒業証書の話は除いて。

俺は満平の笑顔を見ながら、十九歳に向かい始めた二和に向かって叫んでやる。

ほら、まだ俺たちの同級生は——夢は——死んでなんかいないぞ、と。

俺が大人の底力を見せつけると約束したのだ。ならばこんなところで腐るわけにはいかない。年齢がなんだ。そんなものを言いわけにしているうちは、永遠に子供だ。俺はもう二度と、自らの年齢を間違えまい。引き返さなければ。

誰がなんと言おうとも、俺は二十六歳なのだから。

きっと俺だけではない。真鍋は百貨店のCD売り場から、東は市役所の税務課あるいは野球場から、そしてきっと不本意な結婚をしたという小田桐楓だって、誰もが現在の場所から最善の跳躍を決めることができるのだ。誰も死んでなんかいない。人は生きているかぎり、間違っても死んでなんかいないのだ。

真っ赤な空を見上げる。彩雲は焼ける空のなかを、やはり誰も追いつけない速度で切り裂いていった。俺のプラモデルたちは、果たして誰が持ち帰ってくれたのだろう。戦艦が好きだった顧問の三浦教諭はいくつかの軍艦を持ち帰ってくれたのではないだろうか。社会の梅田《うめだ》教諭はミニクーパーに乗っていた。自身の乗る車の模型なら興味を持ったかもしれない。国語の杉本教諭は確か熊本出身だった。ならば熊本城か。大いに有り得る。

俺が高校時代に置き去りにしてしまった青春の結晶は、みなそれぞれどこかへと飛び立っていった。焼却処分されてしまった千羽鶴とは違う。教頭という導き手の下、確かに新たな世界へと巣立っていったのだ。そんなプラモデルたちが、きっとまた誰かの腕にパイロットウォッチを巻かせる。その連鎖こそが震えるほどに、美しい。

俺の魂はようやく、青年期の呪縛から解き放たれる。そして新たな空を目指す。

十度目の十八歳を迎えなかった君と、ともに。

# 解説

若林 踏

青春という二文字がかける呪いを解体する。そのために浅倉秋成は小説を書いているのではないだろうか。

浅倉秋成『九度目の十八歳を迎えた君と』は、二〇一九年六月に東京創元社の〈ミステリ・フロンティア〉レーベルの一冊として刊行された長編小説だ。本書の内容を語る前に、まずはこの作品に至るまでの作者の軌跡をまとめておこう。浅倉秋成のデビュー作は二〇一二年に第十三回講談社ＢＯＸ新人賞Ｐｏｗｅｒｓを受賞した『ノワール・レヴナント』である。同作は特殊な能力を与えられた四人の高校生を描いた物語であり、その四か月後に刊行された第二作『フラッガーの方程式』（講談社ＢＯＸ）は平凡な日常をドラマチックに変えてしまう謎のシステムが巻き起こす騒動の顛末《てんまつ》が書かれている。デビュー当初から伏線回収の上手さに着目されていた浅倉だが、今から振り返ると、昨今の特殊設定ミステリの隆盛を先取りしていた書き手、という評価も出来るだろう。

『フラッガーの方程式』以後は二〇一六年に『失恋覚悟のラウンドアバウト』（講談社）と、

比較的スローペースで創作を続けていた浅倉が再注目される契機となったのが、二〇一九年三月刊行の第四作『教室が、ひとりになるまで』（KADOKAWA）である。高校内で連続して起こったクラスメイトの死にまつわる謎解きに、異能力バトルの要素を加えた同作は、第七十三回日本推理作家協会賞長編および連作短編集部門と、第二十回本格ミステリ大賞小説部門の候補作に選ばれた。残念ながら受賞は逃したものの（日本推理作家協会賞は呉勝浩『スワン』が、本格ミステリ大賞は相沢沙呼『medium　霊媒探偵　城塚翡翠』がそれぞれ受賞）、教室という「場」が作り出す閉塞感を真っ向から描いた点は謎解きミステリとしてだけではなく、青春小説としても高い評価を得ていたように思われる。同作によって浅倉は謎解き青春ミステリの俊英として認識されるようになったのだ。

では第五作に当たる『九度目の十八歳を迎えた君と』とは、どのような物語なのか。簡単に述べると、『教室が～』が「場」における青春模様を題材にしたものならば、本書は「時間」に焦点を当てた小説といえる。

語り手の〈俺〉こと間瀬は、印刷会社の営業所に勤めているサラリーマンだ。残暑厳しい日の朝、通勤途中の駅のプラットフォームで間瀬は高校時代の同級生、二和美咲の姿を目撃する。美咲はかつて間瀬が密かに恋心を寄せていた女性だった。ここから青春の甘酸っぱい回想が、と思いきや、いきなりとんでもない謎が提示される。プラットフォームに立つ美咲は高校時代の制服を着ており、その姿は十八歳のままで全く変わっていなかったのだ。間瀬も美咲も、高校を卒業して何年も経っているはずなのに。気になった間瀬は、得意先を訪問したついでに母校を訪れる。そこで再会したのはやはり、高校生のままの二和美咲だった。間瀬は美咲と会話し、間違いなく二和美咲本人であること、美咲が未だに高校三年生として学校に通い続けていることを知る。

後日、間瀬は母校を訪ねた際に出会った、夏河理奈という生徒に相談を持ち掛けられる。理奈は「現在の」美咲の同級生であるが、どうしても美咲に高校を卒業してもらい、十九歳になってもらいたい、その為に、間瀬に力を貸してほしいと言うのだ。理奈が考えるには、美咲を十八歳に留めているのは、極めて内面的な迷いのようなものであるのかもしれないし、実体を持つ外的な何かであるのかもしれない。いずれにせよ、その何かを取り除かなければ、美咲は卒業できない。美咲を知る「最初の」同級生たちをしらみ潰しに当たれば、美咲を留める何かが分かるかもしれない、と理奈は考えているのだ。間瀬は理奈の提案に乗る形で、過去の関係者たちに会いに行く。それは同時に、間瀬自身の苦い記憶とも対峙する事を意味していた。

謎解きミステリには理由探し、つまりホワイダニットと呼ばれる謎を解くタイプの物語が存在する。通常、ホワイダニットと言われて思い浮かべるのは、犯人の意外な動機を当てる、或いは登場人物の不可解な行動理由を探る、といったものだろう。しかし、本作におけるホワイダニットは、「なぜ同級生は年を取らずに十八歳のままなのか」といった不可思議極まるもの。このようなホワイを提示した謎解きミステリは、他にちょっと類例が見当たらない。

加えて謎解きを進めていくプロセスにも創意工夫が見られる。本書は美咲に関わりのあった人々を訪ね歩くという、インタビュー小説の体裁を取っている。美咲は間瀬が思いを寄せていた人物であるが、かつての同級生たちの証言を集めるうちに、自分の知らない美咲の一面が明かされていく。ひとりの人間の横顔を、インタビューを重ねることによって浮き彫りにしていくという点において、一人称私立探偵小説を思わせる趣向を使った小説でもあるのだ。

こうしたインタビュー小説の要素は、実は青春ミステリと非常に相性が良い。語り手のなかにある過去の光景と、関係者からの証言で浮き彫りになる事実を照らし合わせることで、そのギャップに気付いた時の語り手の葛藤や苦悩のドラマが生じやすくなるためだ。このようなインタビュー小説の手法を上手く使った青春ミステリの書き手には、例えば樋口有介などが挙げられるだろう。樋口作品には語り手が過去を巡る行動を起こすことによって、やるせなさや郷愁にかられるミステリが数多く存在する。

しかし、本書の間瀬には、樋口作品をはじめとする青春ミステリにおけるインタビュアーとは、少々異なる点がある。それは間瀬自身が抱えている謎だ。

実は本書にはもう一つ、不可解なことが書かれている。間瀬は美咲が十八歳に留まっていることを周囲の人間に相談する。ところが、その現象を誰も不思議には思っていない様子なのだ。会社の先輩や後輩に至っては、不思議がる間瀬の方をおかしくなったのでは、と見る始末だ。これは一体どうしたことか。

このように語り手自身にもやもやとした意識を持たせることによって、その視点から見た景色を更に謎めいたものにしている。ここが浅倉秋成という作家の実に巧みなところだ。風変わりな趣向をただ単に入れるだけではなく、小説全体を通してあらゆる仕掛けに奉仕させる点が、謎解きミステリの新たな旗手として注目される所以《ゆえん》である。

本書で繰り返し使われる印象的な言葉に「空回り」がある。高校時代の間瀬は、美咲に対する恋心で胸中はいっぱいだ。しかし、間瀬は美咲との距離を縮められないばかりか、その思いは痛い方向へとむかっていく。ここで間瀬の心の叫びを一部抜粋しよう。

「なんて遠い女性なのだろう。俺は瞬間的にそんな印象を覚えた。」

「もちろん中学時代に恋人などいなかった俺にとって、誰かに好かれるということは、ほとんどノーベル賞を獲るに等しい難題に思えた。どうせ叶わぬことがわかっているのなら、端《はな》から恋をしていないことにしてしまえばいい。」

これ以上、引用を続けると解説者の心が荒んでしまう危険があるので、ここで止めておく。とにかく、間瀬が美咲に対して取る行動、抱く感情がいちいちもどかしく、滑稽である。そう、まさに青春の空回りなのだ。

では、本書はそうした痛々しいひとり相撲を嗤《わら》う小説なのだろうか。いや、それは違う。この作品は青春期の拗《こじ》らせをネタにして喜ぶような安易な物語ではない。過去と現在を往還しながら間瀬の語りが浮かび上がらせるのは、青春に無為の日々というものは存在するのか、という問いだ。間瀬に限らず、自意識に搦めとられ空回りし、青春時代に生産的なことは何も出来ていなかった、と悔恨する人は多いだろう。しかし、その空回りは本当に無駄な事なのだろうか。そもそも、「青春は何かを生み出してこそ輝くもの」という発想自体が自分自身を苦しめ、縛り付けるものではないだろうか。読者は間瀬の調査行を辿《たど》りながら、このような思いに揺り動かされるはずだ。これこそが解説冒頭で述べた、青春という二文字がかける呪いと、その解体である。

これは本書に限らず、他の浅倉作品にも共通して見出せる特長だ。例えば『教室が、ひとりになるまで』では学校という共同体で生じる普遍的な問題を取り扱った作品だが、その問題についても浅倉は極めて理知的なアプローチで背景をひも解こうとしている。これほど青春がもたらす呪縛について真剣に考え、どのように向き合えばよいのかを記そうとする謎解き小説家は、今いないだろう。

本書は浅倉秋成にとって初の文庫化作品に当たる。今後は二〇二〇年十二月に『失恋の準備をお願いします』(『失恋覚悟のラウンドアバウト』改題)が講談社タイガより、二〇二一年一月には『教室が、ひとりになるまで』が角川文庫から刊行予定である。さらには入手困難であった他の浅倉作品も順次、文庫化を控えているとのこと。まずは本書と『教室が〜』を手に取っていただき、青春謎解き小説のトップランナーになり得る才能を感じて欲しい。

最後に、東京創元社のウェブマガジン「Webミステリーズ!」に掲載された、著者のミニインタビューの中の言葉を紹介したい。先ほども触れた「青春の空回り」について話題になった際、浅倉は次のような言葉を、中学生、高校生に対して送っている。

「ですから、今高校生、中学生に言いたいです。人生を充実したいなら、後ろ向きでいてもいいことはない。勇気が出ないことの言い訳になってしまわないように積極的に、と。」(高校生だったすべての方に　浅倉秋成『九度目の十八歳を迎えた君と』刊行記念ミニインタビュー

より）

呪いを、呪いのままで終わらせたくない。そうしたポジティブで前向きな言葉を紡ぐために、やはり浅倉秋成は小説を書き続けるのだ。

本書は二〇一九年、小社より刊行された作品を文庫化したものです。

著者紹介　1989年生まれ。2012年に『ノワール・レヴナント』で第13回講談社BOX新人賞Powersを受賞し、デビュー。なんてことのない日常の中に、不思議議なエッセンスを効かせた独特の作風が注目を集めている。他の著作に、『教室が、ひとりになるまで』などがある。

検印
廃止

九度目の十八歳を
迎えた君と

2020年11月20日　初版
2022年2月18日　再版

著者　浅《あさ》　倉《くら》　秋《あき》　成《なり》

発行所　（株）東京創元社
代表者　渋谷健太郎

162-0814/東京都新宿区新小川町1-5
電話　03・3268・8231-営業部
03・3268・8204-編集部
URL　http://www.tsogen.co.jp
モリモト印刷・本間製本

乱丁・落丁本は、ご面倒ですが小社までご送付ください。送料小社負担にてお取替えいたします。



ISBN978-4-488-43521-9　C0193

静謐な感動に満ちた青春ミステリ

GHOST≠NOISE [REDUCTION]◆Yashiro Tohchino

# ゴースト≠ノイズ（リダクション）

**十市 社**

創元推理文庫

◆

ぼくが一年A組の幽霊になって、一月が経過した――
高校に入学したばかりのころの失敗によって
クラス内で孤立し、いまでは幽霊扱いされている一居士架《いちこじかける》。
惨めな日常を過ごしながらも限界を感じていた架は、
十月の席替えで前の席になった玖波高町《くばたかまち》に
突然話しかけられる。
それは彼の苦しみに満ちた毎日に変化をもたらす、
小さくも確かな予兆だった。
時を同じくして、校舎の周辺では
蝶結びのメッセージを残した動物が相次いで発見され、
休みがちになった高町は
何かに思い悩むような様子を見せはじめる……。
心を深く揺さぶる青春ミステリの傑作。

**第19回鮎川哲也賞受賞作**

CENDRILLON OF MIDNIGHT ◆ Sako Aizawa

# 午前零時のサンドリヨン

**相沢沙呼**

創元推理文庫

◆

ポチこと須川くんが、高校入学後に一目惚れした
不思議な雰囲気の女の子・酉乃初は、
実は凄腕のマジシャンだった。
学校の不思議な事件を、
抜群のマジックテクニックを駆使して鮮やかに解決する初。
それなのに、なぜか人間関係には臆病で、
心を閉ざしがちな彼女。
はたして、須川くんの恋の行方は——。
学園生活をセンシティブな筆致で描く、
スイートな“ボーイ・ミーツ・ガール”ミステリ。

収録作品＝空回りトライアンフ，胸中カード・スタッブ，
あてにならないプレディクタ，あなたのためのワイルド・カード

第22回鮎川哲也賞受賞作

THE BLACK UMBRELLA MYSTERY◆Aosaki Yugo

# 体育館の殺人

## 青崎有吾

創元推理文庫

◆

旧体育館で、放送部部長が何者かに刺殺された。
激しい雨が降る中、現場は密室状態だった!?
死亡推定時刻に体育館にいた唯一の人物、
女子卓球部部長の犯行だと、警察は決めてかかるが……。
死体発見時にいあわせた卓球部員・柚乃は、
嫌疑をかけられた部長のために、
学内随一の天才・裏染天馬に真相の解明を頼んだ。
校内に住んでいるという噂の、
あのアニメオタクの駄目人間に。

「クイーンを彷彿とさせる論理展開＋学園ミステリ」

の魅力で贈る、長編本格ミステリ。

裏染天馬シリーズ、開幕!!